Anne Perry

Der Weihnachtsmord

Das Weihnachtsrätsel

Die Engländerin Anne Perry, 1938 in London geboren, verbrachte einen Teil ihrer Jugend in Neuseeland und auf den Bahamas. Schon früh begann sie zu schreiben. Ihre historischen Kriminalromane zeichnen ein lebendiges Bild des spätviktorianischen London und begeistern mittlerweile ein Millionenpublikum. Anne Perry lebt und schreibt in Schottland.

ANNE PERRY

Der Weihnachtsmord

Das Weihnachtsrätsel

Zwei Romane in einem Band

Weltbild

Die amerikanische Originalausgabe von
Der Weihnachtsmord erschien 2006 unter dem Titel
A Christmas Secret bei Ballantine Books, The Random House
Publishing Group, New York.

Die amerikanische Originalausgabe von
Das Weihnachtsrätsel erschien 2007 unter dem Titel
A Christmas Beginning bei Ballantine Books, The Random House
Publishing Group, New York.

Besuchen Sie uns im Internet:
www.weltbild.de

Genehmigte Lizenzausgabe für Verlagsgruppe Weltbild GmbH,
Steinerne Furt, 86167 Augsburg
Der Weihnachtsmord

Übersetzung: Regina Schirp
Das Weihnachtsrätsel

Übersetzung: Regina Schirp
Umschlaggestaltung: JARZINA kommunikations-design,
Holzkirchen
Umschlagmotiv: Bridgemanart, Berlin (© Charles Leaver)
Gesamtherstellung: CPI – Clausen & Bosse, Leck
Printed in the EU
ISBN 978-3-86800-624-7

2013 2012 2011 2010
Die letzte Jahreszahl gibt die aktuelle Lizenzausgabe an.

ANNE PERRY

Der Weihnachtsmord

Roman

Aus dem Englischen
von Regina Schirp

Weltbild

Für alle, die einen Neuanfang wagen wollen.

Clarice Corde lehnte sich in ihrem Sitz zurück, als der Zug in eine Dampfwolke gehüllt aus dem Bahnhof fuhr. Rußflocken wirbelten durch die Luft, und die Lokomotive nahm schnaubend Geschwindigkeit auf. Der Regen prasselte so heftig gegen das Fenster, dass sie die glitzernden Dächer Londons kaum noch sehen konnte. Es war der 14. Dezember 1890, zehn Tage vor Weihnachten. Sie war erst ein gutes Jahr verheiratet und noch nicht vertraut mit ihrer Rolle als Pfarrersfrau, die sie nur äußerst mühsam spielen konnte, da ihr Gehorsam oder Taktgefühl nicht gegeben war. Aber Dominic zuliebe versuchte sie es zumindest.

Sie betrachtete ihn von der Seite und merkte, dass er tief in Gedanken versunken war. Sie wusste, dass er sich wegen der unerwartet gebotenen Gelegenheit, seine Fähigkeiten unter Beweis zu stellen, Sorgen machte. Der betagte Reverend Mr. Wynter hatte einen wohlverdienten Urlaub angetreten, weshalb die Gemeinde des kleinen Dorfs Cottisham jemanden brauchte, der sich in der Weihnachtszeit um die Gemeinde kümmerte.

Dominic hatte die Gelegenheit beim Schopf gepackt.

Er war ein Witwer gewesen, der den Vergnügungen des Lebens abgeschworen und erst recht spät das geistliche Amt angenommen hatte. Vielleicht war Clarice die Einzige, die hinter seinem guten Aussehen und seiner ungezwungenen Art die Zweifel sah. Sie wusste, dass er seine Schwächen genauso gut kannte wie die Kraft seiner Träume, und liebte ihn deshalb umso inniger.

Er blickte auf und lächelte. Wie so oft wurde ihr ganz warm ums Herz, weil er sich ausgerechnet für sie entschieden hatte: für die schwierige Schwester, die ihre Zunge nicht hüten konnte und diesen empörenden Sinn für Humor besaß, und nicht für eine der verlässlicheren und an Konventionen gebundenen Schönheiten, die um seine Aufmerksamkeit buhlten.

Die Gelegenheit, nach Cottisham in die Grafschaft Hertfordshire gehen zu können, war das schönste Weihnachtsgeschenk, das sie sich denken konnten. So konnten sie dem Dienst unter Reverend Mr. Spindlewood in dem trostlosen Industriegebiet in London entkommen, in das Dominic als Diener Gottes geschickt worden war.

Wie konnte sie ihn nur davon überzeugen, dass seine neuen Gemeindemitglieder vor allem Geduld von ihm erwarteten und dass er ihnen zuhören, Trost spenden und die Weihnachtsbotschaft vom Frieden auf Erden verkünden sollte?

Sie griff nach seinem Arm und drückte ihn kurz. »Alles wird gut gehen«, sagte sie zuversichtlich. »Wir werden unsere Freude auf dem Land haben.«

Er lächelte sie mit seinen dunklen wachen Augen an und wusste genau, was sie ihm sagen wollte.

Das Dorf war wirklich sehr schön, auch wenn es kaum mehr war als ein weitläufiger Anger mit einem Ententeich und ein paar Häusern drum herum. Viele Häuser hatten Strohdächer. Die winterlich kahlen Gärten machten einen gepflegten Eindruck. Vielleicht ein halbes Dutzend schmale Wege wanden sich in die nahen Wälder und die dahinter liegenden Felder. Die Kirche im angelsächsischen Stil hatte ein Schieferdach und einen viereckigen Turm, der zu den windzerzausten Wolken emporragte.

Die Kutsche, die sie vom Bahnhof hergebracht hatte, fuhr vor das weitläufige, steinerne Pfarrhaus. Der Fahrer stellte ihr Gepäck auf dem Kies ab und fuhr wieder fort.

Clarice blickte zunächst auf die geschlossene Eingangstür und dann auf die schönen Fenster im georgianischen Stil. Das Haus war wunderschön, wirkte aber irgendwie nicht einladend, so als ob ihre Ankunft gar nicht bemerkt würde und sie vergebens an die Eichentür klopfen würden. Das war nun ihr Zuhause. Dominics Herausforderung und Chance bestand darin, den Gottesdienst ganz alleine abzuhalten und zu predigen, ohne dass sich der Reverend Mr. Spindlewood immerzu einmischte. Clarice musste jetzt Begeisterung zeigen, auch wenn sie in ihrem Innersten Zweifel oder Einsamkeit verspürte. Das war der tiefere Sinn des christlichen Glaubens. Es ist leicht, fröhlich zu sein, wenn man sich frisch fühlt und die Sonne scheint.

Sie blickte Dominic an, ging dann auf die Eingangstür

zu und schlug mit dem Löwenkopf-Klopfer forsch an die Tür.

Im Inneren des Hauses blieb es völlig still.

»Bleib du beim Gepäck«, sagte Dominic ruhig. »Ich gehe zum nächsten Haus. Sicherlich wurde der Schlüssel irgendwo hinterlegt.«

Aber noch bevor er ein paar Schritte tun konnte, kam eine füllige Frau herbeigestürmt. Das Haar hatte sie zu einem unordentlichen Knoten aufgetürmt. Sie kämpfte gegen den Wind an und konnte ihren Schal nur mit Mühe um die Schultern halten.

»Is ja gut. Is ja gut. Ich komme ja schon!«, rief sie laut. »Immer mit der Ruhe! Schneit ja noch nich mal. Sie sind bestimmt der Reverend Mr. Corde. Und Mrs. Corde, nehm ich mal an?« Sie blieb vor den beiden stehen und musterte Clarice argwöhnisch. »Ich denk mal, Sie wissen, wie man im Haus und so zurechtkommt?«, sagte sie beinahe vorwurfsvoll. »Ich bin Mrs. Wellbeloved. Ich kümmere mich um den Pfarrer, aber ich kann nur das Gröbste für Sie machen, weil Verwandte zu Weihnachten kommen. Brauch auch mal Urlaub. Es ist nicht gut, wenn man sich das ganze Jahr so abrackert. Sollte man auch nicht von mir erwarten.«

»Natürlich erwarten wir nichts dergleichen«, stimmte ihr Clarice zu, obwohl sie eigentlich genau damit gerechnet hatte. »Wenn Sie mir nur zeigen, wo ich alles finde, und mir mit der Wäsche zur Hand gehen, bin ich voll und ganz zufrieden.«

Mrs. Wellbeloved schien besänftigt. Sie zog einen großen Schlüssel aus der Tasche, schloss die Tür auf und führte sie ins Haus.

Clarice folgte ihr. Sie war von der wohligen Atmosphäre im Inneren angenehm überrascht, obwohl der Pfarrer schon ein paar Tage weg war. Es roch nach Lavendel und Bienenwachs, und ein zarter, erdiger Chrysanthemenduft erfüllte den Raum. Alles sah sauber aus: der Holzfußboden, der Tisch in der Diele, die Türen, die nach links und rechts abgingen, und die Treppe, die oben zu einem breiten Gang führte. Auf dem Boden stand eine große Vase mit Zweigen mit goldenen und bronzefarbenen Blättern. Auch wenn Mrs. Wellbeloved nicht gerade zuvorkommend war, so schien sie doch eine ausgezeichnete Haushälterin zu sein.

»Werden sich bestimmt wohl hier fühlen«, sagte sie eher Dominic als Clarice zugewandt. Es klang wie ein Befehl. »Die Leute hier sind anständig. Gehen regelmäßig in die Kirche und spenden für die Armen. Wird nicht viel Arbeit für sie sein, außer dem Gottesdienst natürlich. Machen Sie's so, dass der Pfarrer gleich weitermachen kann. Hat Ihnen sicher eine Liste gegeben mit Leuten, die Sie besuchen müssen. Wenn nicht, kann ich Ihnen das auch sagen.« Sie machte die Tür zum Wohnzimmer auf, zeigte ihnen ein gemütliches Zimmer mit breitem Kamin und einem Erker und machte die Tür sogleich wieder zu. »Sie müssen alle Gottesdienste regelmäßig abhalten«, fuhr sie fort und ging schnell zur Küche. »Den Küster brauchen Sie ja wohl nicht. Wenn doch, wohnt er die Erste rechts, in der Glebe Road. Gravedigger ist dann das zweite Haus auf der anderen Seite.«

»Vielen Dank, Mrs. Wellbeloved.« Dominic vermied es, Clarice anzuschauen, und antwortete, ohne eine Miene zu verziehen.

»Komm dann fürs Gröbste, außer natürlich an den Weihnachtsfeiertagen. Koks und Kohle sind genug da und bestimmt auch Anzündholz. Wenn nicht, können Sie im Wald so viel Sie wollen auflesen. Brennt am besten, wenn man es vorher anständig trocknet. Sie müssen auch Harry ausführen. Das kann ich nicht auch noch tun.«

»Harry?«, fragte Dominic verdutzt.

»Ja, Harry.« Mrs. Wellbeloved warf ihm einen vernichtenden Blick zu. »Der Hund! Hat Ihnen der Pfarrer nichts gesagt? Ist ein Retriever. Ein Goldstück, wenn Sie ihn nur richtig behandeln. Und Etta. Die braucht eigentlich gar nichts, außer Essensreste und Milch. Die sorgt schon für sich selbst.«

»Etta ist wohl eine Katze?«, vermutete Clarice.

Diese Unkenntnis schien Mrs. Wellbeloved zu beschwichtigen.

»Fängt fleißig Mäuse. Nicht gerade schön, aber fleißig. Am Schluss hat sie alle gefangen.« Sie sagte das mit Genugtuung, als ob sie sich mit dem Tier identifizierte und sich dabei indirekt selbst beschriebe.

Clarice konnte nicht umhin zu lächeln. »Vielen Dank. Ich glaube, wir werden uns prächtig verstehen. Und danke für die Einführung. Wir trinken jetzt eine Tasse Tee und packen dann aus.«

»Für heute ist alles da«, bekräftigte Mrs. Wellbeloved. »Wildpastete in der Speisekammer und ganz viel Gemüse, was es eben zu dieser Jahreszeit so gibt. Essen Sie Zwiebeln. Der Pfarrer mochte sie besonders gerne. Er sagte immer, heiße Zwiebelsuppe ist bei einer Erkältung das Beste auf der Welt. Stinkt zwar schlimmer als Whisky, dafür bleibt man aber nüchtern.« Sie blickte Dominic scharf in die Augen.

Unerschrocken erwiderte er den Blick und lächelte dann.

Mrs. Wellbeloved brummelte etwas, errötete bis über beide Ohren und wandte sich schnell ab. »Edel ist, wer edel handelt«, knurrte sie leise vor sich hin.

Clarice dankte ihr nochmals und brachte sie zur Tür. Ihr war nun klar, dass sie sich in ihrer neuen, vorübergehenden Bleibe alleine zurechtfinden musste. Aber erst einmal wollte sie eine Tasse Tee. Die Reise war lang gewesen, und der kürzeste Tag des Jahres stand bevor. Über den Bäumen brauten sich Sturmwolken zusammen, und es dämmerte bereits.

Schöner hätte sie es nicht antreffen können. Das Haus besaß Charme und Individualität. Die Möbel waren zwar abgewohnt, aber gut gepflegt. Eigentlich passte eins nicht so recht zum anderen, als ob jedes einzelne Stück je nach Gelegenheit dazugekommen wäre, und doch fügte sich alles zu einem harmonischen Ganzen zusammen. Möbelstücke aus Eiche, Mahagoni und Nussbaumholz, durch die Jahre verbunden, standen dicht beieinander. Schnitzereien aus elisabethanischer Zeit störten sich nicht an der georgianischen Einfachheit. Alles schien seinen Zweck zu erfüllen, außer einem Tischchen mit fein gedrechselten Beinen, das, so glaubte Clarice, einfach nur ein besonders geliebtes Möbelstück war.

Die Auswahl der Bilder an der Wand hatte eindeutig jemand ganz persönlich getroffen: ein Aquarell von Bamburgh Castle, das, die Nordsee im Hintergrund, aus dem hellen Sand der Küste von Northumberland emporragte; Fischerboote in den Niederlanden; mehrere Bleistiftzeichnungen kahler Bäume; Bleistift- und Tuschezeichnungen von Äckern im Winter. Die Bilder strahlten außergewöhnliche Ruhe aus. Clarices Blick blieb immer wieder darauf haften. Oben fand sie noch eine Zeichnung der Rievaulx-Abbey, deren nackte Säulen und teils eingefallene Wände sich den Wolken entgegenreckten.

»Schau dir das mal an«, rief sie Dominic zu, der gerade die letzte Kiste in den Abstellraum brachte. »Herrlich, nicht?«

Er räumte die Kiste weg, bevor er sich hinter sie stellte und den Arm um ihre Schultern legte. »Ja«, stimmte er ihr zu und sah die Zeichnung genau an. »Sie gefällt mir sehr gut.« Er blickte auf die Signatur. »Hast du gesehen? Er hat sie selbst gemacht!«

»Wirklich?«

»Der Bischof sagte mir schon, er male«, erwiderte er.

»Allerdings erwähnte er nicht, wie gut er das kann. Das Bild hat sowohl Ausdruckskraft als auch Anmut. Finde ich jedenfalls. Ich freue mich schon darauf, ihn kennenzulernen, wenn er aus dem Urlaub kommt.«

Clarice nahm einen Hauch von Bedauern in seiner Stimme wahr. Diese drei Wochen würden viel zu schnell vergehen. Danach müssten sie wieder zu Mr. Spindlewood nach London zurückkehren. Bis dahin musste Dominic beweisen, dass er sich alleine um die Dorfgemeinde kümmern konnte, dass er klug und einfühlsam und ein geduldiger Zuhörer war. Seine Predigten mussten mitreißend und unkonventionell sein, nicht nur, um das Interesse zu wecken, sondern auch, um die besondere Weihnachtsbotschaft in den Herzen zu verankern. Sie wusste, wie wichtig ihm das war. Sein Glaube an sich selbst hingegen geriet oft ins Wanken. Erst die völlige Umwälzung seines Lebens hatte ihn zum Glauben geführt.

Zuspruch mit leeren Worten würde ihm nicht dienen. Er war sich zwar gewiss, dass sie an ihn glaubte, nahm aber ohne Zweifel an, dass dieses Vertrauen mehr ihrer Liebe als einer realistischen Einschätzung entsprang.

»Ob er da, wo er ist, wohl weitere Zeichnungen anfertigt? Aber ich weiß ja nicht einmal, wo er sich aufhält.«

Als Clarice am nächsten Tag aufwachte und in ihrem Nachthemd fröstelnd die Vorhänge zurückzog, sah sie draußen alles weiß glitzern. Der erstaunlich große Garten des Pfarrhauses grenzte an den Wald. Der Schnee auf den

Bäumen bildete gegen den bleigrauen Himmel ein wirres Muster, wie mit schwerer Spitze überzogen. Das fahle Licht ließ alles unheimlich leuchten. Voller Staunen angesichts dieser Schönheit atmete sie langsam aus und vergaß darüber sogar die Kühle im Raum.

Während sie entzückt nach draußen blickte, fiel ihr ein, dass sie sich um den Haushalt kümmern musste: den Kamin säubern, Feuer machen und das Frühstück bereiten. Und natürlich Harry und Etta füttern. Sie konnte nicht auf Mrs. Wellbeloved warten.

Kurz nach zehn, als Dominic in seinem Arbeitszimmer die Notizen des Pfarrers las und versuchte, sich mit der Gemeinde vertraut zu machen, war draußen auf der gekiesten Auffahrt ein Geräusch zu hören. Harry trottete aus der Küche, wo er neben dem Ofen geschlafen hatte. Die Schnauze in die Luft gestreckt, wedelte er mit seinem buschigen Schwanz, bellte aber nicht.

Clarice nahm eilig die Schürze ab und wollte gerade öffnen, als sie den Türklopfer hörte. Sie machte die Tür weit auf und erblickte einen Mann, der schon an der Schwelle stand. Er war durchschnittlich groß und recht schlank. Wegen seines schweren Wintermantels konnte man das jedoch schlecht einschätzen. Er hatte feine Gesichtszüge, war nicht unbedingt gut aussehend, schien aber mit Intelligenz und gesundem Menschenverstand ausgestattet zu sein. Er hatte einen olivfarbenen Teint und glänzende dunkle Augen, wie man sie im Fernen Osten häufig findet. Als er zu reden anfing, sprach er genauso Englisch wie sie selbst.

»Darf ich mich vorstellen, Mrs. Corde? Ich bin Peter Connaught.« Er deutete hinter sich. »Vom Herrenhaus. Ich wollte Sie im Dorf willkommen heißen.« Er streckte die Hand aus, blickte dann jedoch auf seinen weichen Lederhandschuh und streifte ihn mit einer Entschuldigung ab.

»Freut mich, Sie kennenzulernen, Mr. Connaught«, antwortete Clarice mit einem Lächeln. »Sehr nett von Ihnen. Darf ich Ihnen eine Tasse Tee anbieten? Heute ist es wirklich schrecklich kalt draußen.«

»Das nehme ich sehr gerne an. Weihnachten wird sicher eine schwere Zeit sein – was das Wetter angeht; sonst hoffentlich nicht.«

Sie trat zurück und machte die Tür ganz weit auf. Er trat ein und sah sich aufmerksam um, als ob er befürchtete, dass sich das Pfarrhaus seit seinem letzten Besuch verändert hätte. Dann lächelte er beruhigt. Dachte er denn, sie hätten in einer Nacht alles umgeräumt?

Sie nahm ihm den Mantel ab und führte ihn ins Wohnzimmer, wo es angenehm warm war. Gut, dass sie so früh Feuer gemacht hatte. Wieder blickte er um sich, schmunzelte, wenn er ihm vertraute Dinge sah: die Bilder, die Anordnung der Möbel, die abgenutzten Sessel in verblichenen Farben.

»Wenn Sie mich bitte entschuldigen würden. Ich werde Ihr Kommen meinem Mann mitteilen. Dann bringe ich gleich den Tee.«

»Natürlich, gerne.« Er beugte leicht den Kopf und rieb

sich die Hände. Seine Schuhe waren nass vom Schnee, und der Wind hatte Farbe in sein Gesicht geblasen.

Zuerst ging sie ins Arbeitszimmer und machte ohne anzuklopfen die Tür auf.

»Dominic, Mr. Connaught vom Herrenhaus ist im Wohnzimmer. Ich bringe gleich den Tee. Nett, dass er gekommen ist, findest du nicht auch?«

Er sah etwas überrascht aus. »Ja, und so schnell.« In seiner Stimme schwang leichte Besorgnis mit.

Clarice bemerkte es sofort und fürchtete, er hätte bereits Angst, dass sie allzu offen ihre Meinung äußern könnte, zu voreilig einen in ihren Augen besseren Vorschlag machen könnte. So etwas war nämlich schon vorgekommen.

»Ich sollte seiner Frau einen Besuch abstatten. Sie kennt wohl alle Frauen im Dorf und weiß sicher einiges über sie. Er hat sie gar nicht erwähnt«, fügte sie noch hinzu, biss sich auf die Lippen und blickte ihm direkt in die Augen. »Ich verspreche, dass ich mich vorbildlich benehmen werde. Ich finde sie sicher reizend und außergewöhnlich fähig, wirklich. Selbst wenn sie ganz und gar blöd ist und eine scharfe Zunge hat! Ich verspreche es hoch und heilig.«

Er stand auf. »Glaube bloß nicht, ich könnte dir dabei zusehen und keine Miene verziehen!«, warnte er sie und strich ihr kaum merklich über die Wange. »Zu sehr darfst du dich auch nicht ändern! Mir läge nicht im Geringsten etwas daran, Erzbischof von Canterbury zu werden, wenn ich dich dafür aufgeben müsste!«

»Oh, wärst du Erzbischof von Canterbury«, erwiderte

sie fröhlich, »würde ich wahrscheinlich so reden, wie es mir gefiele! Niemand würde mich rügen, weil die Leute viel zu viel Respekt vor dir hätten.«

Er verdrehte die Augen und ging, um den Gast zu begrüßen.

Clarice verschwand glücklich in die Küche. Um ihrer selbst willen geliebt zu werden, mit all ihren Träumen und Verletzbarkeiten, mit ihren Fehlern und ihren Tugenden, gehörte wohl zu dem höchsten Glück auf Erden. Dessen war sie sich voll und ganz bewusst.

Als sie mit dem Tablett mit Tee und Keksen zurückkam, fand sie die beiden Männer im Gespräch vor dem Kamin sitzend. Sie erhoben sich sogleich, und Dominic nahm ihr das Tablett ab. Sie tauschten die üblichen Artigkeiten aus. Sie schenkte den Tee ein und reichte zuerst Mr. Connaught, dann Dominic eine Tasse.

»Sir Peter hat mir ein wenig vom Dorf berichtet«, sagte Dominic, ihren Blick suchend. »Seine Familie wohnt schon seit Jahrhunderten hier.«

Sie merkte, wie sie errötete. Ihr war sein Titel entgangen, und sie hatte ihn einfach ›Mister‹ genannt, als sie ihn ins Haus gebeten hatte. Hoffentlich war er nicht gekränkt. Normalerweise wäre es ihr gleichgültig gewesen, aber jetzt war alles von Bedeutung. Die Familienstammbäume beeindruckten sie wenig, aber das durfte sie natürlich nicht äußern. Sie setzte eine interessierte Miene auf. »Wirklich? Sie können sich glücklich schätzen, an einem solch herrlichen Ort so tief verwurzelt zu sein.«

»Ja«, stimmte er hastig zu. »Es gibt mir ein Gefühl von Geborgenheit. Wie jedoch alle Privilegien, bringt es auch gewisse Verpflichtungen mit sich. Aber eigentlich machen mir auch diese Freude. Ich war sehr betrübt, als ich erfuhr, dass Mr. Wynter ausgerechnet an Weihnachten Urlaub nehmen wollte. Aber jetzt, da Sie hier sind, bin ich sicher, Weihnachten wird genauso schön werden wie immer. Zu dieser Zeit heilen Wunden am besten, werden Fehler verziehen und Wanderer zu Hause willkommen geheißen.«

»Wie schön Sie das ausdrücken«, antwortete Dominic. »Waren das Mr. Wynters Worte oder Ihre eigenen Gefühle?«

Sir Peter sah überrascht, ja fast beunruhigt aus. »Meine eigenen. Warum fragen Sie?«

»Sie haben das so schön gesagt. Da dachte ich, ich könnte Sie fragen, ob ich Ihre Worte verwenden dürfte«, sagte Dominic offen und ehrlich. »In der Neujahrsmesse würde ich gerne etwas Passendes predigen, etwas, das einerseits so kurz wie möglich ist, andererseits aber noch einen tieferen Sinn hat. Aber ich kann das erst vorbereiten, wenn ich das Dorf und die Bewohner wenigstens ein wenig kennengelernt habe.«

Sir Peter beugte sich etwas vor. Zwischen den dunklen Augenbrauen konnte man ein ganz leichtes Stirnrunzeln erkennen. »Sprach Mr. Wynter denn gar nicht mit Ihnen über uns Dorfbewohner oder wenigstens über Einzelne von uns?«

Clarice beobachtete ihn und war sich plötzlich ganz sicher, dass ihm die Antwort wichtiger war, als er zugeben wollte. Er hatte eine angespannte Haltung eingenommen, und die Knöchel seiner schönen Hände in seinem Schoß waren weiß.

Dominic schien nichts bemerkt zu haben. »Leider habe ich ihn nie persönlich kennengelernt. Der Bischof selbst ersuchte mich, diesen Posten einzunehmen. Vermutlich kam Mr. Wynters Entscheidung, Urlaub zu machen, doch recht plötzlich.«

»Ach so.« Sir Peter lehnte sich wieder zurück und nahm die Teetasse. »Das ist sicher nicht ganz leicht für Sie. Ich biete Ihnen gerne meine Hilfe an. Sie können sich jederzeit an mich wenden. Vielleicht kommen Sie abends einmal zum Dinner ins Herrenhaus, wenn Sie sich eingerichtet haben?« Er blickte Clarice an. »Leider kann ich Ihnen bei aller Gastfreundschaft keine weibliche Gesellschaft bieten, da meine Mutter verstorben ist und ich nicht verheiratet bin. Wenn Sie sich für Geschichte, Kunst oder Architektur interessieren, verspreche ich jedoch, Ihnen einiges Sehenswerte zu zeigen. Auch kann ich Ihnen Geschichten von den verschiedensten Leuten erzählen, die im Laufe der Jahrhunderte in diesem Dorf gelebt haben: von guten und schlechten, tragischen und lustigen Schicksalen.«

Da brauchte sie kein Interesse zu heucheln. »Das würde mir sicher mehr Freude bereiten als jeglicher Weibertratsch«, antwortete sie. »Und ich werde mit Gewissheit kommen.«

Er schien darüber sehr erfreut zu sein. Anscheinend war er sehr sehr stolz auf sein Erbe und ließ andere gerne daran teilhaben, indem er seine Gäste unterhielt, sie mit Freude und auch ein wenig Ehrfurcht erfüllte. Er sah Dominic an. »Ich sehe, Sie haben das Schachspiel weggeräumt. Sie spielen wohl nicht?«

Dominic sah sich um. Er wusste nicht, wo das Schachspiel gestanden hatte.

»Nein?«, fragte Sir Peter schnell. »Es war schon weg, als Sie ankamen?«

»Ja. Ich habe keins gesehen.« Er sah Clarice fragend an.

»Ich auch nicht. Spielte Mr. Wynter denn Schach?«

In Sir Peters Blick lag tiefer Schmerz. Nur mit Mühe konnte er ihn verdrängen. Er trank den Tee aus. »Ja, ja, damals. Er besaß besonders schöne Figuren. Nicht schwarze und weiße, sondern schwarze und goldene. Die schwarzen waren aus Ebenholz, und die goldenen hatten diesen außergewöhnlichen Farbton, den Eibenholz manchmal hat, fast wie Metall. Wirklich prachtvoll. Nun …«

Er erhob sich. »Das spielt auch keine Rolle. Ich bemerkte es nur, weil das Spiel immer so einen besonderen Platz im Raum hatte, wenn das Licht darauf fiel.«

»Das hört sich ja phantastisch an«, antwortete Clarice, um das Schweigen zu überbrücken. Insgeheim war sie fest davon überzeugt, dass der Grund seiner Frage lange nicht so unbedeutend war, wie er vorgegeben hatte. Sie hatte in ihm eine Gefühlstiefe erkannt, die man nicht durch die einfache Abwesenheit eines schönen Objekts erklären konnte. Was hatte das Schachspiel für ihn bedeutet? Warum verheimlichte er es?

Als sie sich ebenfalls erhob, um ihn zur Tür zu geleiten und ihm nochmals für seinen freundlichen Besuch zu danken, war sie in Gedanken immer noch mit dieser Frage beschäftigt.

Mrs. Wellbeloved kam nach dem Mittagessen mit einem großen Beutel Kartoffeln, den sie mit einem Seufzer der Erleichterung auf dem Küchentisch absetzte. »Die werden Sie schon brauchen.«

Clarice nahm sie dankend an und dachte bei sich, dass Mrs. Wellbeloved es gut mit ihnen meinte. Sie konnte wirklich nicht so unhöflich sein, ihr zu sagen, dass sie die Kartoffeln viel lieber selbst im Dorfladen besorgt hätte. Drei Wochen würden zu schnell vorübergehen, um die Leute alle kennenzulernen. Sie könnte Dominic dabei helfen. »Danke«, sagte sie nochmals. »Wirklich sehr freundlich von Ihnen. Wir hatten heute Morgen schon Besuch.« Sie trug die Kartoffeln in den Vorratsraum, den Hund im Schlepptau, der sich immer etwas Frisches zu fressen erhoffte.

»Ist er also hergekommen.« Vor Neugier bekam sie ganz große Augen. »War selbst noch nie da oben.« Sie griff nach dem Besen und fing an, den Küchenboden zu kehren.

Clarice ging in die Küche zurück. Harry folgte ihr dicht auf den Fersen.

»Er sprach davon, dass seine Familie schon seit Jahren im Dorf lebt«, fügte sie noch hinzu, während sie bei den Marmeladen, Pickles und dem pikanten Gelee im Küchenschrank Ordnung schuf.

»Jahre, sagen Sie!«, rief Mrs. Wellbeloved aus. »Eher schon Jahrhunderte. Seit die Normannen herkamen. Sagt er jedenfalls.«

»Die Normannen! Wirklich?«

»Ja, Sie wissen schon, 1066.« Mrs. Wellbeloved sah sie skeptisch an. Wie konnte sie nur eine echte Lady sein, wenn sie nicht einmal das wusste.

»Das ist ja wirklich beeindruckend!«, sagte Clarice voller Staunen.

»Oh ja. Macht schon Eindruck.« Mrs. Wellbeloved bückte sich umständlich und kehrte das bisschen Dreck vorsichtig in die Schaufel. »Sind mit William dem Eroberer gekommen und seit 1200 im Dorf. Das weiß hier jeder.« Sie verbarg schnell ihren verächtlichen Gesichtausdruck, stellte den Eimer auf das niedrige Spülbecken aus Stein und machte den Hahn auf.

»Mir hat er das nicht erzählt.« Clarice fühlte sich bemüßigt, ihn zu verteidigen, wusste aber selber nicht warum.

»Na dann wissen Sie's eben jetzt.« Mrs. Wellbeloved drehte den Hahn wieder zu und hievte den Eimer aus dem Becken. Skeptisch begutachtete sie den Boden. »Is ja gar nich so schmutzig.«

»Natürlich nicht«, gab Clarice prompt zurück. »Wir sind ja noch nicht einmal einen ganzen Tag hier. Sie brauchen wirklich nicht zu wischen.«

»Werden schon recht haben. Dann mach ich nur noch den Tisch. Muss immer geschrubbt werden.« Sie nahm die Bürste und eine große Kiste gelber Küchenseife aus dem

Regal. »Kannte seinen Vater noch, Sir Thomas – ein echter Gentleman, der Arme.«

»Warum? Was ist denn mit ihm passiert?«

»Ging ins Ausland.« Mrs. Wellbeloved fing energisch an zu schrubben und schwappte das Wasser in einem Rutsch über den ganzen Tisch. »Irgendwo im Osten. Weiß nicht mehr genau, wo er gesagt hat oder ob überhaupt. Hat sich verliebt und geheiratet. Dann ist sie gestorben, als Sir Peter erst fünf oder sechs war. Muss eine wunderbare Frau gewesen sein, sagt er, und sehr schön. Sir Thomas hat ihr Tod so schwer getroffen, dass er zurückkam und nie wieder wegging. Hat Sir Peter alleine großgezogen, hat ihm alles über die Familie, den Besitz und so beigebracht. Standen sich sehr nahe. Hat ihren Tod aber nie überwunden. Sir Peter wohl auch nicht. Hat nie geheiratet.«

»Dafür ist es ja noch nicht zu spät«, warf Clarice eilig ein. »Er sieht nicht älter als Anfang vierzig aus. Er wird ja sicher wollen, dass seine Familienlinie fortgeführt wird, oder?«

Mrs. Wellbeloved schrubbte mit voller Kraft und zusammengepressten Lippen. Seifenflocken stoben durch die Luft. Sie machte einen Schritt zur Seite und stolperte beinahe über den Hund. »Ja, das wär eigentlich seine Pflicht«, stimmte sie Clarice zu. »Tut's aber nicht. Vielleicht liegt's überhaupt daran.«

»Was liegt woran?«, fragte Clarice ganz unverblümt.

»Kam früher ja oft her«, erwiderte Mrs. Wellbeloved, als sie den Lappen mit ihren kräftigen roten Händen auswrang. »Zweimal die Woche, fast jeden Monat. Spielte regelmäßig Schach mit dem Pfarrer. Haben die beiden richtig gerne gespielt. Vor zwei Jahren hat er dann ganz plötzlich damit aufgehört. Ist seitdem nicht mehr gekommen, außer wenn was geschäftlich war oder was mit anderen Leuten. Der Pfarrer hat nie gesagt warum, war aber auch nicht seine Art. Über die persönlichen Dinge der Leute hat er geschwiegen wie ein Grab. Ja, das konnte er.«

»Sie meinen, die beiden haben sich vielleicht überworfen?« Clarice spürte einen Stich vor Enttäuschung. Das wäre ja wirklich dumm und so traurig. »Aber welcher Streit könnte denn so schlimm sein und so lange andauern?«

Mrs. Wellbeloved richtete sich abrupt auf und stieß dabei mit dem Ellbogen an den Eimer auf dem Tisch. Sie zuckte zusammen. »Also Mr. Wynter ist ganz bestimmt nicht schuld daran. So viel ist mal klar. So einen guten Mann wie den wird's so schnell nicht mehr geben. Egal ob er aus einem Herrenhaus oder dem Armenhaus kommt! Hat immer allen Leuten vergeben, auch wenn's gegen ihn gerichtet war. Hat immer wieder versucht, sich mit Sir Peter zu versöhnen, aber Sir Peter wollte nichts davon wissen.« Sie knurrte grimmig. »Aber der Pfarrer würde nie sagen, so ist's richtig, wenn's gar nicht so ist. Die Ehrfurcht vor Gott ist eine leuchtende Kraft in ihm. Ja, Mr. Corde hat wirklich Glück, dass er ihn über Weihnachten vertreten darf.« Sie nickte immer wieder. »Ein paar Meilen in den Fußstapfen des Reverend wird ihn zu einem besseren Menschen machen, das können Sie mir glauben.« Energisch wischte sie die eine Hälfte des Tisches trocken, stellte den Eimer auf den Boden, wischte dann die andere Hälfte, wobei sie den Lappen mehrmals auswrang.

Clarice hätte gerne Dominic verteidigt, biss sich aber lieber auf die Zunge, als etwas zu sagen. Sie holte tief Luft. Sie brauchte Mrs. Wellbeloved auf ihrer Seite. »Er scheint ein ganz bemerkenswerter Mensch zu sein, selbst für einen Pfarrer«, sagte sie so demütig sie nur konnte.

Mrs. Wellbeloveds missbilligender Gesichtsausdruck wurde weicher. »Ja, das ist er«, stimmte sie Clarice etwas sanftmütiger zu. »Er hat seinen Urlaub wirklich verdient. Einfach mal weg, zum Malen und Zeichnen. Ja, das braucht er.«

Sie musterte Clarice von oben bis unten, wandte sich ab, damit man ihr Gesicht nicht sehen konnte. »Danke, dass Sie gekommen sind.« Mrs. Wellbeloved schniefte und unterdrückte ihre Gefühle beim Sprechen. Sie hob den Eimer hoch und schüttete das schmutzige Wasser so energisch in den Ausguss, dass es hochspritzte, auf beiden Seiten über den Beckenrand floss und die Katze weckte, die sich ärgerlich schüttelte und dann wieder einrollte.

Clarice überlegte kurz, ob sie das Wasser aufwischen sollte, entschied sich aber dagegen. Lieber so tun, als hätte sie nichts bemerkt. Sie holte Etta ein trockenes Handtuch für ihr Körbchen und setzte den Kessel auf, um frischen Tee zu bereiten. Sie machte sich daran, im Flur Staub zu wischen – nicht etwa, dass dies nötig gewesen wäre.

Am Abend sank die Temperatur noch weiter, und es schneite heftig. Dominic schürte kräftig ein und hoffte, dass das Feuer den Großteil der Nacht durchbrennen würde, sodass sich die Wärme noch bis zum Morgen halten würde.

Dominic blickte aus dem Fenster des Arbeitszimmers auf die kalte Schönheit des fahlen Lichtes, aber er war sich auch bewusst, dass sich niemand durch die tiefen Schneeverwehungen aus dem Dorf hinauskämpfen könnte und dass es einigen sogar schwerfallen würde, überhaupt das Haus zu verlassen, um sich mit Lebensmitteln zu versorgen. Hier könnte er als Geistlicher tätig werden. Jedoch wusste er noch nicht, wo er willkommen wäre. Er konnte sich nicht den geringsten Fehler erlauben. Hier war er ein Außenseiter, der für eine befristete Zeit einen Menschen ersetzte, den, wie er nun wusste, alle zutiefst liebten.

Bisher hatte er nur eine Informationsquelle: Mrs. Wellbeloved. Clarice genaue Worte waren gewesen: »Sie hat zu allem eine Meinung, die sie nur allzu bereitwillig mitteilt. Tu so, als wärst du mit etwas anderem beschäftigt. Widersprich ihr um Himmels willen nie, auch wenn sie völligen Unsinn erzählt. Ihr großes Verdienst ist es, alles über das Dorf zu wissen.«

Wahrscheinlich hatte Clarice recht. Dominic hatte noch nie mit Hausangestellten zu tun gehabt und auch noch nie darüber nachgedacht.

Jetzt war es aber an der Zeit, dies zu tun. Er stand auf und suchte Clarice, die in der Küche damit beschäftigt war, zwei Bügeleisen auf dem Herd aufzuwärmen, um seine Hemden zu bügeln, die sie tags zuvor gewaschen hatte. Die Katze und der Hund lagen dicht aneinandergeschmiegt im Körbchen neben dem Ofen. Dominic sah Clarice mit einem schmerzlichen Schuldgefühl an. Abgesehen von ihren Augen war sie nicht auf herkömmliche Weise schön. In ihrem Gesicht sah man viel Charakterstärke, viel Bereitschaft zu lachen oder die Beherrschung zu verlieren. Unzählige Male hatte sie ihn in Verlegenheit gebracht. Aber sie war auch großmütig und verzieh schnell. Sie war überhaupt nicht arrogant und noch nie hatte sie ein gegebenes Versprechen gebrochen.

Sie hätte einen Mann heiraten können, der ihr ein großes Haus mit Dienstboten für alle ihre Bedürfnisse ermöglicht hätte. Sie hätte eine Kutsche haben können und modische Kleidung. Sie hätte am gesellschaftlichen Leben teilhaben können. War sie wirklich so glücklich wie sie wirkte? Wie sie so mit roten Wangen und umgebundener Schürze die Temperatur der Bügeleisen prüfte?

Sie blickte zu ihm auf und lächelte.

»Ich gehe Mrs. Wellbeloved besuchen«, teilte ihr Dominic mit. »Ich brauche ihren Rat, wen ich bei diesem Wetter aufsuchen soll. Sie weiß das am allerbesten.«

»Eine ausgezeichnete Idee«, stimmte sie ihm zu. Dann runzelte sie die Stirn. »Gehe aber vorsichtig mit ihr um. Sie ist eine merkwürdige Person.«

Er biss sich auf die Lippen, um nicht zu lachen. »Das ist mir auch schon aufgefallen, mein Liebes.«

»Zieh dich warm an. Es ist bitterkalt draußen.«

»Auch das habe ich schon bemerkt.« Er gab ihr einen flüchtigen Kuss auf die Wange, und bevor sie seinen Arm fassen konnte, drehte er sich um und ging in den Flur.

Er legte einen dicken Wollschal um den Hals, zog dann den Mantel und die Handschuhe an und setzte den Hut auf. Dennoch war er nicht auf den eisigen Wind vorbereitet, als er die Haustür öffnete. Gestern war die Luft schon kalt gewesen, aber heute wehte ein beißender, messerscharfer Wind, und er musste wegen der Helligkeit des reflektierenden Schnees die Augen zusammenkneifen. Er trat ins Freie und hörte den Schnee unter seinen Füßen knirschen. Wie schön wäre es jetzt, sich eines Besseren zu besinnen und wieder ins Warme zurückzugehen. Aber das konnte er sich nicht erlauben. Es war Teil seiner Aufgabe als Pfarrer, sich vorbildlich zu verhalten und nicht der verführerischen Stimme zu lauschen, die ihm zuflüsterte, dass es noch einen anderen Tag gäbe oder eine andere Person, die die Aufgabe übernehmen könnte. Von ihm alleine erwarteten die Menschen hier, dass er den Willen Gottes ausführte. Er durfte nicht scheitern.

Er ging über den Dorfanger und bemerkte nur wenige andere Fußstapfen auf der dünnen, harten Schneedecke. Der Teich war teilweise zugefroren, die Bank daneben verwaist. Der Himmel war grau. Die Häuser mit weißen Dächern standen eng beieinander; schmutzige Rauchfahnen zogen gen Himmel.

Nur das rote Leuchten in der Dorfschmiede sah einladend aus. Außerhalb des Dorfes war der Wald mit dem schwarzen Gewirr der Äste teilweise dicht mit Immergrün bewachsen und da, wo der Schnee liegen geblieben war, klebten weiße Flecken.

Er ging an einer alten Frau, die ein Bündel Holz trug, vorbei und rief ihr einen ›Guten Morgen‹ zu, aber die Antwort war nur ein unverständliches Murmeln. Er beschleunigte seinen Schritt und spürte, wie endlich die Wärme wieder in seinen Körper drang, auch wenn seine Füße sich noch taub anfühlten und die Finger vor Kälte schmerzten.

Zehn Minuten später klopfte er an Mrs. Wellbeloveds Tür und war erleichtert, als diese geöffnet und er hereingebeten wurde. Er trat in die dunkle warme Diele und roch das Bohnerwachs und den Rauch.

»Da schau her. Mr. Corde«, sagte sie forsch. Sie weigerte sich, ihn mit ›Pfarrer‹ anzusprechen. »Was kann ich für Sie tun? Tut mir leid, aber die Hausarbeit müssen Sie heute selber machen. Kriege nämlich Besuch. Hab ich ja schon gesagt.«

»Ich brauche Ihren Rat, Mrs. Wellbeloved«, erwiderte er und musste ein Lächeln unterdrücken, als er merkte, dass sich ihr Gesichtsausdruck sogleich veränderte.

»Das kann ich wohl tun, Mr. Corde.« Sie strich ihre Schürze glatt. »Was wollen Sie denn wissen? Kommen Sie rein und setzen Sie sich einen Augenblick; das bin ich Ihnen schuldig.« Sie ging voraus in das schmucke Wohnzimmer, wo gerade ein Feuer zu prasseln anfing und wo

Mr. Wellbeloved, ein kräftiger Mann mit wettergegerbtem Gesicht und grauem Haarschopf, damit beschäftigt war, aus einem Stück Holz eine Pfeife zu schnitzen. Auf einem braunem Papier zu seinen Füßen lag ein Haufen Späne. Neben ihm befanden sich säuberlich gestapelte, mit Farbe versehene Holzblöcke.

Nachdem sie vorgestellt worden waren und Mr. Wellbeloved erklärt hatte, dass er für seine Enkelkinder Weihnachtsgeschenke schnitzte, fragte Dominic Mrs. Wellbeloved um Rat, wen er denn besuchen solle. Er schrieb die Namen auf und notierte sich die Adressen in dem Büchlein, das er mitgebracht hatte.

»Und am besten fragen Sie noch Mr. Boscombe«, fügte ihr Ehemann hilfreich hinzu. »Wohnt am Ende der Straße, wenn Sie von Süden kommen. Ein großes Haus mit drei Giebeln. Er war die rechte Hand des Pfarrers, bis vor ungefähr sechs Monaten. Kannte sich in allem aus.«

Mrs. Wellbeloved nickte zustimmend. »Ja, wirklich in allem. Ein guter Mensch, Mr. Boscombe. Der hilft Ihnen ganz bestimmt.«

»Bis vor sechs Monaten?«, fragte Dominic nach.

Mr. Wellbeloved blickte zuerst seine Frau, dann Dominic an, das Messer blieb in der Luft stehen. »Ja, so ist's.«

»Was ist denn passiert?«

Wieder sah sich das Ehepaar an.

»Wissen wir nicht«, gab ihm Mrs. Wellbeloved zur Antwort. »Das wissen nur Mr. Boscombe und der Pfarrer. Hat alle seine Aufgaben in der Kirche aufgegeben. Ja, ja. Aber trotzdem ein guter Mensch und sehr freundlich. Man kann wirklich nichts gegen ihn sagen. Fragen Sie ihn ruhig. Er kann Ihnen bestimmt weiterhelfen.«

Damit musste sich Dominic zufrieden geben. Er bedankte sich und ging widerstrebend in die Eiseskälte hinaus. Eine halbe Meile weit schritt er rasch den Weg entlang, den sie ihm beschrieben hatten, immer gegen den Wind, auf ein großes, mit Stroh bedecktes Haus zu, in dem John und Genevieve Boscombe mit ihren vier Kindern lebten.

Scheu, aber warmherzig und freundlich, wurde er ins Haus gebeten. Er fühlte sich gleich wohl. John Boscombe war schlank, hatte eine sanfte Stimme und blondes Haar, das an einigen Stellen schon etwas schütter wurde. Seine Frau war außergewöhnlich hübsch. Sie hatte einen makellosen Teint und schnell ein Lächeln auf den Lippen. Die Tatsache, dass sie etwas mollig und ihr Haar unfrisiert war, betonte ihre warmherzige Ausstrahlung noch.

Dominic hörte fröhliches Lachen von oben. Mindestens drei Paar Füße rannten umher. Ein großer Hund unbestimmbarer Rasse lag auf dem Küchenboden vor dem Herd, und im Raum roch es nach frischem Brot und sauberer Wäsche. In einem Korb lagen Näharbeiten, unter anderem das Leibchen eines Puppenkleides.

»Was können wir für Sie tun, Herr Pfarrer?«, fragte Boscombe. »Darf ich Ihnen erst mal eine Tasse Tee anbieten? Ist ja so kalt, dass einem die Eingeweide …« Auf den durchdringenden Blick seiner Frau hin, unterbrach er sich und errötete leicht. »Eine Tasse Tee?«, wiederholte er mit weit geöffneten, blauen Augen.

»Gerne, vielen Dank.«

Genevieve nahm hastig einen Stapel Wäsche vom Stuhl und bat ihn, am Küchentisch Platz zu nehmen. Es verstand sich von selber, dass die Küche der einzig warme Raum im Haus war. Leute, die sparen müssen, achten stets darauf, möglichst nur einen Raum zu heizen. Das wusste er aus eigener bitterer Erfahrung.

Von oben kam zuerst ein Aufschrei, dann Gelächter.

»Ich brauche Ihren Rat«, sagte er offenherzig. »Wie mir Mrs. Wellbeloved sagte, standen Sie dem Pfarrer sehr nahe und können mir sicher die Leute nennen, die meiner besonderen Fürsorge bedürfen: die Einsamen, die Kranken, die Unglücklichen oder diejenigen, die sonst irgendwie ein hartes Leben haben. Natürlich brauchen Sie mir nichts Vertrauliches mitzuteilen«, fügte er noch schnell hinzu, angesichts Mr. Boscombes besorgter Miene. »Nur wen ich zuerst besuchen soll und wen ich nicht vergessen darf.«

Boscombe runzelte die Stirn. »Hat der Pfarrer Ihnen das denn nicht selbst gesagt?« Den Kessel noch in der Hand drehte sich Genevieve vom Herd weg und sah ihn an.

»Nein«, bedauerte Dominic. »Ich habe ihn nie selbst kennengelernt. Der Bischof schickte mich hierher. Vermutlich sagte ihm Mr. Wynter erst sehr spät Bescheid. Womöglich entstand sein Wunsch, Urlaub zu machen, ganz plötzlich – ein kranker oder in Not geratener Verwandter?

Mir wurden keine Einzelheiten mitgeteilt. Aber ich habe mich gefreut, dass ich kommen durfte.«

»Oh!«, Boscombe sah erstaunt und merkwürdig erleichtert aus. »Das war wirklich sehr freundlich von Ihnen«, fügte er hastig hinzu. »Ja, selbstverständlich helfen wir Ihnen gerne.«

»Herzlichen Dank. Ich würde gerne mit Ihnen über seine Weihnachtspredigten sprechen, insbesondere die der letzten Jahre. Es liegt mir fern, seine Rede oder seine Botschaft wörtlich zu wiederholen, aber ich möchte gern …« Plötzlich wusste er nicht mehr genau, was er eigentlich sagen wollte. Ähnlich, aber auch wortgetreu? Ermutigend und neu, aber nicht aufwühlend? Unsinn! Er musste sich entscheiden, ob er den sicheren oder den kühnen Weg beschreiten wollte. Sollte Weihnachten ein vertrautes, geruhsames Fest sein? Nur eine Bestätigung des alten christlichen Glaubens?

»Ja?«, fragte Boscombe sofort.

Dominic lächelte befangen. »… die angemessenen Worte finden.« Die kurze Zeit in Cottisham bedeutete so viel. Er würde alles kaputt machen, wenn seine Rede zu banal wäre.

Boscombe entspannte sich sichtlich. »Selbstverständlich. Alles, was für Sie von Interesse ist. Aber in den letzten paar Monaten genoss ich nicht mehr – das Vertrauen des Pfarrers. Zumindest nicht so wie zuvor. Dennoch kann ich sicher helfen. Was riet Ihnen Mrs. Wellbeloved? Mal sehen, was ich da noch hinzufügen kann. Ich lebe schon eine ganze Weile hier, und Genevieve wurde hier geboren.«

Und tatsächlich half er Dominic bereitwillig. Er schilderte ihm anschaulich das Dorfleben und nannte ihm diejenigen, die seiner Hilfe besonders bedurften – oder aber ihn nicht brauchten. Er erzählte liebevoll von ihnen und gab eine klare Sicht ihrer Nöte. Auch fasste er einige der bedeutenderen Predigten des Pfarrers zusammen, sodass Dominic sich ein klares Bild davon machen konnte.

Als Dominic jedoch am Abend mit Clarice am Kamin saß, dem Wind lauschte, der immer hartnäckiger in den Balken ächzte, und Harry neben dem Feuer sanft schnarchen hörte, erinnerte er sich vor allem an Boscombes Nervosität. Er versuchte sie Clarice zu schildern, aber in Worte gefasst klang alles so unbedeutend – ein Zögern, das ohne Weiteres auch Schüchternheit bedeuten könnte, oder sogar Diskretion. Er kam sich fast ein wenig töricht vor, dass es ihm überhaupt aufgefallen war.

Er erkundigte sich nach ihrem Tag: ob sie sich im Haus wohl fühlte und ob die Arbeit beschwerlich gewesen war. Er wusste, dass sie das verneinen würde, egal wie die Wahrheit aussähe. Dafür bewunderte er sie und war ihr dankbar, aber es steigerte auch seine Schuldgefühle, weil er ihr nicht den Komfort bieten konnte, den sie vor ihrer Ehe gewohnt gewesen war.

»Oh, sehr sogar«, sagte sie müde. »Das Haus ist wunderschön.« Sie holte Luft, um etwas hinzuzufügen, besann sich dann aber eines Besseren. Er wusste, was sie hatte sagen wollen – dass sie gerne für immer hier geblieben wäre. Das Haus war viel schöner als die trostlose Bleibe in London. Und natürlich wohnten nicht sie, sondern Spindlewood und seine Frau im Pfarrhaus. Auch hatte er immer im Hinterkopf, wie herzlos er sich vor langer Zeit seiner ersten Frau gegenüber verhalten hatte. Damals hatte er es nicht als Untreue empfunden, aber so war es letztlich doch gewesen, tiefgründig und bitter. Wäre er ihr treu geblieben, mit oder ohne Liebe, wäre sie vielleicht nicht ermordet worden.

Er hatte diese zweite Chance nicht verdient. Clarices Anblick, wie sie mit ernster Miene, die Katze auf dem Schoß, ihm gegenübersaß, erfüllte ihn mit tiefer Dankbarkeit.

»Und dann Harry«, fuhr sie fort. »Jetzt geht's ihm besser, aber er lag fast den ganzen Tag beleidigt vor der Hintertür.«

»Vielleicht wollte er raus.« Er stand langsam auf.

»Nein, das war's nicht. Ich achte schon darauf, dass ein Hund ab und zu ins Freie kommt«, protestierte sie. »Er war ja gerade erst wieder reingekommen. Fast die ganze Zeit saß er da oder lief in der Küche herum und legte seine Pfote an alle Türen, auch an die Schranktüren.«

»Wollte er vielleicht was zu fressen?«

»Dominic! Natürlich habe ich ihn gefüttert. Er war auch an den Schränken in der Diele und im Keller. Nicht nur an den Lebensmittelschränken. Ich glaube, dass er den Pfarrer sehr vermisst.«

Er setzte sich wieder in den Sessel. »Wahrscheinlich. Er wird sich schon beruhigen. Die Katze ist jedenfalls ganz zufrieden.«

Sie lächelte flüchtig und streichelte Etta, die sich glücklich in ihrem Schoß festkrallte und wieder einschlief.

Dominic beugte sich nach vorne und stocherte im Feuer. Funken stoben den Kamin hoch. Clarice hatte recht – das Haus war wunderschön. Es vermittelte sogar eine gewisse Vertrautheit, als ob er vor langer Zeit schon einmal hier gelebt hätte und instinktiv wüsste, wo sich alles befand. Es war, als kehre er zu seinen weit entfernten Wurzeln zurück, von denen er nicht einmal mehr wusste, dass es sie gab.

Am dritten Tag wurde es noch kälter. Von der Eingangstür aus konnte Clarice den Dorfteich sehen, als Dominic zu seinen Besuchen aufbrach. Der Teich war jetzt schon fast zugefroren, und unter der weißen Pulverschneedecke war das Ufer nicht mehr zu erkennen. Harry stürmte hinaus und musste wieder hereingeholt werden, weil das Fell an Brust und Bauch mit Schnee verklumpt war. Er trocknete sich vor dem Küchenofen und genoss sichtlich die Zuwendung.

Heute erwartete Clarice Mrs. Wellbeloved nicht. Nachdem sie Harry und Etta gefüttert hatte, machte sie sich schnurstracks daran, Staub zu wischen und zu kehren. Nicht etwa, dass dies nötig gewesen wäre. Aber so war sie beschäftigt und konnte sich etwas aufwärmen. Der Kamin im Wohnzimmer musste sauber gemacht und das Feuer natürlich wieder neu entfacht werden. Da die Asche aber noch warm war, wäre es unsinnig, sie jetzt schon zu entfernen. Nur für sich selbst ein Feuer zu machen, wäre eine Verschwendung an Kohle gewesen, da sie sich ja auch ohne Weiteres in der Küche aufhalten konnte.

Bald müsste sie auch den Küchenofen einmal richtig sauber machen, die Stahlteile mit Schmirgelpapier, Bimsstein und Paraffinöl polieren, die Eisenteile mit Blei schwärzen und polieren und dann die Schamotte abwaschen und wieder weißeln. Aber heute noch nicht. Solch eine Arbeit sollte um sechs Uhr morgens gemacht werden, damit der Ofen rechtzeitig zum Frühstück wieder bereit wäre.

Sie dachte gerade mit Widerwillen an diese Arbeit, als die Türglocke erklang. Sie ging in die Diele, um die Tür zu öffnen.

Auf der Schwelle stand eine in einen schweren Umhang gehüllte Frau. Sie hatte einen Schal um den Kopf gebunden, aber so weit Clarice erkennen konnte, hatte sie ein hübsches Gesicht und große braune Augen, einen kleinen Mund und ein rundes, außergewöhnlich energisches Kinn.

»Sind Sie Mrs. Corde?« Ihre Stimme war angenehm, aber ohne den örtlichen Dialekt.

»Ja. Was kann ich für Sie tun?«

»Eigentlich will ich *Ihnen* behilflich sein«, antwortete die Frau. »Ich bin Mrs. Paget. Ich kenne Mr. Wynter und die Dorfbewohner recht gut. Vor allem an Weihnachten möchten die meisten Leute sich nützlich machen, aber Sie wissen vermutlich nicht, wer was am besten kann: Blumen binden, backen, usw.«

»Oh, das ist aber sehr nett von Ihnen«, sagte Clarice aufrichtig. »Kommen Sie doch herein. Ich bin Ihnen für jeden Rat dankbar.« Sie machte die Tür weit auf.

Mrs. Paget trat ein, und sie schien mit allem sehr vertraut zu sein. Clarice hatte plötzlich das Gefühl, dass sie schon öfter hier gewesen war. Womöglich hatte sie die Gemeindeaufgaben, von denen sich John Boscombe zurückgezogen hatte, übernommen.

Clarice ging in die Küche voraus. Sie entschuldigte sich, dass das Feuer im Wohnzimmer noch nicht brannte, und bot Mrs. Paget eine Tasse Tee an. Ettas Fell sträubte sich angesichts der Störung. Sie schoss an Clarice vorbei die Treppe hoch. Überrascht stieß Mrs. Paget einen kleinen Schrei aus.

»Es tut mir leid«, entschuldigte sich Clarice. »Wirklich eine merkwürdige Katze. Ich glaube, beide Tiere vermissen Mr. Wynter. Der Hund läuft rastlos immerzu rein und raus, und die Katze scheint mit nichts zufrieden zu sein. Ich füttere sie, gebe ihr Milch und einen warmen Platz am Ofen, aber sie sitzt einfach nur da, starr wie eine Eule.«

»Leider kenne ich mich mit Tieren nicht so gut aus.« Mrs. Paget setzte sich auf einen der harten Küchenstühle und strich ihren Rock zurecht. »Da kann ich Ihnen keinen Rat geben. Sicher haben Sie recht. Bestimmt vermissen die Tiere Mr. Wynter. Er ist ein so wunderbarer Mensch, ganz reizend und so vertrauenswürdig. Er kennt die Geheimnisse aller Leute, alle ihre persönlichen Zweifel und Sorgen, aber er würde niemals auch nur ein Wörtchen davon preisgeben. Ich bin froh, dass ich ihm so gut ich kann helfen darf, aber selbst mir gegenüber macht er keinerlei Andeutungen über vertrauliche Dinge.«

»Bewundernswert«, stimmte ihr Clarice zu, füllte den Kessel mit Wasser und stellte ihn auf den Herd. »Das muss auch so sein. Ich würde lediglich gerne wissen, wer welche Fertigkeiten besitzt – und natürlich wer nicht!« Sie lächelte Mrs. Paget flüchtig an.

»Ganz genau!«, beeilte sich Mrs. Paget ihr zuzustimmen während sie sich verständnisvoll zurücklehnte. »Das könnte nämlich auch in einer Katastrophe enden. Unter allen Umständen müssen Sie auf Mrs. Lampeters Backkünste verzichten, und auf Mrs. Porters Suppe! Bitten Sie Mrs. Unsworth niemals, sich um den Blumenschmuck zu kümmern. Sie braucht Lilien nur anzutippen, und schon werden sie welk.«

Nun mussten beide lachen und fingen an, über Geschick und Taktgefühl zu sprechen, und über Dinge, die gebraucht wurden und allgemein nützlich waren. Harry lag immer noch beleidigt in der Ecke, und Etta tauchte erst gar nicht wieder auf.

Dominic kam zum Mittagessen und ging dann wieder. Clarice verbrachte den Nachmittag damit, in verschiedenen Schränken nachzuschauen, welche Poliermittel, Bürsten und dergleichen sie finden konnte, um sie eventuell ordentlicher und platzsparender wieder einzuräumen. Es war ärgerlich, wenn einem beim Öffnen der Schranktür der ganze Inhalt vor die Füße, oder schlimmer noch, vom Regal auf den Kopf fiel.

Später am Nachmittag machte sie den Kamin im Wohnzimmer sauber und schürte ein neues Feuer, damit es warm war, wenn Dominic nach Hause kam. Er würde sicher ganz fertig sein. Sie hatte schon eine heiße Suppe gekocht – hoffentlich besser als die von Mrs. Porter.

Beim Staubwischen stieß sie im Bücherregal hinter dem Sofa auf eine ledergebundene Bibel mit Goldschnitt. Sie musste häufig benutzt worden sein, wie zum ganz persönlichen Gebrauch und weniger als Nachschlagewerk. Sie öffnete das Buch und erblickte auf der ersten Seite den Namen des Pfarrers. Das Datum lag ungefähr fünfzig Jahre zurück. Sie blätterte die Seiten durch und bemerkte handschriftliche Notizen am Rand, vor allem im Buch Jesaja und bei den vier Evangelisten des Neuen Testaments. Sie trug das Buch zum Fenster, um genug Licht zum Lesen zu haben. Die Randbemerkungen waren sehr persönlich. Es lag eine solche Leidenschaft und Ehrlichkeit darin, dass sie nicht weiterlas. Sie waren zu intim: eine ganz persönliche Gedächtnisstütze, nicht für Fremde bestimmt.

Sie stand einfach nur da in der verblassenden Wintersonne. Draußen dämmerte es allmählich, und hinter ihr prasselte das Feuer. Warum hatte er die Bibel nicht mitgenommen? Hatte er sie etwa aus Versehen vergessen? Aber sie gehörte auch nicht in diesen Raum, vielmehr in sein Schlafzimmer, wenn er sie schon nicht mitgenommen hatte. Er hatte sie wohl herausgelegt und dann vergessen, sie einzupacken.

Am besten fand sie seine Adresse heraus und schickte ihm das Buch nach. Die Post war sehr zuverlässig; in ein oder höchstens zwei Tagen würde er es erhalten. Fest entschlossen begab sie sich also in das Arbeitszimmer und suchte Mr. Wynters Urlaubsadresse. Nach zehn Minuten wurde sie fündig. Sie war überrascht: Es war eine Gegend in Norfolk, die sie recht gut kannte, mit weiten Ausblicken und breiten Nordseestränden. Ein idealer Platz zum Malen. Der Ort war berühmt für seine Künstler. Sie lächelte bei der Vorstellung, wie er die großartige Landschaft in sich aufsaugen würde, um sie dann auf Papier zu bannen.

Dann las sie noch einmal die Adresse: ein kleines Hotel in einem der Küstenorte. Vor zwei Jahren war sie selbst dort gewesen – und das Hotel hatte es nicht mehr gegeben, weil es in ein Privathaus umgewandelt worden war. Dort konnte er sich also nicht aufhalten. Es war sicher ein Versehen, eine Adresse von einem früheren Urlaub – auch wenn sie im Hause keine Bilder aus dieser Gegend bemerkt hatte. Sie würde wohl ihren Mantel und die Stiefel anziehen und Mrs. Wellbeloved fragen müssen. Zweifelsohne hatte sie die richtige Adresse. Sie musste ihm unbedingt seine Heilige Schrift schicken.

Aber Mrs. Wellbeloved hatte keinerlei Ahnung, wo sich der Pfarrer aufhielt, wenn nicht in diesem Hotel. Sie bedauerte es sehr, war aber keineswegs ärgerlich darüber, dass auch sie in die Irre geführt worden war. Clarice sollte sich bei Sir Peter erkundigen, der aufgrund seiner Gemeindearbeit etwas wissen könnte. Sonst fiel ihr niemand ein.

Im winterlichen Licht wurde es langsam dunkel, aber im Nordwesten hatte es aufgeklart. Als sie sich dem Herrenhaus näherte, stand die Sonne tief am Himmel und tauchte den Schnee in scharlachrotes Licht. Sie hatte das Tor erreicht: eine schmiedeeiserne Arbeit zwischen wunderschönen Eckpfeilern, auf denen Wappenvögel saßen. Das Tor ließ sich ohne Weiteres öffnen. Sie ging die mit Kies bedeckte, geschwungene Auffahrt hinauf und sah hinter den gestutzten Bäumen die herrliche Fassade eines Gebäudes im Tudorstil, mit Bleiglasfenstern und Schmuckkaminen. Der Garten war schön angelegt: Kräuter- und Blumenbeete zwischen niedrigen Hecken, die sorgsam in dem komplizierten, verschlungenen Muster eines elisabethanischen Gartens gestaltet waren. Bestimmt gibt es hinter den alten Zedern und Eichen einen Irrgarten, dachte sie.

Sie kam sich ein wenig dreist vor, so unerwartet anzuklopfen, aber sie hatte nun mal zwingende Gründe. Der Reverend Mr. Wynter bräuchte seine Bibel, sein ganz persönliches Exemplar mit den im Laufe der Jahre eingetragenen begeisterten Notizen, seinen Träumen und seinen Auslegungen. Nicht etwa eine von einem Fremden geliehene Bibel.

Sie klopfte und wartete. Purpurne Wolkenschwaden lagen über der Glut der untergehenden Sonne. Nichts rührte sich. Dann bemerkte sie im schnell schwindenden Licht den Kopf eines Wappenvogels neben der Tür und stellte fest, dass es sich um eine kunstvolle Türglocke handelte. Sie zog daran, und wenig später erschien der Butler.

Er war ein älterer Gentleman mit weißem Haar und einem schmalen, asketischen Gesicht, in dem Humor aufblitzte, den man nicht unbedingt erwartet hätte. »Was kann ich für Sie tun, Madam?«

Sie stand bibbernd vor der Tür. »Ich bin Clarice Corde, die Frau des Pfarrers, der Mr. Wynter über Weihnachten vertritt«, fing sie an zu erklären.

»Oh ja, natürlich. Sir Peter sprach von Ihnen, Madam. Bitte kommen Sie doch herein. Es ist ausgesprochen kalt heute Abend.«

»Ja, ausgesprochen kalt«, stimmte sie ihm mit klappernden Zähnen zu. »Ich möchte Sir Peter um einen Rat bitten, wenn das möglich ist.«

»Selbstverständlich.«

Der Butler trat zurück, nahm ihren Umhang und Schal und führte sie in den mit Eiche getäfelten Salon mit Kassettendecke. An der Wand hing ein herrlicher Wandteppich, und über dem prasselnden Feuer im riesigen Kamin hätte man ohne Weiteres ein Schwein am Spieß braten können.

Sir Peter saß in einem wuchtigen Ledersessel neben dem Kamin und erhob sich rasch, als sie das Zimmer betrat.

Der Butler bot Clarice Tee an, den sie gerne annahm. Sie setzte sich Sir Peter gegenüber.

»Wie kann ich Ihnen behilflich sein?«

Sie erzählte ihm, dass sie die Bibel gefunden hatte und später eine Adresse, von der sie wusste, dass sie nicht stimmen konnte. »Vielleicht wissen Sie, wohin er wirklich gefahren ist?«, beendete sie ihren Bericht. »Ich glaube, er wird seine Bibel vermissen, und ich würde sie ihm gerne schicken.«

»Ja, natürlich«, sagte er stirnrunzelnd. »Merkwürdig, dass er die Bibel vergessen konnte. Er muss sie wohl übersehen haben. Wahrscheinlich sucht er sie schon. Aber leider weiß ich auch nicht, wo er sich aufhält. Tatsächlich wusste ich nicht einmal von seiner Abreise. Sie kam völlig überraschend. Ich hätte ihm gerne eine gute Reise gewünscht. Schade.« Seine Stimme klang warmherzig, und sein Blick drückte echtes Bedauern aus.

Clarice sah ihn an und bemerkte plötzlich, wie zutiefst angetan er von Mr. Wynter sein musste. Womöglich hatte ihn der Bruch zwischen ihnen mehr verletzt als er zugeben wollte.

»Sie wissen wirklich nicht, wo er hingefahren sein könnte?«, insistierte sie. »Ich könnte ihm einen Brief schreiben, und wenn er antwortet, wüsste ich zumindest, wohin ich die Bibel schicken kann. Sie darf auf keinen Fall verloren gehen.«

»Oh, nein!« Er beugte sich vor. »Sie müssen sich ganz sicher sein. Bitte riskieren Sie nichts, bevor Sie nicht genau wissen, wo er sich aufhält. Familienbibeln sind so unermesslich wichtig – voller Erinnerungen. Vielleicht haben Sie sich ja doch getäuscht mit dem Hotel?«

»Nein.« Das war völlig ausgeschlossen. Das Hotel existierte nicht mehr. Ihr selbst war das damals sehr ungelegen gekommen, und sie hatte es zutiefst bedauert. Sie berichtete ihm von ihrem Erlebnis. Sie erwähnte nicht, dass es sich bei der Bibel nicht um eine Familienbibel, sondern um sein ganz persönliches Exemplar handelte.

Ein Schatten überdeckte seine fein geschnittenen Gesichtszüge.

»Nun dann. Es scheint also kein Irrtum vorzuliegen. Es tut mir leid; ich weiß wirklich nicht, wo er hingefahren sein könnte. Ich wünschte, ich könnte Ihnen helfen.«

Der Ast auf dem Rost senkte sich ein wenig, und Funken stoben den breiten Kamin hoch. Clarice nahm das Alter und die Schönheit des Raumes wahr und fragte sich, wie viele Generationen der Connaughts schon hier gesessen und Anteil am Dorfleben genommen hatten. Sie hatten geholfen, beschützt, die Ordnung aufrechterhalten, regiert und wahrscheinlich auch davon profitiert und Steuern erhoben. In diesen Mauern hatte sich die Geschichte Englands abgespielt, noch vor der Regierungszeit Königin Elisabeths, als die Spanische Armada in See gestochen war. Womöglich war sogar Heinrich VIII. mit einer seiner sechs Frauen hier zu Gast gewesen. Oder Walsingham hatte von hier aus seine Spitzel ausgesandt. Vielleicht befand sich hinter dem Kamin sogar ein Versteck für flüchtige Katholiken aus der Zeit, als diese verfolgt und verbrannt worden waren. Welche Partei hatten die Connaughts während des Bürgerkriegs ergriffen? Oder während der unblutigen Revolution von 1688? So könnte sie bis zur Gegenwart weiter spekulieren.

Sir Peter lächelte sie an. Im Feuerschein strahlten seine Augen wieder. »Möchten Sie das Haus besichtigen? Es wäre mir ein Vergnügen, Sie herumzuführen.«

»Oh ja, sehr gerne«, sagte sie geradeheraus.

Er führte sie mit liebenswertem, gewinnenden Stolz herum. Nur einmal hob er etwas besonders hervor, entschuldigte sich aber umgehend dafür, als handelte es sich dabei um eine Verletzung der guten Manieren.

»Sie sind mit Recht stolz auf Ihren Besitz«, sagte sie aufrichtig. »Er ist so schön. Offensichtlich ist er schon jahrhundertelang liebevoll gepflegt worden. Vielen Dank, dass Sie so gütig waren, mir alles zu zeigen.«

Er war erfreut, ja sogar ein wenig befangen. »Wollen Sie wirklich den Heimweg alleine antreten? Draußen ist es schon dunkel.«

»Gewiss doch«, sagte sie zuversichtlich. »Es ist ja nur etwa eine Meile.«

»Trotzdem. Ich möchte Sie lieber begleiten, zumindest bis zum Dorfanger. Dann müsste ich mir keine Sorgen machen.«

Sie widersprach nicht. Als sie das ihr inzwischen vertraute Licht des Pfarrhauses erblickte, verabschiedete er sich von ihr und ging zum Herrenhaus zurück. Nach ein paar Metern sah Clarice die dunklen Umrisse einer Gestalt auf sich zukommen, die sich fest in einen Schal gehüllt gegen den Wind stemmte. Offensichtlich handelte es sich um eine Frau, denn sie war klein und eilte mit winzigen Schritten voran.

»Guten Abend«, sagte Clarice überdeutlich, weil sie annahm, die Frau habe sie nicht gesehen und liefe Gefahr, mit ihr zusammenzustoßen, wenn sie nicht in den Schnee neben dem Weg auswich.

»Oh, Sie haben mir aber einen Schrecken eingejagt!«, rief die Frau aus. »Ich war so in Gedanken. Ich kenne Sie gar nicht. Ah, Sie sind sicher die Frau des Pfarrers.«

»Ja. Clarice Corde.« Sie hielt ihr die Hand hin.

»Angenehm«, gab die Frau zur Antwort. Ihre Stimme klang rau und etwas brüchig, aber in ihrer Jugend war die Stimme sicher kräftig gewesen.

»Ich heiße Sybil Towers«, fuhr sie fort. »Willkommen in Cottisham. Es wird Ihnen hier gefallen. Wir verehren Mr. Wynter alle sehr und werden dafür sorgen, dass auch Sie sich hier wohl fühlen.«

»Mrs. Towers«, sagte Clarice spontan. »Sie wissen nicht zufällig, wo Mr. Wynter seinen Urlaub verbringt? Ich habe nämlich etwas gefunden, das er vergessen hat. Ich möchte es ihm gerne nachsenden. Aber die einzige Adresse, die ich habe, ist nicht von diesem Jahr.«

»Nein, leider habe ich keinerlei Vermutung«, erwiderte Mrs. Towers. »Ich wusste nicht einmal, dass er wegfahren wollte. Es tut mir wirklich leid.«

Es wäre geradezu unentschuldbar gewesen, hätte Clarice die alte Dame länger im auffrischenden Wind stehen lassen. Deshalb ließ sie es dabei bewenden, wünschte ihr eine gute Nacht und eilte zum Pfarrhaus. Dominic war schon zu Hause und zutiefst erleichtert, sie zu sehen. Ja sogar so sehr, dass sie keine geeignete Gelegenheit fand, ihm von der Bibel zu erzählen oder von dem Umstand, dass sie niemanden hatte finden können, der die Urlaubsadresse des Pfarrers kannte.

Am nächsten Morgen lag draußen eine dicke, nasse Schneedecke und es war milder. Weiße Flocken wirbelten durch die Luft und versperrten die Sicht auf den Dorfanger, sodass die Häuser auf der anderen Seite fast dem Blick entschwanden. Trotz des Dunstschleiers schien sich alles zu bewegen und Schatten zu werfen.

Dominic ging aus dem Haus, um den Kranken und Einsamen einen Besuch abzustatten, und Clarice machte sich an die nötigste Hausarbeit. Sie würde nur die Hemden und die Unterwäsche waschen. Die andere Wäsche würde nicht trocknen.

Sie sollte auch das Schlafzimmer des Pfarrers lüften. Besonders bei diesem Wetter könnten geschlossene Räume leicht muffig riechen. Sie wollte nicht, dass er in diese stickige, unbewohnte Atmosphäre zurückkam. Die Katze trippelte hinter ihr her, steckte ihr Näschen überall hinein und ließ in ihr den unangenehmen Verdacht aufkommen, dass es vielleicht doch Mäuse gab. Anscheinend immer noch beleidigt, war Harry vor dem Herd in der Küche wieder eingeschlafen. Gleich in der Früh war er mit Dominic draußen gewesen, aber jetzt reagierte er auf nichts mehr und wedelte nicht einmal mit dem Schwanz.

Im Zimmer – nachdem sie die Fenster geöffnet und die kalte, frische Luft hereingelassen hatte – bemerkte sie als Erstes eine schlichte Zeichnung kahler Bäume im Schnee. Keinerlei Farbe war darin und doch waren die Linien mit solcher Anmut ausgeführt, dass sie gebannt hinsah. Sie betrachtete sie so lange, bis ihr kalt wurde. Da merkte sie, dass das Fenster noch auf war. Schnell machte sie es zu und ging zu dem Bild zurück. Es gehörte zu den Zeichnungen, die der Pfarrer selbst angefertigt hatte. Noch bevor sie die Signatur in der Ecke las, erkannte sie seinen Stil.

Sie war froh darüber, dass das Pfarrhaus ursprünglich groß genug für eine Familie geplant war, denn so war es nicht notwendig, dieses Zimmer zu benutzen. Es gehörte Mr. Wynter, und sie brauchte seine Habseligkeiten nicht wegzuräumen, um Platz für sich und Dominic zu schaffen. Es bereitete ihr Freude, sich im Zimmer umzusehen. Sie wunderte sich, dass ihr ein Mensch, den sie gar nicht kannte, so sympathisch war. Die Leute sprachen nur gut über ihn. Offensichtlich war er ein sehr mitfühlender Mensch. Aber das gehörte zu seinem Beruf dazu und war nicht unbedingt ein persönliches Merkmal. Vielmehr war es das Feingefühl, die schlichte Anmut seiner Zeichnungen, die letztlich Aufschluss über sein Wesen gab. In einem kahlen Ast, in den winzigen Zweigen vor dem hellen Hintergrund, in der Kraft des kahlen, mächtigen Stammes, der die ganze Pracht des Sommers eingebüßt hatte, erkannte er die wahre Schönheit.

Sie betrachtete die anderen Bilder an der Wand. Jedes

war anders und doch besaßen alle die gleiche innere Kraft. Sie fragte sich, ob er gerade weitere Kunstwerke schuf. Ging er irgendwo in East Anglia durch den Schnee und wählte unter dem weiten Norfolk-Himmel das passende Motiv aus? Vielleicht malte er die kahle Küste, die Graslandschaft, den vom Wind aufgewühlten Himmel, die Wolken, die sich in langen Bahnen über das Meer zogen.

Widerstrebend vergewisserte sie sich, dass die Fenster fest geschlossen waren, und ging nach unten.

Sie räumte das Arbeitszimmer auf und stieß dabei auf einen sorgfältig gespitzten Bleistift mit feiner Mine, der auf einer Kommode mit schmalen Schubladen neben dem Fenster lag. Ihr erster Gedanke war, dass Dominic aus Versehen einen der Bleistifte des Pfarrers gespitzt hatte.

Sie sollte ihn wegräumen. Vielleicht gehörte er in eine der Schubladen. Sie machte die oberste auf, um nachzusehen. Sie fand noch mehrere Stifte, die alle gespitzt waren, Kohlestifte in verschiedenen Stärken, weiße Stifte, Radiergummis und einen Spitzer – kurz alle Utensilien, die man zum Zeichnen braucht. War das seine Reserve?

Sie machte die Schublade wieder zu und die darunter auf. Sie war voll mit unbenutzten Aquarellblöcken. Er musste wahrlich eine Menge davon besitzen, wenn er so viele zurückließ! Ohne zu überlegen, öffnete sie auch noch die Schranktür. Sie erschrak, als sie die sorgsam zusammengeklappte Staffelei erblickte. Wie konnte er sie nur zurücklassen? Sie und die Stifte waren doch die Werkzeuge seiner Kunst!

Es war ihr ein Rätsel. Sie ging in sein Schlafzimmer zurück und öffnete ohne jegliches Schamgefühl den Kleiderschrank. Nur vier Paar Stiefel befanden sich darin: elegante schwarze Stiefel für sonntags; ein Paar braune Schuhe; noch ein Paar, eindeutig abgenutztere schwarze Stiefel; und derbe Wanderschuhe, die bis zum Knöchel reichten und dicke Sohlen hatten. Solche Schuhe waren ideal für einen Tag wie heute.

Auf der Stange hing auch Winterkleidung, unter anderem ein besonders schöner Wollmantel – nicht so einer, wie man ihn in der Stadt trägt, sondern eher ein legerer – mit einem Kragen, den man bei schlechtem Wetter hochklappen konnte. Genau so einen Mantel würde man bei Spaziergängen auf dem Land oder am Meer anziehen.

Warum hatte er ihn nicht mitgenommen? Und die Stiefel? Und warum eigentlich nicht den dicken Wanderstock, der in der Ecke an der Wand lehnte? Die Bibel hatte er vielleicht vergessen, vielleicht sogar die Stifte oder das Aquarellpapier, aber die Winterkleidung? Ganz bestimmt nicht! Etwas stimmte nicht. Er war überstürzt abgereist und nicht zum Vergnügen, wie man Dominic gesagt hatte. War in der Familie plötzlich etwas passiert oder hatte es einen Trauerfall gegeben? Würde er so lange abwesend sein, bis sich die Lage – welche auch immer – geklärt hatte? War ein Bruder oder eine Schwester in irgendwelchen Schwierigkeiten? Womöglich handelte es sich um eine plötzlich aufgetretene schwere Krankheit?

Als Dominic spät und völlig erschöpft zurückkam,

wollte sie ihm davon berichten, merkte aber, dass er ihr gar nicht zuhörte. Er hörte sie zwar, aber die Bedeutung ihrer Worte drang nicht zu ihm vor. Er war zu sehr in seinen eigenen Ängsten gefangen – nämlich, dass er den Bewohnern dieses Dorfes nichts Neues und Mitreißendes sagen könnte – als dass er ihre Besorgtheit hätte wahrnehmen können. Schon in zwei Tagen war Sonntag und der Tag seiner ersten Predigt.

»Alles brave Leute«, sagte er mit dem Rücken zum Feuer, das im Wohnzimmer kräftig prasselte und die eisige Kälte aus seinen tauben Gliedern weichen ließ. »Sie kennen die Worte Gottes mindestens so gut wie ich. Der Pfarrer hat mit Begeisterung und Wortgewandtheit gepredigt. Und das nicht nur zu Weihnachten, sondern das ganze Jahr über.« Seine Miene verdunkelte sich, und er sah angespannt aus. »Was kann ich bloß sagen, ohne dass es nur ein Echo seiner Predigten ist?«, wollte er von ihr wissen. »Jeder Einzelne von ihnen könnte sich auf die Kanzel stellen und die Weihnachtsgeschichte genauso gut wie ich erzählen. Clarice, wie kann ich nur etwas Neues finden?«

Sie nahm die Angst in seinen Augen wahr, die Angst vor der Erkenntnis, dass er der Aufgabe, die ihm so wichtig war, vielleicht nicht gerecht werden konnte. Dieses Dorf war alt und geruhsam und es lebte mit vertrauten Gepflogenheiten. Es kannte keinen Hunger, der gestillt werden musste, keine Ungläubigkeit, kein Dunkel, das nach Erleuchtung strebte. Die Bewohner wollten so bleiben, wie sie waren, und im Guten bestätigt werden. Das hätte jeder machen können; wie Wind über das Wasser streifen, ohne eine Spur zu hinterlassen.

Sie hätte ihm nur allzu gerne geholfen. Zum ersten Mal erkannte sie seine Not: Es war nicht der Wunsch, seine Arbeit gut zu machen und seine Pflicht zu erfüllen, nein, es war die Sehnsucht nach Erfolg, die, sollte er scheitern, ihm keine Ruhe gäbe, ihm die Schmerzen nicht nehmen könnte.

»Was ist an Weihnachten am wichtigsten?«, versuchte sie zu fragen, um das Banale, alles, was schon zig Mal gesagt worden war, abzustreifen. »Was bedeutet es uns wirklich? Was ist der tiefere Sinn …? Es ist nicht nur das Wohlwollen, nicht nur ein kurzer Augenblick des Friedens oder des Großmuts. Es muss mehr dahinterstecken.«

»Es ist die Wurzel unseres Glaubens«, gab er zur Antwort. »Christus wurde geboren!«, sagte er, als wäre das ganz selbstverständlich.

»Das weiß ich auch.« Sie war deprimiert. Sie redeten aneinander vorbei. »Aber warum?«, insistierte sie. »Warum ist danach alles anders?«

Das Feuer wurde nun glühend heiß, und er entfernte sich etwas davon. »Ich weiß nicht genau, wie ich das ausdrücken soll«, erwiderte er. »Es klingt so – es klingt so akademisch. Das wollen sie nicht hören, Clarice. Ich brauche eine geistliche Antwort, etwas, das die Seele erfreut.«

Ihr fiel nichts mehr dazu ein, und sie fühlte sich innerlich leer. Sie drehte sich um und ging in die Küche.

Clarice erwachte in einer stillen, tief im Schnee versunkenen weißen Welt. Es war kein Lüftchen zu spüren, und als sie die Hintertür zum Garten aufmachte, um Harry hinauszulassen, verschlug ihr die Kälte erst einmal den Atem. Aber dann sog sie voller Staunen über diese Schönheit die Luft tief ein. Der alte Apfelbaum beugte sich unter dem Schnee und sah wie von Blüten überladen aus. Andere Bäume reckten sich kahl in die Höhe, zu dünn, um den Schnee zu halten. Sie leuchteten vor dem glasklaren Himmel.

Aber die Schönheit war gefährlich: Die Kälte war lähmend, der tiefe Schnee durchnässte die schweren Röcke und erschöpfte alte und gebrechliche Glieder. Clarice wurde von der tiefstehenden Wintersonne geblendet.

Sie machte die Tür wieder zu, und als sie sich umdrehte, sah sie Dominic mit einem Blick des Bedauerns hinter sich stehen.

»Du gehst schon?« Es war weniger eine Frage als eine Feststellung. Sie wünschte sich, er könnte bleiben, aber wenn er einen Vorwand gefunden hätte, um zu Hause zu bleiben, hätte sie das umso mehr gekränkt. Was machte Beten und Predigen für einen Sinn, wenn man nicht zum Handeln bereit war?

»Ich versuche, nicht so lange wegzubleiben. Aber es gibt nun mal Leute, die bei dieser Witterung nicht einmal zum Holzholen hinaus sollten, geschweige denn, um Butter oder Milch zu kaufen.«

»Ja, ich weiß.« Sie gab ihm einen flüchtigen Kuss, umarmte ihn fest und ging dann in die Küche zurück, um aufzuräumen. Sie gehörte zu den Glücklichen, die eine warme Küche und heißes Wasser hatten.

Im Laufe des Vormittags stellte sie jedoch fest, dass der Kohleneimer neben dem Ofen und auch der Eimer für Koks leer waren. Sie würde wohl in den Keller gehen müssen, um Nachschub zu holen. Der Rest würde nicht bis zu Dominics Rückkehr reichen.

Sie nahm den Kohleneimer und ging in die Diele. Die Kellertür war verschlossen, aber der Schlüssel hing an dem großen Schlüsselbund. Die Tür ließ sich ohne Weiteres öffnen. Sofort schlug ihr ein kühler Luftzug entgegen, und fröstelnd trat sie zurück. Etwas sauste an ihren Füßen vorbei. Es war Etta, die in der Finsternis verschwand.

»Mäuse!«, rief Clarice angewidert aus. »Na ja, das ist schließlich dein Job, aber du bist schon eine rechte Plage. Also, ich gehe nicht nur mit einer Kerze da runter. Die würde sowieso ausgehen und dann fände ich nicht mehr zurück.« Sie stellte den Eimer ab und ging eine Laterne holen. Sie wusste, hinten in der Waschküche gab es eine. Sie fand sie, zündete sie an, setzte das Glas darüber, um die Flamme zu schützen, und ging dann zurück. Etta war nirgends zu sehen.

Es dauerte keine zehn Minuten, den Eimer vollzumachen, ihn in die Küche zurückzubringen und einen neuen für den Kamin im Wohnzimmer zu füllen.

»Etta!«, rief sie ermunternd. »Komm schon! Oben wartet ein schönes warmes Feuer auf dich. Und frische Milch! Das ist doch viel besser als Mäuse.«

Es war nichts zu hören. Außer Harry, der die Diele entlangtrottete. Mit hochgestellten Ohren, den Kopf auf die Seite geneigt, legte er endlich Interesse an den Tag.

»Etta ist da unten auf Mäusefang«, erklärte ihm Clarice und fand es dann doch absurd, dass sie mit einem Tier sprach, als könnte es sie verstehen. Eigentlich war sie froh, dass er endlich von ihr Notiz nahm. Er ging auf die Tür zu, glitt durch die Öffnung und verschwand die Treppe hinunter. »Hol Etta hoch«, rief sie ihm nach. »Ich lasse die Tür doch nicht den ganzen Tag auf. Dazu ist es viel zu kalt.«

Hoffnungsvoll wartete sie ein paar Minuten, aber keiner der beiden tauchte wieder auf.

»Verflixt!«, sagte sie wütend. Sie war ziemlich durchfroren und verlor langsam die Geduld, aber sie konnte die beiden doch nicht einsperren! Sie waren hier schließlich zu Hause; *sie* war der Eindringling.

Ungeduldig griff sie nach der Laterne und ging wieder die Treppe hinunter.

Weder Harry noch Etta waren zu sehen. Sie hob die Laterne höher und leuchtete in die hintere Ecke, wo sie eine schmale Tür zu einem weiteren Keller fand. Da mussten die beiden wohl stecken. Wahrscheinlich gab es da noch mehr Mäuse. Allerdings hatte sie noch nie gehört, dass Hunde Mäuse fressen, aber vielleicht war Harry einfach nur neugierig.

Sie ging durch die Tür. Ihr Rock streifte dabei am Rahmen und war jetzt womöglich voller Kohlenstaub. Vielleicht ließe sich der Staub ganz einfach abbürsten, ohne

Flecken zu hinterlassen, aber sie müsste oben trotzdem kehren. »Harry!«, sagte sie barsch. »Etta!« Sie hielt die Laterne hoch und erblickte die beiden sofort. Sie standen beide nebeneinander, Etta mit erhobenem Schwanz und gesträubtem Fell. Harry ließ den Schwanz traurig hängen. Er jaulte leise vor sich hin.

Dann sah sie den unförmigen Haufen hinter ihnen, dunkel zwar, aber es war eindeutig keine Kohle. Ihr Magen verkrampfte sich, und ihre Hand zitterte so stark, dass das Licht unruhig tanzte. Sie ging weiter vor, bis ihr das Schreckliche klar wurde. Ein alter Mann lag mit dem Gesicht nach oben auf den Resten eines abgetragenen Kohlebergs. Seine Augen waren geschlossen, sein hageres Gesicht war rußgeschwärzt und wies dunkle Stellen auf, die wie blaue Flecken aussahen. Über der Nase verlief ein inzwischen längst getrockneter und dunkel verfärbter tiefer Kratzer.

Clarice schnappte zitternd nach Luft. Jegliche Wärme entwich ihrem Körper. Hund und Katze standen ganz dicht beieinander, als ob sie sich tröstend aneinanderschmiegen wollten. Unnötig, sich zu fragen, ob dieser Mann das Herrchen war; Harrys leises Winseln war Antwort genug. Wer sollte es auch sonst sein? Durch den Ruß konnte sie noch Teile seines weißen Priesterkragens erkennen.

Sie musste sich auch nicht weiter fragen, ob sie etwas für ihn tun könnte; eindeutig nicht. Die Laterne schwenkte hin und her, als sie sich langsam mit wackeligen Knien die Treppe hochtastete. Oben holte sie erst einmal tief

Luft. Sie hielt sich im trüben Licht am Türsturz fest. Sie musste den Todesfall sofort melden. Der arme alte Mann war wahrscheinlich an einem Herzinfarkt gestorben. Alle dachten sie, er wäre verreist. Deshalb hatte ihn niemand vermisst, und niemand hatte nach ihm geschaut. Welch trauriger bitterer Tod, besonders für einen Pfarrer. Den Erzählungen nach war er ein feiner Mensch gewesen, der es verdient hatte, geliebt zu werden.

Sie könnte auf Dominic warten, aber bei diesem Wetter würde es sicher lange dauern, bis er alles erledigt hatte. Nachdem, was sie im Keller gesehen hatte, wollte sie nicht allein bleiben. Sie fühlte sich durchaus in der Lage, ihren Umhang umzulegen, die Stiefel anzuziehen und den Arzt selber aufzusuchen. Sie wusste, wo er wohnte. Mrs. Wellbeloved hatte es ihr gesagt. Der Weg war beschwerlich, ging aber immer an der Straße entlang. Trotz des Schnees könnte sie es in einer halben Stunde schaffen, und vielleicht hatte er ja einen Pferdewagen für den Rückweg.

Sie löschte das Licht, ließ die Kellertür ein Stück auf, sodass Harry und Etta, wenn sie wollten, herauskommen oder unten bleiben konnten, wenn ihnen in ihrer Trauer danach war. Sie hoffte insgeheim, dass sie unten blieben. Dann zog sie die Stiefel an, hüllte sich fest in ihren Umhang und ging los. Ihre Gedanken waren so voller Mitleid, dass sie die Kälte kaum spürte und auch nicht merkte, wie beschwerlich das Gehen im tiefen Schnee war.

»Herzinfarkt, der Arme«, teilte ihr Dr. Fitzpatrick mit, als er die Treppe hochkam und die Kellertür hinter sich zumachte. Die Katze und der Hund waren nach mühsamem Überreden wieder nach oben gekommen und saßen jetzt nebeneinander vor dem Küchenherd. »Der einzige Trost ist, dass er wahrscheinlich kaum etwas spürte«, fuhr Fitzpatrick fort. Er war ein großer Mann mit riesigem Schnurrbart. »Ist alles in Ordnung, Mrs. Corde? Muss ein schreckliches Erlebnis für Sie sein. Was haben Sie denn bloß im Keller gemacht?«

Sie hatte es ihm schon einmal erklärt, glaubte sie jedenfalls. Vielleicht hatte sie sich doch etwas unklar ausgedrückt. »Ich habe den Kohleneimer nachgefüllt, und die Katze kam auch runter. Und dann konnte ich sie nicht mehr finden.«

Er nickte. »Hat wahrscheinlich etwas gerochen. Vielleicht war sie auch nur hinter Mäusen her.« Er hielt seine rußbeschmutzten Hände hoch.

»Oh, natürlich. Entschuldigen Sie«, beeilte sich Clarice zu sagen. »Bitte kommen Sie doch in die Küche. Dort können Sie Ihre Hände waschen. Darf ich Ihnen eine Tasse Tee anbieten?« Sie sah auf seine durchnässten Hosenbeine. Der Schnee war durch die Wärme im Haus getaut. An ihren dicken nassen Röcken auch.

»Ja, gerne«, nahm er bereitwillig an. »Vielen Dank.«

Schnell füllte sie den Kessel mit Wasser, wärmte die Teekanne, holte Milch aus der kühlen Speisekammer und bot ihm ein Stück Kuchen an, das er ebenfalls gerne annahm.

»Ich kümmere mich um die Bestattung«, sagte er mit vollem Mund. »Angesichts der Witterung wird sicher ein paar Tage lang keine Beerdigung stattfinden können. Ich weiß auch nicht, was der Bischof vorhat, aber ich lasse die Leiche abholen und werde die nötigen Formalitäten veranlassen. Sie brauchen sich um nichts zu kümmern, Mrs. Corde. Ich werde das alles in die Hand nehmen. Ich wäre Ihnen dankbar, wenn Sie vorerst mit niemandem darüber sprechen würden. Man muss eine gewisse Reihenfolge der Abläufe beachten.«

»Danke.« Sie fühlte sich erleichtert, war aber auch sehr traurig. Es war ein einsamer und würdeloser Tod. Sie glaubte allerdings nicht, dass Mr. Wynter viel davon mitbekommen hatte. Er hatte ein erfülltes Leben gehabt, sehr erfüllt sogar. Letztlich ist das alles, was zählt. »Danke«, wiederholte sie. »Mein Mann wird sicherlich gleich mit dem Bischof Kontakt aufnehmen. Vielleicht – vielleicht möchte er, dass wir etwas länger bleiben.«

Als sie das sagte, wurde ihr bewusst, wie sehr sie das hoffte – sehr viel länger sogar, vielleicht für immer.

Zehn Minuten später, der Doktor war gerade bei seiner zweiten Tasse Tee, kam Dominic herein. Er schlug die Eingangstür hinter sich zu und durchquerte die Diele, wobei er den Schnee überall verstreute.

»Clarice!«, rief er laut. In seiner Stimme schwang Angst mit. »Clarice!«

Sie eilte sofort zur Tür und lief beinahe in ihn hinein. Sein Mantel war nass, sein Gesicht rot vor Kälte und sein

Blick beunruhigt. Als er sie sah, überkam ihn große Erleichterung. »Mir wurde gesagt, du hättest ganz dringend den Doktor geholt. Was ist geschehen? Haben mir die Leute was Falsches erzählt?«

Sie konnte nicht umhin zu lächeln. Es war einfach wunderbar, wie ernsthaft er sich um sie sorgte, auch wenn es für sie immer noch ein wenig ungewohnt war. »Mir geht es gut.« Ihre Stimme klang nun kaum noch ängstlich. »Ich wollte im Keller Kohlen holen, und die Katze ist in den anderen Keller gewischt. Dort habe ich die Leiche des Pfarrers entdeckt. Es scheint so, als ob der Arme in den Keller gegangen war und dann einen Herzanfall erlitt. Ich dachte, ich hole am besten den Arzt.« Sie blickte ihm forschend in die Augen, um herauszufinden, ob er auch verstanden hatte.

Einen Augenblick lang war er erschüttert. »Tot? Mr. Wynter? Heißt das, er war die ganze Zeit über da unten?«

»Ja. Schau nicht so entsetzt«, fügte sie sanft hinzu. »Wir hätten nichts mehr für ihn tun können.«

Der Doktor trank den Tee aus und kam dann in die Diele.

»Fitzpatrick«, stellte er sich vor. »Sie sind sicher Mr. Corde. Traurige Angelegenheit. Es tut mir leid, dass ausgerechnet Ihre Frau ihn entdeckte.« Er schüttelte den Kopf. »Aber ich kümmere mich um alles. Vielleicht können Sie mir noch helfen, den Armen die Treppe hochzutragen. Dann kann ich den Karren des Dorfschmieds holen und ihn wegbringen lassen. Mein Pferdewagen ist leider zu klein, Sie verstehen.«

»Ja, natürlich.« Dominic war sofort einverstanden und zog seinen schweren Mantel aus.

Es war keine leichte Arbeit, die Leiche die Kellertreppe hochzutragen, und sie erforderte die ganze Kraft der beiden Männer. Clarice ging ihnen mit der Leuchte voraus. Beim Hochgehen ging sie voraus, um eine saubere Decke auf dem Küchentisch auszubreiten, damit sie ihn vorsichtig darauflegen konnten. Nach getaner Arbeit, ging der Doktor den Dorfschmied holen.

»Ich glaube, ich sollte ihn ein wenig waschen«, sagte Clarice sehr leise. Ihr Hals tat weh, und sie hatte Schluckbeschwerden.

Dominic bot ihr an, das zu übernehmen, aber sie bestand darauf, es selbst zu tun. Das Waschen eines Toten war Frauensache. Sie würde den Ruß von Kopf und Gesicht und von den Händen abwaschen. Sie nahm heiße Seifenlauge und ging sehr sanft mit ihm um, als könnte er noch Schmerz verspüren. Er hatte eine gebogene Nase und feine, sensible Gesichtszüge. Aber jetzt sah sein Gesicht eingefallen aus, vom Tod gezeichnet. Auf der Nase war ein tiefer Kratzer, den er sich vielleicht beim Fallen zugezogen hatte – doch sie hatten ihn ja auf dem Rücken liegend vorgefunden, eine klaffende Wunde am Hinterkopf bestätigte das. Er musste schwer gestürzt sein.

Als Clarice seine Beine ausstreckte, bemerkte sie, dass die Hose unten leicht eingerissen war. Die Haut am Schienenbein war aufgeschürft und wies blaue Flecken auf.

»Wie ist das nur passiert?«, fragte sie sich neugierig.

»Auf jeden Fall bevor er starb«, sagte Dominic ruhig. »Wenn das Herz nicht mehr schlägt, bekommt man keine blauen Flecken mehr. Er muss gestolpert sein, als er die Treppe hinunterging. Vielleicht hat er sich da schon unwohl gefühlt.«

»Ich frage mich, warum er überhaupt da hinunterging«, bemerkte sie nachdenklich, als sie den Stoff glatt zog. »Die Eimer mit der Kohle und dem Koks waren beide voll.«

»Vermutlich hat Mrs. Wellbeloved sie aufgefüllt«, gab Dominic zu bedenken.

Sie sah ihn mit entschuldigendem Blick an. »Wenn sie da runtergegangen ist und der Pfarrer die Eimer hatte, warum hat sie ihn dann nicht gefunden?«

»Worauf willst du hinaus, Clarice?«

»Ich weiß auch nicht«, gab sie zu. »Ich frage mich nur, warum er in den Keller gegangen ist und niemand ihn fand.«

»Alle dachten doch, er wäre verreist. Wir ja auch.«

Sie runzelte die Stirn. »Warum nur? Warum dachte der Bischof, dass der Pfarrer in Urlaub fahren würde?«

»Weil er ihm das in einem Brief mitgeteilt hatte«, erwiderte Dominic.

Darauf sagte sie nichts. Irgendetwas machte sie sehr traurig, aber sie wusste nicht genau was.

Von der Tür kam eine eindringliche Stimme. Dominic ging in die Diele zurück. »Was ist los? Kann ich Ihnen helfen?«

»Oh, Herr Pfarrer!« Es war die tiefe, unbekannte

Stimme eines Mannes. »Die arme Mrs. Hapgood hat eine schlechte Nachricht erhalten. Jetzt ist sie ganz durcheinander. Ich weiß nicht, was ich tun soll. Können Sie nicht kommen? Sie ist in einem furchtbaren Zustand, die Arme.«

Dominic wandte sich zögernd Clarice zu.

Sie wusste, wie wichtig das war; es war ihre Chance zu beweisen, dass sie die Gemeinde gut versorgen konnten. »Natürlich kannst du gehen«, sagte sie bestimmt. Man brauchte diesem Mann nicht zu sagen, dass Mr. Wynter tot war. Er musste sich erst einmal um seine eigenen Probleme kümmern. »Es gibt nichts, was ich nicht auch tun könnte.«

»Gott segne Sie, Madam!«, sagte der Mann dankbar. »Hier entlang, Herr Pfarrer.«

Der Arzt kam mit dem Schmied und dem Karren zurück, und die beiden trugen die in die Decke gehüllte Leiche schnell und diskret nach draußen. Nachdem sie gegangen waren, ging Clarice in die Küche zurück und spülte die Tassen ab. Ihr schwirrte der Kopf. Irgendetwas stimmte da nicht. Hier am Spültisch konnte sie sich nicht klarmachen, was das war. Sie musste wieder in den Keller zurück, auch wenn es ihr widerstrebte, und das nicht nur wegen der Kälte oder der Erinnerung an das, was sie dort unten entdeckt hatte.

»Komm, Harry«, sagte sie forsch. »Komm, leiste mir Gesellschaft.« Sie zündete die Laterne wieder an, und der Hund gehorchte ihr überraschend. Zum ersten Mal tat er, was sie ihm befohlen hatte. Zusammen gingen sie zur Kellertür. Sehr vorsichtig ging sie hinunter, und der Hund folgte ihr. Auf halbem Weg blieb er stehen und schnüffelte.

»Was ist da?« Sie schluckte, und ihr Arm schwenkte herum, sodass das Licht über die Wände kreiste.

Harry schnüffelte noch einmal und sah dann zu ihr auf.

Sie schluckte kräftig, ging zu ihm zurück und bückte sich, um die Stelle genau zu prüfen. Dort lag ein ganz kleines Stück Stoff, nur ein paar Fäden, die sich an einem Holzsplitter verfangen hatten. Zunächst kam es ihr merkwürdig vor, dass der Hund das bemerkt hatte, aber dann sah sie auch die Blutspuren. Sie waren kaum dunkler als die mit Ruß beschmutzten Stufen; erst als sie den Finger mit der Zunge befeuchtete und den Fleck berührte, färbte er sich rot. War der Pfarrer hier gestürzt und dann die Treppe hinuntergefallen? Wie konnte sie das nur herausfinden?

Sie leuchtete mit der Laterne, damit sie die Stufen genau betrachten konnte. Sie waren schwarz vom Ruß, der beim Hochtragen der vollen Kohleneimer herausgefallen und über Jahre hinweg hier festgetreten worden war. Wie genau sie auch hinsah, sie konnte lediglich die neueren Spuren ausmachen: den Abdruck eines Absatzes und den Streifen einer Schuhsohle. Sie konnten von allen möglichen Leuten stammen: von Dominic, dem Doktor, sogar von Mrs. Wellbeloved.

Sie ging ganz nach unten und sah sich erneut um, ohne große Hoffnung, was zu finden, und selbst wenn, hätte sie es nicht zuordnen können.

Doch dann sah sie etwas: ein kleines deutliches Muster, das sie leicht identifizieren konnte – es waren Abdrücke von Katzenpfoten. Etta war hier entlanggelaufen. Sie folgte den Spuren ohne bestimmte Absicht. Sie führten in den hinteren Kellerraum und waren deutlich zu erkennen, weil sie auf einer glatten Fläche waren, als ob jemand alle anderen, älteren Spuren mit einem Besen weggekehrt hätte. Warum sollte jemand einen Streifen, höchstens fünfzig Zentimeter breit, kehren? Es war nicht einmal gründlich gemacht worden, nur sehr oberflächlich. Seitlich davon sah man mehrere Fußspuren.

Dann begriff sie: Man hatte hier nicht gekehrt, vielmehr handelte es sich um Schleifspuren. Jemand hatte etwas in Stoff Gehülltes, etwas Schweres, von der Treppe in den hinteren Keller geschleift.

Konnte Mr. Wynter gestürzt sein, den Kopf angeschlagen haben, sodass er nicht mehr wusste, wo er sich befand, und sich derart verwirrt in die falsche Richtung geschleppt haben?

Nein. Das war völlig absurd. Auf dem staubigen Boden waren keinerlei Abdrücke der Hände zu sehen. Außerdem wären seine Hände schmutzig gewesen, als sie ihn fanden. Das war aber nicht der Fall. Nur ein paar Schmutzspuren hier und da – sowohl auf dem Handrücken als auch auf der Handfläche.

Jetzt war sie im hinteren Keller. Er war auf dem Rücken gelegen, als sie ihn gefunden hatte. Aber er hatte eine Schramme auf der Nase gehabt, so als wäre er vornübergestürzt. Und er war sowohl vorne als auch hinten voller Kohlenstaub. Die tiefe Wunde war hinten am Kopf.

»Jemand hat ihn getötet, Harry«, sagte sie leise und streichelte sein weiches Fell. »Jemand hat ihm auf den Kopf geschlagen, ihn dann hierher gebracht und alleine gelassen. Warum nur? Er war ein alter Mann und fast alle mochten ihn. Was konnte er Schreckliches gewusst haben?«

Der Hund winselte und schmiegte sich fest an ihr Bein.

»Du wirst das auch nicht wissen, und wenn, kannst du es mir nicht sagen.« Es war immer noch besser mit dem Hund zu sprechen, als sich so allein zu fühlen. »Ich muss das also ohne dich herausfinden. Das heißt, *wir* werden das herausfinden müssen«, verbesserte sie sich. »Sobald Dominic zurück kommt, erzähle ich ihm alles. Falls jemand kommt, sollten wir im Augenblick so tun, als ob wir von nichts wüssten. Los, es ist kalt hier. Wir sollten jetzt sowieso hochgehen. Wir sind hier unten nicht sicher.«

Als Dominic müde und durchfroren von seinen Besuchen zurückkehrte, konnte sie nicht anders, als ihm alles sofort zu berichten. Es war schon spät am Nachmittag, und in gut einer Stunde würde es dunkel werden und der Boden noch stärker gefrieren.

»Was sagst du da?«, fragte er ungläubig. Er saß am Küchentisch und wärmte seine kalten Hände an der Teetasse. »Bist du dir ganz sicher?«

»Ja.« Sie sah ihn fest und ruhig an. »Ich phantasiere

nicht, Dominic. Denk nur an die Verletzungen am Kopf und im Gesicht. Weißt du noch, wie wenig Kohlenstaub an den Händen war? Oder an den Knien? Aber unten am Hosenbein war ein Riss und da, wo er geschleift worden war, auch Kohlenstaub. Geh in den Keller und vergewissere dich selbst. Die Spuren sind noch da.«

Er zögerte.

»Bitte«, drängte sie ihn. »Ich will nicht die Einzige sein, die sie gesehen hat. Außerdem wird der Doktor mir sowieso nicht glauben.«

Sie hatte völlig recht – Dr. Fitzpatrick glaubte keinem von beiden.

»Diese Vermutungen sind ja völlig absurd.« Er zupfte gereizt an seinem Schnurrbart. »Es handelt sich hier um einen ganz normalen tragischen Unfall im Haus. Ein älterer Herr hatte einen Herzinfarkt und fiel die Kellertreppe hinunter. Oder vielleicht stolperte er nur, und erlitt dann durch den Schock des Sturzes einen Herzanfall. Natürlich war er durcheinander; vielleicht auch verletzt. Er kroch dann versehentlich in die falsche Richtung. Sie versuchen aus einer sehr traurigen Angelegenheit ein Schreckensszenario zu machen. Und – erlauben Sie mir die Bemerkung – das ist auch noch völlig unverantwortlich.«

Clarice holte tief Luft und stellte sich seiner Wut. »Warum ging er dann überhaupt in den Keller?«

»Liebe Mrs. Corde, das dürfte ja wirklich klar sein«, erwiderte er schroff. »Aus dem gleichen Grund, weshalb Sie auch hinunter gegangen sind! Um Kohle zu holen!«

Sie hielt seinem Blick stand. »Ich nahm Licht und einen Kohleneimer mit, und ich ließ die Tür oben auf.«

»Dann ging er eben aus einem anderen Grund hinunter. Sagten Sie nicht was vom Hund? Er hat ihn wohl dort unten gesucht.«

»Wenn Sie etwas suchen, gehen Sie doch nicht ohne Licht in den Keller, oder?«, insistierte Dominic. »Das ist unlogisch.«

»Wahrscheinlich stand er oben an der Treppe und rief hinunter.« Fitzpatrick wurde immer ärgerlicher. Sein Gesicht war angespannt, und die Lippen waren zusammengepresst. »Reverend, Sie sind hier zu Gast. Angesichts des Todes des armen Mr. Wynters wahrscheinlich sogar länger, als Sie das ursprünglich vorhatten. Ihnen wird jetzt abverlangt, die Gemeinde durch eine sehr schwere und traurige Zeit zu begleiten. Als Pfarrer ist es Ihre Aufgabe, Ihren Schäfchen beizustehen, ihnen Trost zu spenden und sie aufzurichten, und nicht etwa – verzeihen Sie diese Worte – sich müßigen und boshaften Spekulationen über den Tod eines geliebten Menschen hinzugeben. Es ist bedauerlich, dass mir die Aufgabe zugefallen ist, Sie daran zu erinnern. Bitte zwingen Sie mich nicht, deutlicher zu werden.«

Dominic stand mit glühendem Gesicht da, aber er drehte sich auf dem Absatz um und verließ ohne Entgegnung das Haus. Wie der Doktor ihn unmissverständlich erinnert hatte, konnte er sich keine Widerworte leisten.

Clarice folgte ihm und wagte nicht, Fitzpatrick anzuschauen, damit er die Wut, die sie ihm gegenüber verspürte, nicht in ihren Augen lesen konnte. Er hatte Dominic gedemütigt, und sie wusste nicht, wie sie das wiedergutmachen könnte, sodass sie dem Doktor hätte verzeihen können. Als sie in den Schnee hinausging, erinnerte sie sich daran, wie ihr Vater ihr einmal gesagt hatte, dass, wenn man nach Reichtum oder Ruhm strebt, die anderen einen dafür hassen. Wenn man aber nur Gutes tun wolle, man auch keine Feinde habe. Wie unrecht er hatte! Gott hält einen Spiegel vor die Herzen der Menschen, und das Spiegelbild ist oft genug wenig schmeichelhaft. Dafür hassen die Menschen einen mehr als für alles andere.

Sie holte Dominic ein und hakte sich bei ihm unter. Sie ließ auch nicht los, als er den Arm wegziehen wollte. Er schämte sich, weil es ihm nicht gelungen war, die Wahrheit zu verteidigen. Sie suchte vergebens nach Worten, die helfen und nicht alles verschlimmern würden. Sagte sie etwas Banales, wäre das schlimmer als Schweigen; es wäre herablassend, als ob sie glaubte, er wäre nicht stark genug, die Niederlage hinzunehmen. Dennoch wollte sie ihn trösten. Wozu war sie nütze, wenn sie nicht einmal das konnte?

»Es tut mir leid«, sagte sie eine Spur zu schnell. »Ich hätte dich nicht drängen sollen, so übereilt mit ihm zu sprechen. Hätten wir bis morgen gewartet und besser überlegt, hätten wir ihn vielleicht überzeugen können.«

»Nein, bestimmt nicht«, erwiderte er grimmig. »Er will einfach nicht glauben, dass jemand Mr. Wynter umgebracht haben könnte.«

»Ich will es ja auch nicht glauben!«, ereiferte sie sich. »Der Gedanke ist mir verhasst. Aber ich muss meinem gesunden Menschenverstand folgen. Ich glaube einfach nicht, dass jemand alleine im Dunkeln in den Keller geht, um Kohlen zu holen, oder um einen Hund oder eine Katze oder sonst was zu suchen. Wenn er gestürzt wäre, hätte Mrs. Wellbeloved ihn gefunden. Die Tür wäre offen gewesen …«

»Vielleicht hat der Wind die Kellertür zugeschlagen, als sie ins Haus kam?«, überlegte er.

»Die Tür geht in die andere Richtung auf. Sie wäre weiter aufgegangen.«

»Nun, was glaubst du, ist passiert?«, wollte er wissen. Sie gingen nebeneinander die Straße entlang. Sie waren die Einzigen, die ihre Fußstapfen im Neuschnee hinterließen. Im Osten verfinsterte sich der Himmel.

»Ich glaube, dass jemand da war, der ihn dazu brachte, in den Keller zu gehen, und ihn dann hinunterstieß,« erwiderte sie. »Als er dann unten zusammengebrochen war und noch ganz benommen da lag, schlug man ihm so fest auf den Hinterkopf, dass er sofort tot war, ob sein Tod nun beabsichtigt war oder nicht. Allerdings ist mir nicht klar, warum man so etwas tun sollte, wenn nicht von vornherein in der Absicht, ihn zu töten. Das kann niemand bestreiten.« Ihre Gedanken rasten. Der aufkommende Wind war eisig, und sie musste die Augen zukneifen. »Dann zogen sie ihn in den hinteren Keller, damit er nicht zu früh gefunden würde.«

»Warum?«, unterbrach er sie. »Wozu sollte das gut sein?«

»Natürlich damit niemand weiß, wann es passiert ist.« Die Gedanken kamen beim Sprechen. »So kann nicht bewiesen werden, wer zur Tatzeit hier war. Dann haben sie die Tür zugemacht und wahrscheinlich die Koffer mitgenommen, damit alle denken, er wäre schon vereist. Allerdings haben sie nicht an die Malsachen gedacht – und auch nicht an seine persönliche Bibel.«

Er runzelte die Stirn. »Glaubst du wirklich? Warum nur? Es wirkt nicht wie eine – nun, eine Reaktion im Eifer des Gefechts. Das hier wurde absolut kaltblütig geplant.«

»Ja«, stimmte sie widerstrebend zu. »Vermutlich wusste er etwas so Schreckliches über jemanden, dass derjenige nicht das Vertrauen in die Verschwiegenheit des Pfarrers aufbrachte.«

»Er hätte gar nichts sagen dürfen«, sagte Dominic wütend. »Das weiß man doch. Zumindest nichts, was er in der Beichte erfahren hat. Kein Pfarrer würde so etwas tun.«

»Dann wusste er es wahrscheinlich nicht durch die Beichte.« Sie hielt an dem Gedanken fest. »Vielleicht hat er es auf andere Weise herausgefunden. Er wusste eine ganze Menge über alle möglichen Leute. Das ist nur natürlich. Schließlich lebte er schon Jahre in Cottisham. Er weiß sicherlich über vieles Bescheid.«

»Was um alles in der Welt könnte jemanden veranlassen zu töten?« Er sträubte sich ein letztes Mal gegen den Gedanken.

»Das weiß ich auch nicht«, gab Clarice zu. »Genau das müssen wir herausfinden.«

»Aber er schrieb doch dem Bischof, dass er verreisen wolle«, stellte er fest. »Er hatte also die Absicht. Ist das reiner Zufall?«

»Hat er wirklich geschrieben? Oder war es womöglich jemand anderer, der seine Handschrift nachgemacht hat? Das dürfte nicht allzu schwierig sein. Wenn der Bischof nicht ganz genau hinsah oder den Brief mit anderen Briefen verglich, wäre das ein Kinderspiel. Im Dorf besaßen sicher viele Leute Briefe oder Notizen, die Mr. Wynter irgendwann einmal geschrieben hatte.«

Dominic antwortete nicht. Er stapfte mit gleichmäßigen Schritten durch den Schnee. Es wurde rasch dunkel, und die Bäume warfen schon lange Schatten.

»Wir müssen das herausfinden«, beharrte sie ruhig. Ihre Stimme spiegelte die Last ihrer Gedanken. Wie viel lieber hätte sie das alles fallen gelassen, so getan, als ob sie nichts wüssten. Aber das wäre eine Lüge, die mit der Zeit immer größer würde, wie eine Blase auf der zarten Haut der Füße. »Christus war gütig, *er* vergab den Schuldigen«, fuhr sie fort. »Aber er beschönigte nie die Wahrheit, damit die Menschen ihn lieben sollten, auch gab er nie vor, dass es Unrecht nicht gäbe, nur weil das leichter gewesen wäre. Ich bin fest davon überzeugt, dass Mr. Wynter getötet wurde, weil er etwas wusste. Was meinst du?« Sie holte tief Luft und ließ sie langsam wieder aus. »Ich werde mich deiner Entscheidung fügen.« Es fiel ihr sehr schwer, das zu sagen.

Er lachte plötzlich auf. »Das würdest du nicht können, Clarice. Du würdest mich mit der Zeit zu hassen beginnen. Ich glaube, er ist wahrscheinlich umgebracht worden. Wie auch immer, ich kann nicht so tun, als wüsste ich von nichts. Das bin ich Mr. Wynter schuldig. Und wenn ihn wirklich jemand getötet hat, dann verdient derjenige es nicht besser und braucht die Gerechtigkeit mehr als Mr. Wynter selbst. Wenn man es zulässt, heilt Gerechtigkeit am Ende die Wunden.« Schweigend ging er ein paar Schritte. »Wir sollten herausfinden, was er wusste, und vor allem über wen.«

Eine Welle der Erleichterung ergriff sie. »Wir fangen im Dorf an. Jetzt können wir sowieso nicht weg von hier.«

»Wem können wir vertrauen?« Er blickte sie kurz an.

»Niemandem«, sagte sie nur. »Es bleibt uns gar nichts anderes übrig. Wir wissen ja nicht, wer es getan hat.«

Am Abend saßen sie lange schweigend am Kamin. Auch wenn keiner von ihnen viel sprach, fühlte sie eine tiefe Vertrautheit mit Dominic, obgleich doch eine solch schwere Aufgabe am nächsten Morgen auf sie beide wartete. Das Feuer knisterte, und die heiße Kohle wurde gelb. Draußen rieselte der Schnee und bedeckte alles unter einer dichten Schneedecke. Ab und an war ein Zischen zu hören, wenn sich vom steilen Dach eine Lawine löste und auf den Boden rutschte. Nichts musste besprochen werden – sie saßen in trautem Einvernehmen.

Am Montag blies ein messerscharfer Wind aus Osten. Gleich nach dem Frühstück brach Dominic zu seinen Besuchen auf.

Der Sonntag war furchtbar gewesen. Beim Frühstück vor dem Gottesdienst war Dominic so aufgeregt, dass er kaum mit ihr sprach. Er nahm Bücher in die Hand, legte sie wieder hin, fand Zitate, die er wieder verwarf. In einem Augenblick wollte er kühn sein, die Leute zu neuen Gedanken herausfordern. Im nächsten wollte er sanftmütig sein, sie in ihrem alten Glauben bestätigen, die Wunden der Einsamkeit und der Missverständnisse heilen und bloß keine verstörenden Gedanken wecken oder zum Handeln auffordern.

Mehrere Male holte Clarice Luft, um ihm zu sagen, dass er in knapp drei Wochen nicht die Zeit hätte, sich in seiner Rolle sicher zu fühlen. Keiner würde ihm zuhören, geschweige denn sich an seine Worte erinnern.

Fast schon hätte sie es ausgesprochen, aber dann sah sie seine schmale Hand auf der Stuhllehne. Die Knöchel waren ganz weiß. Es war also nicht der richtige Augenblick. Aber sie befürchtete, dass dieser nie kommen würde. Die nächste Predigt war an Weihnachten. Eine schwunglose, farblose Predigt in konventionellen Bahnen würde womöglich ausreichen, die Sympathie der Leute zu verlieren und ihnen die Hoffnung zu nehmen.

»Zitiere nicht«, sagte sie abrupt. »Sprich nicht mit den Worten anderer Leute. Egal was du sagst, sie werden das alles schon kennen.«

»Die Leute hören gerne Bekanntes«, sagte er mit mutlosem Lächeln. Sein Blick war von Sorge getrübt, und die ganze Last des Zweifels, den Spindlewood ihm auferlegt hatte, erdrückte ihn.

In diesem Moment hasste Clarice Spindlewood und seine unaufrichtige, missgünstige, opportunistische Geisteshaltung. »Sag ihnen, was du mir über Tapferkeit gesagt hast, und dass sie die einzige Tugend ist, ohne die es alle anderen vielleicht nicht gäbe«, drängte sie ihn. »Das ist deine Überzeugung. Sprich es aus.«

Er sprach engagiert, wortgewandt, ohne sich zu wiederholen. Sie hatte keine Ahnung, ob die Leute beeindruckt waren oder nicht. Sie sprachen sehr höflich mit ihm, sogar herzlich, aber ohne Leichtigkeit. Alle hatten sie ihre beste Sonntagskleidung an. Und sie gingen schweigend durch den Schnee nach Hause.

Clarice begann ihre Überlegungen mit dem Geld, was man herkömmlicherweise als die Wurzel allen Übels bezeichnet, obwohl sie dachte, dass die Wurzel eher im Egoismus zu finden wäre – beziehungsweise in Selbstgerechtigkeit, was, wenn man genauer darüber nachdachte, gar nicht so verschieden voneinander war. Geld jedoch war leichter einzuschätzen, und die Kontenführung des Pfarrers, sowohl die der Kirche als auch die seines privaten Haushaltes, war sogleich verfügbar.

Kaum hatte sie mit der Überprüfung begonnen, als sie durch die Ankunft von Mrs. Wellbeloved unterbrochen wurde, die zwei feste Weißkohlköpfe und eine Schnur mit riesigen Zwiebeln mitbrachte. Sie stampfte ins Haus, verstreute den Schnee überall und schien sehr mit sich zufrieden zu sein.

»Hab doch gewusst, dass es kalt wird. Ein Baum ist durch den Schnee umgefallen und hat die Straße nach Süden blockiert.« Sie verkündete die Nachricht als handelte es sich um einen persönlichen Erfolg. »Sei denn, man fährt ganz um Hertford und so herum. Heißt aber noch lange nicht, dass man da durchkommt. Ist vielleicht auch alles gesperrt.«

»Dann können wir uns ja glücklich schätzen, dass wir Kohle und Nahrungsmittel haben«, erwiderte Clarice herzlich.

»Zwiebeln.« Mrs. Wellbeloved legte sie auf den Tisch. Man hätte sie wohl kaum für etwas anderes halten können.

»Vielen Dank.« Clarice lächelte sie an. Sie hatte schon einen kurzen Blick auf das Haushaltsbuch geworfen und wusste, dass Mrs. Wellbeloved alle Einkäufe des Pfarrers tätigte. Clarice hätte ihr am liebsten von der Entdeckung der Leiche im Keller berichtet, aber Fitzpatrick hatte sie ja klar und deutlich gebeten, das nicht zu tun. Dennoch fühlte sich Clarice schuldig, weil sie nichts sagte. »Wirklich sehr nett von Ihnen«, fügte sie noch hinzu.

Mrs. Wellbeloved lächelte mit rotem Gesicht. Sie zog langsam den Mantel aus und machte sich daran, den Boden zu schrubben.

Erst um halb zwölf konnte Clarice sich wieder dem

Haushaltsbuch widmen. Sie las sehr sorgsam darin. Erst beim dritten Lesen bemerkte sie winzige Unregelmäßigkeiten. Es handelte sich oft nur um ein oder zwei Schillinge, meistens jedoch nur um Pennies. Die Fehlbeträge schienen nur Reverend Wynters eigenes Geld zu betreffen, über das er sehr sorgfältig Buch geführt hatte, was bei einem Gehalt von der Kirche auch nötig war. Clarice wusste aus eigener Erfahrung, wohin Heller und Pfennig verschwanden. Der Ausdruck ›arm wie eine Kirchenmaus‹ kam nicht von ungefähr.

Die Buchhaltung über die Kirchengelder, einschließlich der Spenden, für die bis vor wenigen Monaten John Boscombe und jetzt William Frazer gezeichnet hatten, stimmte zunächst genau, dann war sie wieder fehlerhaft, und dann stimmte wieder alles. Die Endsumme war jedoch immer so wie sie sein sollte.

Clarice konnte sehr gut verstehen, wie man am Ende bleistiftkauend dasaß. Etwas stimmte da nicht. Warum sollte jemand zwei Pennies oder noch weniger entwenden? Sie war überzeugt, dass es keine Nachlässigkeit war, weil der gleiche Betrag innerhalb einer Abrechnung wieder auftauchte. Sie schrieb ihn nach dem Datum geordnet heraus. Dann entdeckte sie das Muster. Die paar Pennies fehlten bei der Kirchenabrechnung und dann im privaten Haushaltsbuch. Am Ende stimmte die Kirchenbuchhaltung wieder. Jemand entwendete winzige Beträge aus dem Spendenbeutel für die Armen. Das geschah in unregelmäßigen Abständen, und es waren wirklich sehr kleine Summen.

Mr. Wynter hatte die Beträge von seinem eigenen Geld ersetzt.

Aber warum nur? Warum wäre es nicht besser gewesen herauszufinden, wer der Dieb war – war Dieb nicht ein zu hartes Wort für diese unbedeutenden Summen? War es womöglich ein Kind? Vielleicht wollte er eine derartige Anschuldigung nicht machen, weil er nicht in die Erziehung der Familie hineinwirken wollte.

Wen könnte sie fragen? Vielleicht wusste William Frazer davon oder hätte zumindest eine Idee? Er wohnte neben dem Dorfladen. Selbst bei dieser Witterung könnte sie ohne Weiteres dorthin gehen. Natürlich würde sie nicht über den Dorfanger gehen. Man konnte ja kaum noch erkennen, wo der Teich war, geschweige denn verhindern, dass man auf das Eis unter dem Schnee trat und womöglich einbrach.

Aber Frazer wusste von nichts. »Es tut mir schrecklich leid, Mrs. Corde«, sagte er ernst, als sie in seinem kleinen, überfüllten Wohnzimmer neben dem Kamin saß und vom Weg durch den Schnee noch vor Kälte bibberte. Der Wind schien selbst noch durch den dicksten Mantel zu dringen und ein Hut wäre kein ausreichender Schutz für Nacken und Ohren gewesen. Vorne war sie nun kurz vor dem Ansengen und am Rücken fror sie wegen der kalten Zugluft immer noch.

»Ihre Aufzeichnungen sind überaus korrekt«, bemühte sie sich zu schmeicheln. »Am Ende der Tagesabrechnung stimmt das Geld ganz genau, aber zwischendurch verschwinden mal ein paar Pennies, die dann aber wieder auftauchen. Es sieht so aus, als ob Mr. Wynter die Differenz selber bestritt.«

Er sah entsetzt und sehr beunruhigt aus. Sein rundes Gesicht war ganz blass geworden. »Warum sollte er so etwas tun?«, wollte er wissen. »John Boscombe hat mir nichts davon gesagt, und der ist wirklich eine ehrliche Haut. Sie können jeden fragen. Hätte es irgendwelche Unregelmäßigkeiten gegeben, hätte er es mir gesagt.«

»Vielleicht wusste Mr. Wynter, wer es war und hat Mr. Boscombe gebeten, nichts zu sagen«, spekulierte sie, selbst ganz verdutzt.

»Sehr unwahrscheinlich«, erwiderte Frazer schroff. »Es sieht eher so aus, als ob der alte Herr hier und da mal ein paar Pennies verloren hat.« Er nickte. »Kann jedem mal passieren. Vielleicht aus Versehen mal das falsche Wechselgeld eingesteckt. Oder es ist ihm auf der Straße runtergefallen und er hat's dann nicht mehr gefunden. Mir auch schon passiert. Sie sagten, es waren nur Pennies?«

»Ja.«

»Machen Sie sich mal keine Sorgen. Vermutlich können Sie die Bücher besser führen. Sie sind ja noch jung und sehen um einiges besser. Vielleicht hätte er eine Brille gebraucht.«

»Ja, vielleicht.« Aber sie glaubte das nicht. Sie dankte ihm, trat in den eisigen Wind hinaus und machte sich auf den Weg zu John Boscombe. Er war ebenfalls zu Hause, weil die dichte Schneedecke ihn von der Feldarbeit abhielt.

»Kommen Sie doch herein!«, begrüßte er sie herzlich, und fast zog er sie in die Diele, schlug die Haustür hinter ihr zu, damit die Kälte nicht hereinkam. »Was für ein Tag! Wenn das so weitergeht, wird es strenge Weihnachten geben. Sie sind sicher ganz durchgefroren. Klopfen Sie den Schnee schnell ab, bevor er schmilzt und Sie ganz nass werden.« Bevor sie zustimmen konnte, hatte er es schon getan, und überall in der Diele flog Schnee herum. Glücklicherweise war der Steinfußboden gebohnert, sodass man schnell drüberwischen konnte. »Kommen Sie mit in die Küche.« Er schien mit seiner Arbeit zufrieden zu sein, wandte sich um und ging voraus in die Küche. »Essen Sie etwas Suppe. Zu dieser Jahreszeit halten wir immer einen Topf voll warm. Die Kinder spielen draußen. Sie haben einen Schneemann gebaut, der noch größer ist als ich. Genny! Die Frau des neuen Pfarrers ist da!«

Genevieve stand mitten in der Küche. Sie hatte die Hände in einer großen Schüssel mit Mehl und Teig. Sie lächelte, machte aber keine Anstalten, ihre Tätigkeit zu unterbrechen.

»Willkommen«, sagte sie fröhlich. »Ich gebe Ihnen lieber nicht die Hand, sonst mache ich Sie ganz schmutzig. John gibt Ihnen einen Teller Suppe. Sie ist nur aus Knochen und Gerste gemacht, aber sie ist schön heiß.« Ihre Wangen röteten sich leicht. Nicht nur weil sie sich beim Teigherstellen anstrengte, wohl auch wegen des kargen Mahls.

Man verteidigt sich nur, wenn man auch verwundbar ist. Das wusste Clarice aus eigener Erfahrung. Sie war sich immer ihrer Unbeholfenheit bewusst gewesen, während ihre Schwestern und ihre Mutter stets anmutig waren. Der Vergleich mit ihnen, auch wenn er humorvoll gemeint war, hatte sie bisweilen tief verletzt. Ein oder zwei Mal, als sie sich eingebildet hatte, verliebt zu sein, hatte sie die Neckerei umso schmerzlicher empfunden.

Sie lächelte Mrs. Boscombe an, vermied es aber bewusst, ihre Blicke durch die Küche schweifen zu lassen. Allerdings hatte sie bereits die guten Leinenlaken über der Leine beim Luftschacht bemerkt. Die verschlissenen Mittelteile waren sorgfältig herausgeschnitten und die Laken gewendet, sodass sie an den Seiten wieder zusammengenäht werden konnten. So würden sie noch eine Weile halten. Das Porzellan auf der Anrichte war von guter Qualität, aber ein paar Teile waren angeschlagen, eins war sogar zerbrochen und dann vorsichtig wieder geklebt worden. Sie hatten wohl einmal Geld gehabt, mussten aber jetzt mit jedem Pfennig rechnen. Darauf ließ auch Genevieves Kleid schließen. Gute Qualität, aber schon zwei Jahre aus der Mode.

»Vielen Dank. Sehr gerne sogar.« Sie überlegte kurz, ob sie nicht sagen sollte, dass Gerste so leicht und bekömmlich wäre, ließ es aber dann doch sein; das könnte schnell gönnerhaft klingen. »Also, ich bin gekommen, weil ich hoffte, Mr. Boscombe könnte mir bei der Buchhaltung der Kirche helfen«, beeilte sie sich zu sagen. »Ich möchte unbedingt ganz genau sein. Ich versuchte es bei Mr. Frazer, aber er konnte mir nicht weiterhelfen.«

»Worin besteht denn das Problem, Mrs. Corde?«, fragte Boscombe besorgt.

Genevieve servierte die Gerstensuppe in einer blauweißen Schale und stellte sie vor Clarice hin. Sie bedankte sich. Plötzlich merkte sie, wie schwer es war, ihr Anliegen vorzubringen, ohne – zumindest indirekt – lügen zu müssen.

Boscombe wartete mit weit geöffneten Augen.

Jetzt musste sie es sagen. »Ich – nun, ich sah mir Mr. Wynters Kontenführung an und fand gewisse ...«

Er sah sie verständnislos an. Sein Blick verfinsterte sich.

Sie wusste einfach nicht, wie sie sich dafür rechtfertigen konnte, es sei denn mit der Wahrheit. Fitzpatrick hatte keinerlei Befugnis, ihr Schweigen aufzuerlegen. Irgendwann würden es alle erfahren, vielleicht schon morgen. Sie würde es einfach wagen.

»Mr. Wynter ist tot«, sagte sie sehr leise. Trauer überkam sie. »Wir fanden zufällig die Leiche – hinten im Keller. Ich ging Kohle holen, und die Katze kam hinter mir her. Ich ...« Sie bemerkte seinen entsetzten Gesichtsausdruck, der sich sogleich in einen Ausdruck tiefsten Bedauerns verwandelte. Er wandte sich Genevieve zu, die ihre Arbeit unterbrochen hatte und jetzt aufmerksam zuhörte. Dann sah er Clarice wieder an.

»Das tut mir außerordentlich leid«, sagte er mit heiserer Stimme »Was ist passiert? Ich – ich habe noch nichts gehört.«

»Keiner weiß es«, sagte sie leise. »Dr. Fitzpatrick bat uns, es niemandem zu erzählen, bis der Bischof informiert sei, aber …« Jetzt wurde es schwierig. »Wir sind uns nicht einig, was genau geschehen ist. Ich wäre Ihnen jedoch dankbar, wenn Sie es für sich behalten könnten, zumindest eine Weile.«

»Natürlich«, stimmte er zu. »Deshalb haben Sie sich also die Kontenführung angeschaut?« Er sah immer noch verdutzt aus, wirkte aber unerklärlicherweise auch erleichtert, als ob er etwas anderes befürchtet hätte.

»Ja.« Ihr war bewusst, dass sie mehr sagen musste, damit er verstand. Jetzt konnte sie keinen Rückzieher mehr machen. »Wissen Sie …« Was sie sagen wollte, klang einfach lächerlich.

»Ja?«

Das Herz schlug Clarice bis zum Halse. »Wissen Sie, ich glaube nicht, dass er einfach so gestorben ist.« Sie mochte den Klang ihrer zittrigen Stimme nicht. Einfach absurd. Sie räusperte sich. »Ich glaube, jemand schlug ihn nieder. Sowohl am Hinterkopf als auch im Gesicht hatte er Verletzungen. Möglicherweise wollte man ihn nicht töten, aber …« Sie durfte nicht zu viel preisgeben. »… aber es war jemand im Haus, und diese Person hat niemandem etwas gesagt.« Ihr Blick ging von Boscombe zu Genevieve. »Er lag ganz alleine hinten im Keller, aber er hatte kein Licht bei sich«, fuhr sie fort. »Wer würde schon ohne Leuchte in den Keller gehen?«

»Niemand«, sagte Genevieve leise. »Aber warum sollte

sich jemand mit Mr. Wynter streiten? Er war der netteste Mensch …« Sie hielt inne.

Einen Augenblick lang schwiegen all drei: Clarice und Mr. Boscombe saßen am Küchentisch, und Genevieve stand noch mit der Schale in der Hand da.

»Glauben Sie denn, es geschah wegen des Geldes im Kirchenbuch?«, wollte Boscombe schließlich wissen. Sein sanfter Blick vermied es, Genevieve anzuschauen. »Das dürfte sicher nicht ausreichen, um einen Streit zu entfachen, oder doch?«

»Nein«, stimmte Clarice ihm zu. »Es fehlten nur Pennies, höchstens mal ein oder zwei Schillinge. Aber das passierte öfters, mehr als ein halbes Jahr lang.«

Boscombe saß steif da und schwieg.

Er weiß Bescheid, dachte Clarice, davon war sie jetzt überzeugt. Er weiß, dass Mr. Wynter das Geld ersetzte. Aber wusste Mr. Wynter auch, wer es genommen hatte? War es das, was er monatelang versucht hatte herauszufinden? War es ihm schließlich gelungen? Wurde er deswegen umgebracht?

Nein, das war absurd. Wie schon gesagt, es handelte sich ja nur um Pennybeträge!

Boscombe beobachtete sie mit angespannter Miene. Er sah konzentriert aus und wartete.

»Sie wussten es, nicht wahr?«, fragte Clarice mit sanfter Stimme. »Haben Sie deshalb die Arbeit bei Mr. Wynter niedergelegt? Weil Sie wussten, dass er jemanden in Schutz nahm, der …«

Seine Augen waren weit geöffnet, und sein ungläubiger Gesichtsausdruck sah fast schon komisch aus.

»Nein, so war es nicht …«, beantwortete sie ihre Frage selbst.

»Nein! Oh, ich wusste, dass hier und dort kleine Beträge fehlten«, bekräftigte er. Er rutschte kaum merklich auf dem Stuhl hin und her. »Zunächst dachte ich, Mr. Wynter wäre etwas gedankenlos oder könnte nicht so gut rechnen. Dann merkte ich, dass die Zahlen am Ende immer ganz genau stimmten. Er wusste also, dass jemand ab und zu etwas entwendete. Ich hatte aber nichts dagegen, dass er auf seine Art damit umging.«

»Wusste er, wer es war?«

Boscombe lächelte. »Er hat es mir nicht gesagt.«

Sie wusste, dass er die Wahrheit sagte, aber es gab noch eine andere Wahrheit, eine vollständige und ehrliche, die er verheimlichte.

»Aber er wusste Bescheid«, beharrte sie. »Und Sie auch?«

»Nein, ich nicht. Aber wenn ich es wüsste, Mrs. Corde, wäre ich mir nicht sicher, ob ich es Ihnen anvertrauen könnte.«

Sie beugte sich über den Tisch und stützte die Ellenbogen auf das helle, abgeschrubbte Holz. »Mr. Boscombe, ich bin überzeugt, Mr. Wynter wurde umgebracht. Vielleicht war es nicht von vorneherein geplant, aber er wurde niedergeschlagen, und als er tot oder am Sterben war«, sie sah, wie er zusammenzuckte, sprach aber unbeirrt weiter,

»schleppten sie ihn hinten in den Keller, nahmen die Laterne mit und ließen ihn alleine im Dunkeln liegen, tagelang. Vielleicht hat das gar nichts mit dem Geld zu tun – bei den geringen Beträgen kommt dem bestimmt keine Bedeutung zu – aber mit irgendwas hat es schon zu tun!«

Genevieve zuckte zusammen. »John, wenn das stimmt, dann ist etwas Schreckliches geschehen. Vielleicht solltest du mit Mr. Corde sprechen, wenn du Mrs. Corde nichts sagen kannst.«

Endlich blickte er ihr in die Augen. »Mr. Wynter wusste Bescheid«, gab er zu. »Glaube ich zumindest, aber es ging um etwas anderes, etwas Wichtigeres, und er wollte herausfinden, welche größere Sünde dahintersteckte.«

»Glauben Sie, er hat es herausgefunden?«, fragte ihn Clarice.

Er biss sich auf die Lippen. Sein Gesicht war jetzt ganz blass. Es ging um etwas sehr Finsteres, das den Tod eines gütigen Menschen verursacht hatte und womöglich die Verdammnis eines anderen heraufbeschwor.

»Hoffentlich nicht«, sagte er langsam. »Ich kann nur hoffen, dass er es nicht wusste.«

»Aber John …«, hob Genevieve an. Dann aber verlor sich ihre Stimme.

»Ich weiß es nicht«, sagte er noch einmal. »Und das ist die Wahrheit.«

Clarice konnte ihm nichts mehr entlocken. Sie dankte den beiden und ging, als die Kinder aus dem Garten hereinströmten. Lauter freudig strahlende Augen, glückliche

Gesichter, die von der Bewegung im Freien glühten. Sie merkten nicht, wie laut sie waren, als sie sich plötzlich wieder in der warmen engen Küche befanden, in der es mit dem blitzblanken Tisch und Fußboden, dem kostbaren Porzellan und dem Geruch nach Kräutern und trocknender Wäsche so gemütlich war. Gewalt ist ein schmutziges Wort – und passte so gar nicht hierhin.

Es war schon früher Nachmittag, als Dominic sich entschloss, im Herrenhaus vorzusprechen. Er musste einfach jemandem Vertrauen schenken, oder er musste den Gedanken, die genauen Umstände von Mr. Wynters Tod herauszufinden, ein für alle Mal aufgeben. Es erschien ihm immer noch absurd, dass jemand ihn getötet haben könnte.

Selbst zu dieser Tageszeit waren die Temperaturen unter null, und der Schnee knirschte unter seinen Füßen. Er lief so schnell er konnte, und auch in seinem Kopf rasten die Gedanken. Der Entschluss, den er soeben gefasst hatte, könnte sein ganzes Leben verändern, und, was ihm noch mehr bedeutete, auch das Leben von Clarice. Um ihn zu heiraten, hatte sie auf einiges verzichtet, und er wünschte nichts mehr, als dass sie es niemals bereute. Zu seiner Überraschung stellte er fest, dass er sie von Monat zu Monat mehr liebte, je besser er sie kennenlernte. Ihr offenes, ehrliches Gemüt strahlte heller und klarer, als er es jemals für möglich gehalten hätte. Oft dachte er schon, er kenne sie, dann aber sagte oder tat sie etwas, was ihn wieder in Erstaunen versetzte. Sie brachte ihn gegen seinen Willen zum Lachen. Sie hatte sich nie über das wenige Geld beschwert, über die kleine, schmuddelige Wohnung, die sie der Armut und der kleinlichen Dienstbeflissenheit Mr. Spindlewoods zuzuschreiben hatten.

Dann wiederum geriet sie wegen einer Ungerechtigkeit derart in Wut, dass sie in unmissverständlichen Worten genau das sagte, was auch er dachte, aber klug genug gewesen war, nicht zu äußern. Oder war er nur zu feige? Oder war er einfach nur älter und vertraut mit den unendlichen Möglichkeiten des Versagens?

Er wollte sie nicht enttäuschen. Sie war immer noch so verliebt. Er sah es in ihren Augen, an dem plötzlichen Erröten, wenn sie bemerkte, dass er sie mit gefühlvollem Blick ansah. Konnte er jemals ihren Erwartungen gerecht werden? Manchmal war gutes Aussehen kein Segen. Es verführte die Menschen – die Frauen –, sich mehr zu erhoffen als man bieten konnte; das Äußere entfachte Träume, die nicht dem entsprachen, was Männer in Wirklichkeit waren.

Als sich die dunklen Bäume der Auffahrt teilten, tauchte das aus dem unberührten Schnee ragende Herrenhaus vor ihm auf. Ein Traum aus Stein. Fühlte Peter Connaught wohl manchmal, wie das Gewicht der ruhmreichen Vergangenheit auf ihm lastete? Erwarteten die Geister der Ahnen zu viel von ihm?

Konstruierte Clarice vielleicht ein Morddrama, wo es doch nur um einen häuslichen Unfall ging? Setzte sie aus einzelnen Tatbeständen ein Bild zusammen, das nur Leid und Ungerechtigkeit schaffen und nichts aufklären würde?

Schaudernd erinnerte sich Dominic an die erste Begegnung mit ihrer Familie, an die schöne, egoistische und todbringende Mutter, die so in ihrem eigenen Wahn gefangen war, dass die Realität zu existieren aufgehört hatte. Die Mutter, die alles so hinbog, dass es ausschließlich ihrem Irrglauben über Dominic und über die Liebe diente.

Clarice war damals überaus tapfer gewesen und bereit, die Wahrheit zu sehen und zu akzeptieren, ungeachtet des hohen Preises oder der Schmerzen.

Er ging schneller. Diesmal würde er ihr glauben. Immer noch besser, der Sache nachzugehen und dann festzustellen, dass alles nicht stimmte, als der Wahrheit blind den Rücken zuzuwenden, nur weil es bequemer wäre wegzuschauen. Das würde sonst immer zwischen ihnen stehen.

Er kam an der großen Eichentür an und zog die Glocke. Es hatte wieder zu schneien angefangen, weiße Flocken, groß wie Blütenblätter.

Die Tür wurde geöffnet, und der Butler bat ihn herein. Sir Peter war in seinem Büro, kam aber umgehend, lächelte, bot ihm Tee und Hefegebäck an und entschuldigte sich dafür, dass es höchstwahrscheinlich keinen Kuchen gäbe.

»Eigentlich hätte es Hackfleischpasteten geben sollen«, sagte er kopfschüttelnd. »Ich werde mich darum kümmern, dass bei Ihrem nächsten Besuch welche da sind.«

»Einfach nur Tee wäre jetzt gerade richtig, danke«, erwiderte Dominic und folgte Sir Peters eleganter Erscheinung in den riesigen Salon. »Und wenn ich Sie um etwas

Zeit bitten dürfte.« Die Wärme des Raumes empfing ihn wie eine Umarmung. Der Hund vor dem Kamin erhob sich, streckte sich und trottete dann zu ihm hinüber, um zu sehen, wer da gekommen war, und um sich zu vergewissern, dass Dominics Kommen auch erlaubt war.

»Was kann ich für Sie tun?«, fragte ihn Sir Peter, als sie Platz genommen hatten. »Haben Sie sich schon eingelebt?«

»Leider bringe ich eine äußerst bedauerliche Nachricht«, erwiderte Dominic. »Zwar wurde mir gesagt, dass ich noch nicht darüber sprechen darf, aber …«

»Sie gehen doch nicht etwa wieder fort?«, fragte Sir Peter beunruhigt.

»Nein, nicht in absehbarer Zukunft.« Dominic war selbst überrascht, wie aufrichtig er das meinte. Er würde so gerne hierbleiben, sein eigener Herr sein, seinem Gewissen nach selbst, ohne Spindlewood, entscheiden, ob er nun Erfolg hätte oder nicht.

»Am liebsten würde ich ganz hierbleiben, aber das hängt vom Bischof ab.«

»Ich verstehe nicht ganz«, sagte Sir Peter. Auf seinem dunklen Gesicht stand deutliche Verwunderung.

So kurz wie möglich erzählte Dominic ihm, was geschehen war, einschließlich Fitzpatricks Ermahnung, noch nichts zu sagen, und er erklärte auch die Beweggründe, warum er sich nicht daran hielt.

»Mein Gott«, sagte Sir Peter leise. Er sah sehr niedergeschlagen aus. »Wissen Sie, ich mochte ihn sehr.«

Dominic glaubte ihm aufs Wort; er musste es gar nicht erst in seinen Gedanken abwägen. Der Schmerz in Sir Peters Augen war echt – ein Schmerz, den man spürte, als wäre eine weitere Person im Raum.

»Je mehr ich über ihn erfahre, umso stärker wird mir bewusst, wie sehr man ihn liebte«, sagte Dominic behutsam. »Auch ich vermisse ihn, dabei habe ich ihn nicht einmal gekannt. Deshalb möchte ich auch herausfinden, was geschehen ist. Ich weiß aber nicht, wem ich vertrauen und wo ich anfangen kann.« Er lächelte traurig und etwas befangen. »Ich habe einen Schwager, der Polizist ist, ein Kriminalbeamter. Jetzt erst kann ich einschätzen, wie entsetzlich schwer sein Beruf ist. Ich selbst habe keinerlei Befugnis, Fragen zu stellen. Ich bin ein Fremder hier, auch wenn ich so gerne hierhin gehören würde, aber ich empfinde es als meine Pflicht, die Wahrheit über Mr. Wynters Tod herauszufinden.«

Sir Peter runzelte die Stirn. »Vielleicht war es ein Unfall, gar nicht beabsichtigt, jemand hat Panik gekriegt, sich wegen des Streits schuldig gefühlt und es dann verleugnet, auch vor sich selbst.« Jetzt flüsterte er nur noch. »Wenn wir Angst haben, können wir zu wahren Scheusalen werden. Ich habe es schon erlebt, dass Menschen sich dann völlig anders verhalten haben, als man es ihnen zugetraut hätte.«

»Gewiss«, stimmte Dominic ihm zu. »Aber hier handelt es sich um Feigheit und um eine gewisse Brutalität, die schrecklichen Egoismus an den Tag legt. Ich beabsichtige nicht, das hinzunehmen. Es – es sähe so aus, als ob es nichts bedeutete, aber das tut es ja.«

»Aber natürlich.« Sir Peter hob den Blick und sah Dominic direkt in die Augen. »Wie kann ich Ihnen helfen? Ich habe keinerlei Ahnung, wer so etwas getan hat oder hätte tun können.«

»Oder warum?«, ergänzte Dominic.

Fast unmerklich kniff Sir Peter die Lippen zusammen. »Oder warum«, räumte er ein. Er holte Luft, als ob er noch etwas hinzufügen wollte, besann sich aber und schwieg.

Dominic fragte sich, was er wohl hatte sagen wollen. Wahrscheinlich, dass es ein Geheimnis gewesen war, das Mr. Wynter, vielleicht durch Zufall, erfahren hatte. Und dass dieses Geheimnis jemandem so überaus wichtig war, dass die Angst, alles zu verlieren, so groß war, dass man lieber tötete, als die Enthüllung zu riskieren. Wenn ein Pfarrer umgebracht wurde, lag dieser Gedanke nahe. War nicht der einzige Grund seines Schweigens der, dass Sir Peter wusste oder befürchtete, dass es so war?

Ging es um sein eigenes Geheimnis oder um das eines anderen?

Welches Geheimnis konnte dieser elegante, charmante und vermögende Peter Connaught für so wichtig halten, dass er bereit war, einen Mord zu begehen? Oder wer mochte der Freund sein, dessen Tat er stillschweigend duldete?

Womöglich jeder? Ein noch so harmlos Erscheinender könnte ein Geheimnis verbergen, das sich ein Außenstehender niemals vorstellen konnte. Auch Sir Peter hatte sich mit Wynter gestritten, trotz ihrer engen Freundschaft, bis zu dem Punkt, dass er plötzlich seine Besuche im Pfarrhaus eingestellt hatte, und Wynter hatte sein Schachspiel weggeräumt und offensichtlich auch nicht mehr benutzt.

Dominic erwog, ihn herauszufordern, entschied sich aber dagegen, zumindest im Augenblick. »Bis zu einem gewissen Grade könnte ich die Verdächtigen eingrenzen, wenn ich wüsste, wer ihn besucht hat, nachdem er das letzte Mal lebend gesehen wurde«, sagte er laut.

Sir Peter entspannte sich kaum merklich. Der Unterschied in seiner Sitzhaltung war äußerst gering, lediglich eine winzige Veränderung im Faltenwurf seines Jacketts. Aber Dominic bemerkte es.

Ein Holzscheit im Kamin fiel herunter, und Funken stoben nach oben. Sir Peter erhob sich und legte ein neues nach, wartete dann kurz, um sicher zu sein, dass es auch richtig lag. Die Flammen loderten auf und umzüngelten das Holz.

»Das scheint mir eine gute Idee zu sein«, sagte er und setzte sich wieder. »Wenn ich helfen kann, sehr gerne. Vielleicht könnte ich mich auch diskret umhören.«

»Da wäre ich Ihnen wirklich sehr dankbar«, nahm Dominic das Angebot an. Er hatte keine Ahnung, wie weit er ihm vertrauen konnte, aber manchmal konnte man aus einer Lüge genauso viel schließen wie aus der Wahrheit. Auch das nicht Ausgesprochene war aufschlussreich. »Danke«, sagte er herzlich. »Hoffentlich stellt sich heraus – wie Sie vermuten –, dass es sich nur um einen tragischen Unfall handelt, der nicht gemeldet wurde.«

Sir Peter lächelte. »Das wäre wohl eine unverzeihliche Unterlassung, aber möglich ist alles.«

Dominic blieb noch eine Viertelstunde, verabschiedete sich dann und ging in die Abenddämmerung hinaus. Draußen war es jetzt bitterkalt. Die Wolken hatten sich verzogen, und die untergehende Sonne im hellen, bernsteinfarbenen Licht stand tief am Horizont. Die Schatten wurden länger, und der messerscharfe Wind schmerzte auf der Haut und ließ die Augen tränen.

Er schlitterte leicht auf dem Eis, als er die Auffahrt hinunterstapfte. Außer dem dumpfen Geräusch, das entsteht, wenn der zu schwere Schnee von den Nadelbäumen zu Boden rutscht, herrschte Stille in der Abendstimmung.

Hinter den Bäumen leuchteten gelb die Lichter des Dorfes, wie kleine goldene Sterne, die vor dem blaugrauen Licht der Dämmerung funkelten. Eine Haustür ging auf, und ein Hund huschte heraus und nach einer Weile wieder hinein, und das Licht erlosch.

Dominics Hände und Füße waren ganz taub. Er zog die Schultern hoch. Die Ohren taten ihm weh und auch das Gesicht. Er blieb kurz stehen, um seinen Schal neu zu binden.

Da hörte er die Schritte hinter sich. Er drehte sich um. Die eiskalte Luft verschlug ihm fast den Atem. Er erkannte die Gestalt einer Frau. Sie überquerte den Dorfanger nur ein paar Meter von ihm entfernt. Sie war klein und gebeugt und zitterte vor Kälte. Sie blieb ebenfalls stehen, bewegungslos, als ob sie überlegte, wegzulaufen.

Dominic machte einen Schritt auf sie zu. »Wollten Sie zu mir?«, fragte er freundlich.

»Oh – Mr. Corde …«, begann sie.

»Kann ich Ihnen behilflich sein?«, fragte er behutsam. »Wir sind uns, glaube ich, noch nicht begegnet.«

»Sybil Towers. Nein! Ich wollte – nun – ich wollte gerade nach Hause gehen.« Sie rührte sich nicht.

Er hatte den Namen schon einmal im Dorf gehört und wusste, dass sie Witwe war. »Vielleicht kann ich Sie begleiten?«, bot er ihr an. »Damit Sie sicher nach Hause kommen. Heute Abend ist es ja schrecklich kalt.«

»Also … das ist wirklich sehr freundlich von Ihnen«, sagte sie eifrig. Durch den Schatten ihres Hutes konnte er ihr Gesicht kaum sehen. Außerdem hatte sie den Schal fest um Nacken und Schultern gewickelt. Aber er meinte ein Lächeln zu erkennen.

Er ging das kurze Stück zu ihr hin und bot ihr den Arm an. Sie hakte sich ein und zog ihn ein klein wenig heran, um ihm die Richtung zu weisen. Es war nicht so einfach, sich ihrem gemächlichen Gang anzupassen.

»Kann ich irgendetwas für Sie tun, Mrs. Towers?« Er versuchte herauszufinden, warum sie ihm gefolgt war. »Soll ich Ihnen Holz ins Haus tragen? Oder Kohle?« Kaum hatte er das gesagt, kam er sich auch schon unbeholfen vor. Womöglich hatte sie weder Holz noch Kohle. Dann war das ihr eigentliches Problem.

»Oh nein, vielen Dank«, sagte sie und schüttelte zitternd den Kopf. »Wirklich, ich habe alles. Sehr nett von Ihnen, aber ich bin voll und ganz zufrieden, wenn ich mich bei Ihnen einhaken kann, damit ich nicht ausrutsche.« Um dem Nachdruck zu verleihen, hielt sie seinen Arm noch fester.

Ein paar Minuten gingen sie schweigend weiter. Er glaubte aber immer noch, dass sie ihn etwas fragen wollte, hatte wohl aber nicht den Mut dazu. Eigentlich sollte er es erraten und ihr helfen, wenn es ihr so schwerfiel. Ein guter Pfarrer musste die Nöte erkennen, sie verstehen, noch bevor sie überhaupt ausgesprochen wären.

Vielleicht war sie einfach nur einsam. Das würde sich kaum einer eingestehen. Bitte Herr Pfarrer, sprechen Sie mit mir, brechen Sie das Schweigen in meinem Leben. Alles, was ich sage oder denke, ist so bedeutungslos, aber bitte tun Sie eine halbe Stunde lang so, als wäre es bedeutsam. Hören Sie mir zu, stellen Sie mir Fragen; wenn Sie dann wieder gehen, werde ich mich besser fühlen.

Würde sie Weihnachten auch alleine verbringen? Außer dem Kirchgang, natürlich. Er sollte sie zum Tee einladen. Aber auch schon einmal davor, damit sein Mitleid nicht zu offensichtlich wäre. Keiner würde nur aus reiner Nächstenliebe gefragt werden wollen.

»Mrs. Towers«, setzte er an. »Ich hoffe, Sie kommen bald einmal zu uns zum Tee, wenn der Schnee nicht mehr so hoch ist. Meine Frau und ich würden Sie sehr gerne besser kennenlernen. Wahrscheinlich können Sie uns eine

Menge über das Dorf, seine Geschichte und die Bewohner erzählen. Hätten Sie Lust dazu?«

»Oh!« Sie klang sehr überrascht. »Oh, nun!« Sie ergriff seinen Arm, als ob sie kurz vor dem Hinfallen wäre. »Das wäre wirklich sehr nett. Wenn das Wetter etwas besser ist. komme ich gerne. Wenn es nicht mehr so viel Schnee gibt. Vielen Dank. Ich bin jetzt fast angekommen. Ich wohne gleich um die Ecke.« Sie zog ihren Arm weg. »Noch einen schönen Abend. Gute Nacht, Herr Pfarrer. Vielen Dank für Ihre Hilfsbereitschaft. Schön, Sie kennengelernt zu haben.« Sie beschleunigte ihren Gang und verschwand in der Finsternis, im Schatten der Bäume und Hecken, bis sie in der Dunkelheit nicht mehr von anderen Schatten zu unterscheiden war.

Er brauchte nicht weiter stehen zu bleiben und zu warten, ob sie sich eines Besseres besinnen und zurückkommen würde. Und doch war sich Dominic sicher, dass sie ihm noch etwas hatte mitteilen wollen. Hatte er sie durch seine Einladung zum Tee davon abgehalten?

Wusste sie schon, dass Mr. Wynter tot war? Oder befürchtete sie es? Hatte Mr. Wynter sich ihr anvertraut? Wahrscheinlich beobachtete sie alles im Dorf und hörte sich um. Sie war doch allein, hatte nichts zu tun und sicher keine Verwandten in der Nähe.

Das wäre nicht einmal Schnüffelei, sondern der Instinkt eines einsamen Menschen mit reichlich Zeit. Aber vielleicht hat sie sich auf alles Mögliche selbst ihren Reim gemacht.

Er hätte sie fragen sollen. Befand sie sich womöglich selbst in Gefahr?

In der Kälte fror er bis auf die Knochen. Jetzt, da er stehen geblieben war, fing er sogar an zu zittern. Er wandte sich um und machte sich durch den Schnee auf den Weg zurück zu den Kirchtürmen, die sich vor den aufgehenden Sternen schwarz abzeichneten. Er wusste, das Pfarrhaus lag rechts davon, versteckt hinter den Bäumen. Um zu sparen, machten sie möglichst wenig Licht an.

Als er die Haustür öffnete, umgab ihn die Wärme, und sogleich nahm er den Geruch von heißem Gebäck, Öllampen, Kohle und nach Lavendel duftender Möbelpolitur wahr.

»Clarice!«, rief er erwartungsvoll. »Clarice?«

Sie kam und umarmte ihn. Als das Eis auf seinem Mantel ihren Hals streifte, musste sie nach Luft schnappen, ignorierte es aber und umarmte ihn noch fester.

Nach dem Abendessen saßen sie sich am Kamin gegenüber. Draußen hatte der Wind wieder aufgefrischt, zerrte an den Ästen, und ab und zu schlugen kleine Zweige gegen die Fensterscheiben. Er erzählte ihr von seinem Gespräch mit Peter Connaught.

»Konnte er dir weiterhelfen?«, fragte sie, beugte sich vor und sah ihm direkt in die Augen.

»Ich glaube nicht«, gab er zu.

Sie merkte, wie er zögerte. »Du glaubst es, bist dir aber nicht sicher, stimmt's?«

Er blickte in ihr Gesicht mit den großen sanften Augen und dem sensiblen Mund. Hatte er sie wieder mit dem Mord konfrontiert, der Gewalt und der menschlichen Tragödie des Hasses? Er dachte daran, wie verletzt sie das letzte Mal gewesen war und welche Angst er selbst gehabt hatte. Sie hatte nie an ihm gezweifelt, egal wie die Fakten zu sein schienen. Er schuldete ihr Ehrlichkeit, aber er musste sie auch beschützen. Er wollte sie nicht verletzen, niemals. Wenn er sie jedoch aus der Sache heraushielt, stand er ganz alleine da. Er konnte sie nicht mit Halbwahrheiten abspeisen, ohne das Band zwischen ihnen, das so unendlich wertvoll war, zu durchtrennen.

»Was mir zu denken gibt, war nicht so sehr, was er sagte, als vielmehr sein Gesichtsausdruck.« Er kam sich irgendwie lächerlich vor, als er das sagte.

»Er hat dir auf Anhieb geglaubt!« Sie verstand sofort, was er meinte. »Du hast ihm gesagt, dass Mr. Wynter ermordet worden ist, und er wusste, dass du recht hast!«

Er spürte eine alles durchdringende Wärme in sich, die das Feuer oder der Raum ihm nicht zu geben vermocht hätten. »Er ist davon überzeugt, dass jemand ein Geheimnis hatte, das Mr. Wynter in Erfahrung gebracht haben könnte«, bestätigte er. Sollte er ihr den Rest auch noch sagen: den Eindruck, der sich erst ganz frisch in seinen Gedanken gebildet hatte?

Sie wartete ab, was er noch zu sagen hatte. Sie musste ihm auch etwas Dringendes mitteilen. Das konnte er in ihren Augen sehen und daran, wie sie die Hände im Schoß umklammerte.

»Er wirkte fast erleichtert. Als ob er schon so was befürchtet hatte und jetzt endlich den vollendeten Tatsachen gegenüber stand und nicht mehr allein damit war.«

»Ich habe es John und Genevieve Boscombe auch gesagt«, erwiderte sie schnell. »Ich konnte nicht anders. Vielleicht ist Dr. Fitzpatrick jetzt wütend, aber ich konnte sie nicht um Hilfe bitten und sie gleichzeitig anlügen. Sie hätten mir sowieso nicht helfen können, weil ich keine vernünftige Erklärung für mein Tun hatte.«

Er war verwirrt, dann spürte er ein Fünkchen Angst, nur ganz wenig, aber es war da. »Was hast du denn getan?«

Mit gesenktem Blick blinzelte sie schuldvoll.

»Ich wollte dir keine Vorwürfe machen!« Er beugte sich so weit vor, dass er ihre Hand ergreifen konnte. »Clarice! Ich wollte ja nur ...« Was wollte er eigentlich? Er schluckte und biss die Zähne zusammen. »Ich habe Angst um dich. Wenn jemand im Dorf Mr. Wynter wirklich zur Kellertreppe gelockt hat und ihn dann so heftig schlug, dass er starb, dann wäre es dumm, uns in Sicherheit zu wiegen und gleichzeitig zu versuchen, das Geheimnis zu lüften, das alles verursacht hat. Es gibt nicht nur Schnee, Frieden, Güte und das bevorstehende Weihnachtsfest, es gibt auch etwas ganz Schreckliches hier. Nur weil wir nicht schon immer hier gelebt haben, heißt das noch lange nicht, dass wir davor gefeit sind. Durch unser Zutun sind wir jetzt ein Teil dieses Dorfes. Es tut mir wirklich leid!«

»Das sollte es aber nicht.« Sie nahm seine Hand und umschloss sie mit ihren Fingern. »Wir sind nur sicher, wenn wir nicht alleine sind. Ich werde sehr vorsichtig sein.«

»Das wirst du eben nicht sein«, widersprach er ihr. »Ich kenne dich doch! Du wirst die Sache in die Hand nehmen und tun, was du für richtig hältst. Vorsicht oder alles, was mit Vernunft zu tun hat, wird dir zuallerletzt in den Sinn kommen!«

Sie wich seinen Worten aus. »Ich habe mir die Bücher angesehen«, teilte sie ihm mit. »Sehr genau sogar.«

Er war verwirrt. »Welche Bücher?«

»Die Kontenführung!«, rief sie ungeduldig. »Die Abrechnungen!«

»Oh, warum das denn? Wir kommen sicher mit dem Geld aus, bis der Bischof eine Entscheidung fällt.« Er hörte, wie unglücklich seine Stimme klang. Er hatte sich selbst nicht zugestehen wollen, wie viel ihm an dieser Entscheidung lag, und vor allem hatte er nicht gewollt, dass Clarice es merkte. Aber er wollte nun mal hierbleiben, seine eigene Kirchengemeinde haben, der er predigen, um die er sich kümmern und von der er auch lernen konnte. Es grauste ihm schon davor, zu Mr. Spindlewood und dessen trübsinniger, frömmlerischer Geisteshaltung zurückzukehren.

»Die Abrechnungen stimmen nicht!«, sagte Clarice entschieden. »In den letzten sechs Monaten oder noch länger gab es Ungereimtheiten.« Sie sprach leise und angespannt, und sie blickte ihn immerfort an, um seine Aufmerksamkeit nicht zu verlieren. »Jemand entwendete winzige Beträge aus der Spendenkasse. Oftmals nur Pennies, nie mehr als ein oder zwei Schillinge. Mr. Wynter ersetzte den Betrag von seinem eigenen Geld. Seine private Kontenführung war auf den Penny genau, außer eben diesen Beträgen. Wenn man genau hinsieht, stimmen sie überein.«

Er runzelte die Stirn und versuchte zu verstehen. »Und warum?«

»Ich weiß es nicht. Mr. Boscombe auch nicht, aber es muss da etwas anderes dahinterstecken, etwas, das jemandem sehr sehr wichtig ist. Aus irgendeinem Grund verheimlichte Mr. Wynter es. Mr. Boscombe hat das zwar nicht wörtlich gesagt, aber, als ich ihn ansah, stand es ihm ins Gesicht geschrieben. Ich werde vorsichtig sein, Dominic, versprochen, aber wir müssen der Sache nachgehen. Unmöglich, hierzubleiben und so zu tun, als wäre nichts geschehen oder als ob wir nichts wüssten. Wir wissen ja etwas!«

»Ja, aber vielleicht …«, er unterbrach sich.

Sie sah ihn mit kritischem Blick an. »Wenn es einen Gott gibt – und ich kann den Gedanken nicht ertragen, dass es ihn nicht gibt, egal was Darwin so alles behauptet –, dann weiß *Er* auch, dass wir etwas wissen. Darauf kommt es doch letzten Endes an, oder?« Jetzt brauchte sie eine Antwort, nicht nur auf die Frage selbst, sondern auf alles, was in ihr enthalten war, und zwar eine Antwort fürs ganze Leben.

Dominic schloss kurz die Augen, zwei, drei Sekunden lang. Sie hatte eine so direkte Art, die Dinge zu durchschauen, der man sich nicht entziehen konnte. »Ja, natürlich, darauf kommt es an. Wir müssen die Wahrheit herausfinden und entsprechend handeln. Aber bitte, Clarice, sei vorsichtig. Wer auch immer es getan hat, diese Person hütet ein so schreckliches Geheimnis, dass sie dafür sogar einen Pfarrer tötet. Es könnte alles sein – sogar der Tod eines weiteren Menschen, von dem wir jetzt noch nichts wissen. Oder etwas, das uns ganz banal vorkommt, für jemand anderen aber so schwerwiegend ist, dass er es nicht erträgt. Wenn dir etwas zustieße, wäre das für mich auch nicht zu ertragen. Ich liebe dich so sehr, dass ich nicht wüsste, wozu ich mir selbst oder anderen nützen könnte. Vielleicht bin ich auch alleine einigermaßen zurechtgekommen, aber das war, bevor ich dich kannte. Mit dir habe ich etwas zu Wunderbares kennengelernt, als dass ich es jemals vergessen könnte.«

Sie lächelte, aber ihre Augen waren voller Tränen. »Ich werde achtgeben«, versprach sie, schniefte und musste blinzeln. »Auch ich könnte niemals zulassen, dass mein Glück mir weggenommen wird.«

Es war ein strahlend schöner Morgen mit einem kalten kräftigen Wind. Jetzt waren sie schon über eine Woche in Cottisham. Es kam ihnen aber viel länger vor. Sie räumte das Frühstücksgeschirr weg und fragte sich, ob Mrs. Wellbeloved heute wohl kommen würde. Clarice hatte das Gefühl, es wären schon Monate vergangen, seit sie und Dominic das erste Mal in dieses angenehme Haus gekommen waren, in dem sie sich sofort wie zu Hause gefühlt hatte. Zu Anfang hatte nicht der geringste Schatten einer Tragödie darübergelegen. Das ganze Pfarrhaus war erfüllt mit Erinnerungen an Generationen von Familien, die alle hier gelebt hatten. Die Menschen hatten wohl genau so viel Freud und Leid erfahren, wie andere auch, aber hier, in dieser kleinen Gemeinde, im Schutz der Kirche hatten sie sich in ihrem Glauben geborgen gefühlt.

Wie hätte sie jemals ahnen können, dass da unten, im Dunkel des Kellers, der Pfarrer lag und jeden Tag kälter wurde. Würde jemals wieder Wärme entstehen können? Nicht bevor sie die Wahrheit herausgefunden und ihr ins Auge gesehen hatten.

Dominic war zu Dr. Fitzpatrick gegangen. Wahrlich keine angenehme Aufgabe, aber es mussten nun mal einige Dinge erledigt werden. Das Dorf musste offiziell über Mr. Wynters Tod informiert werden. Zweifelsohne wussten die meisten Bewohner schon Bescheid. Dominic müsste schweigend danebenstehen, wenn der Doktor verkündete, dass der Tod auf natürliche Weise eingetreten war. Natürlich hatte er dem Bischof geschrieben, aber ob der Brief schon angekommen war, hing von der Schneehöhe ab, denn der Pferdewagen musste ja erst einmal aus dem Dorf herauskommen. Selbst die Hauptstraßen könnten unpassierbar sein, wenn der Schnee sie zugeweht hatte. Bisher hatte er noch keine Antwort, und vielleicht musste er die Beerdigung sogar unabhängig davon durchführen.

Clarice stand mit einem Küchentuch in der Hand mitten

in der Küche und stellte zu ihrem Erstaunen fest, wie sehr sie befürchtete, hier wegzumüssen. Einfach niederschmetternd; eine herbe Enttäuschung, die sie fast körperlich wie eine innere Verletzung spüren konnte. Sie wollte unbedingt hierbleiben, nicht nur, weil Dominic es so sehr wünschte, nein auch für sich selber. Trotz der tragischen Ereignisse im Keller wollte sie in diesem Haus wohnen bleiben und erleben, wie der Frühling im Garten erwachte. Sie wollte den Dorfteich ohne Eisschicht sehen, mit kleinen Entchen darauf, die auf dem frischen Gras watschelten. Sie wollte die Apfelblüte erleben und zusehen, wie Kinder ihre Drachen fliegen ließen. Sie wollte Ostern hier sein, und auch im Sommer und zum Erntedankfest. Für sie beide könnte das Leben hier nie erfahrene Erfüllung bringen. Ein schönes Stück Arbeit wartete auf sie. Dominic wäre so beliebt wie Mr. Wynter es gewesen war. Sie würde ihm beistehen.

Zunächst mussten sie aber herausfinden, wer Mr. Wynter umgebracht hatte, und warum. Sie könnten das Licht nicht finden, wenn sie nicht den Mut aufbrächten, die Finsternis zu erforschen. Jeder hatte Geheimnisse, das gehörte zur menschlichen Natur, egal ob es um Fehlverhalten oder nur um eine Dummheit ging. Schuld und Beschämung konnten das gleiche Gesicht haben. Aber was hatte zum Mord geführt?

Beim Abräumen dachte sie über ihren gestrigen Besuch bei den Boscombes nach. Sie machte den Küchenherd sauber und schürte ihn ein. Dann erhitzte sie die Bügeleisen für Dominics frisch gewaschene Hemden, die noch feucht eingerollt in der Spülküche lagen und darauf warteten, gebügelt zu werden.

Das Haus der Boscombes hatte so einen heiteren Eindruck gemacht und doch hatte sie dort auch Angst gespürt. Oder war das Wort zu stark? War es vielleicht nur Besorgnis, Trauer, weil ein Freund tragisch ums Leben gekommen war? Sie hatte die Blicke nicht erwartet, die die Boscombes so schnell und scheinbar verstohlen austauschten, eine Verständigung, die sie lieber ohne Worte vollzogen. Auch hatte sie nicht mit den kleinen, aber deutlichen Anzeichen einer drohenden Armut gerechnet.

Wie war es zu diesem plötzlichen Unglück gekommen? Hatte Mr. Wynter davon gewusst? Sie hatte keine Ahnung, aber möglich war es schon. Aber in einer Sache war sie sich ganz sicher: dass beide, John und Genevieve Boscombe wussten, dass Mr. Wynter in Geheimnisse eingeweiht war, von denen zumindest eins sehr gefährlich war. Sie hatten sofort begriffen, worum es sich bei den kleinen Fehlbeträgen handelte, und warum er sie verheimlicht hatte.

Nahmen sie sich etwa gegenseitig in Schutz? Das brauchte sie sich gar nicht erst zu fragen, da war sie sich ganz sicher.

Wenn Mr. Wynter ihre Geheimnisse kannte, worum ging es dann wohl?

Sie probierte rasch die Bügeleisen aus. Sie waren heiß genug. Sie musste sich beim Bügeln konzentrieren. Auf keinen Fall durfte sie Dominics Oberhemden versengen.

Einmal abgesehen davon, dass sie sehr stolz darauf war, als gute Ehefrau so sorgsam mit den Kleidungsstücken ihres Mannes umzugehen, dass nichts zu Schaden kam, waren sie auch viel zu teuer, als dass man sie einfach so hätte ersetzen können. Er hatte sie noch aus seiner Tätigkeit als Bankangestellter, lange bevor er sich entschlossen hatte, einen geistlichen Beruf zu ergreifen.

Sie überprüfte die Temperatur mit einem extra Tuch, bevor sie das Hemd mit dem Eisen berührte. Sie war sehr vorsichtig. Erst als sie mit der Hitze zufrieden war, fing sie an zu bügeln.

Wenn der Pfarrer etwas über die Boscombes wusste, dann müsste es etwas gewesen sein, das ihnen ganz besonders am Herzen lag. Sie glaubte einfach nicht, dass es dabei um Geld ging. Was war für die beiden wohl das Wichtigste auf dieser Welt? Jedenfalls keine materiellen Werte. Auch nicht Ruhm oder Macht. Keines von beiden war ihnen gegeben noch wollten sie es je erreichen. Sie legten Wert auf eine warmherzige Atmosphäre, auf das Lachen der Kinder beim Spielen, auf Freundschaft und liebenswürdigen Umgang miteinander, und auf all die guten Dinge, die alle Menschen von klarem Verstand erstrebten.

Was mochte diese Werte wohl gefährden?

Sie spürte, dass das Eisen in der Hand heiß wurde. Schnell zog sie es vom Kragen weg und stellte überaus erleichtert fest, dass auf der weißen Fläche kein brauner Fleck war.

Hatte der Pfarrer vielleicht herausgefunden, dass etwas

mit der Ehe der Boscombes nicht stimmte? War Genevieve damals womöglich noch nicht volljährig gewesen? Sie sah um einige Jahre jünger aus als John. Vielleicht war ihr Vater mit der Heirat nicht einverstanden gewesen? Waren sie weggelaufen, hatten sie nur mit Lügen die Erlaubnis zur Trauung erhalten? Wurde ihre Verbindung dadurch ungesetzlich? Kam sie womöglich aus einer reichen Familie und war jemandem anderen versprochen? Aber dadurch wäre ihre Ehe noch nicht ungültig.

Wurde eines ihrer Kinder unehelich gezeugt oder gar geboren? Das wäre zwar skandalös, könnte aber noch wiedergutgemacht werden. Warum hätte sich Mr. Wynter damit befasst? In den Augen der Kirche handelte es sich zwar um eine Sünde, aber das Geschehene wäre ein für alle Male Vergangenheit. Sicher hätte eine Beichte mit Absolution die Angelegenheit geregelt.

Das konnte sie aber herausfinden. Sie brauchte nur in die Kirche zu gehen, die sich ja schließlich gleich nebenan befand. Sie musste nur über den Grasstreifen und durch den Friedhof gehen. In der Sakristei müssten sich alle Kirchenunterlagen finden lassen: Eheschließungen, Taufen und Begräbnisse. Boscombe hatte ihr gesagt, Genevieve sei hier aufgewachsen. Folglich hatten sie wohl auch hier geheiratet.

Vorsichtig bügelte sie das letzte Hemd. Sie stellte beide Bügeleisen zum Abkühlen ab und trug die Hemden nach oben.

Sie kam sich richtig schäbig vor, die Gemeindeaufzeichnungen nach den persönlichen Angelegenheiten anderer Leute zu durchsuchen, aber manchmal fühlte man sich eben schäbig, wenn man etwas tat, das zur Wahrheitsfindung notwendig war. Wenn sie sich irrte, umso besser.

Sie zog ihre Straßenschuhe und den dicken Mantel an, steckte die Schlüssel ein und ging. An manchen Stellen, an denen der Schnee zu Wehen angehäuft war, reichte er ihr bis zu den Knien. Eiszapfen funkelten am mit Geißblatt umrankten Kirchhofseingang, und der Weg über den Friedhof war rutschig. Am Himmel zeigten sich Wolkenfetzen, vereinzelt fiel gleißendes Licht durch die Wolken auf den breiten Dorfanger, das, vom Schnee reflektiert, für die Augen schmerzhaft leuchtete. Sie fragte sich, ob jemand die Enten gefüttert hatte. Sicherheitshalber wollte sie sich selbst darum kümmern.

In der Kirche war es bitterkalt. Das bunte Kirchenfenster mit den Bildern von Jesus, wie er über das Wasser wandelt, warf blaue, grüne und goldene Lichtflecken auf den Boden. Das Gewand des Petrus im Boot war der einzige warme Farbton, wie ein Spritzer roten Weines. Wie viele Leute hatten wohl im Laufe der Jahrhunderte ihre Freude und ihren Schmerz hierher getragen, hatten gute Vorsätze gefasst und um Vergebung gebetet oder Dankbarkeit bezeugt?

Sie ging eilig dahin, wo die Dokumente der Gemeinde aufbewahrt wurden. Sie schloss den Schrank mit dem Schlüssel auf, den sie an einem beschrifteten Haken in der Sakristei gefunden hatte, und fand das Buch, in dem die Taufe des ältesten Kindes der Boscombes aller Wahrscheinlichkeit nach eingetragen war. Sie überflog die Einträge einiger Jahre, bevor sie fündig wurde. Das ging ziemlich schnell, weil das Dorf ja nicht so groß war: gerade mal vier- oder fünfhundert Leute. Dann blätterte sie wieder zurück und suchte nach der Eheschließung von John und Genevieve. Sie ging zehn Jahre zurück, fand aber nichts. Dreiundzwanzig Jahre vor der Geburt ihres ersten Kindes stieß sie auf Genevieves eigene Taufe. Sie blätterte wieder nach vorne, dieses Mal mit noch mehr Aufmerksamkeit. Die Taufen der beiden Schwestern von Genevieve waren da, ebenso die Beerdigungen ihrer Eltern. Die Eheschließungen der Schwestern waren verzeichnet, aber keine Taufen von irgendwelchen Kindern. Vermutlich waren sie an den jeweiligen Wohnort ihrer Ehemänner gezogen.

Dann wurden Genevieves Kinder getauft, aber Clarice fand immer noch keinen Hinweis auf eine Eheschließung.

Natürlich konnten sie woanders geheiratet haben. Dennoch konnte sich Clarice nicht des hässlichen Gedankens erwehren, dass die beiden überhaupt nicht verheiratet waren. Aber warum nicht? Es gab nur einen Grund. Etwas hatte sie davon abgehalten. Das Naheliegendste wäre, dass einer von beiden schon verheiratet war. Wenn Genevieve diejenige war, dann würde es das ganze Dorf wissen. Also musste John es sein.

War es das, was Mr. Wynter herausgefunden hatte?

Sie machte das Buch zu, stellte es wieder an seinen Platz und schloss den Schrank ab. Sie ging durch die Sakristei zurück und wieder hinaus in die frostige Kälte. Eiszapfen, geformt vom Tau der Frühe, glitzerten überall an den dunklen Ästen.

Der Boden knirschte unter ihren Füßen. Im Westen brauten sich düstere graue Wolken zusammen, dick beladen mit noch mehr Schnee. Die obersten Zweige der Bäume bewegten sich im Wind.

Als Dominic mittags zurückkam, erzählte ihm Clarice, was sie herausgefunden hatte.

»Vielleicht haben sie woanders geheiratet.« Er nahm sich noch ein Stück Brot und eine weitere Scheibe vom kalten Hammelbraten. »Vielleicht in dem Dorf, wo er herkommt. Vielleicht hatte er ältere Eltern, die nicht mehr reisen konnten.«

Sie reichte ihm die scharfen Pickles. »Möglich, aber die Boscombes befinden sich jedenfalls in einer Notlage. Wenn man genau hinsieht, entdeckt man überall kleine Anzeichen.«

Er lächelte etwas wehmütig. Sie sah seinen zunehmend schmerzlichen Blick. Sie selbst waren noch nicht in dieser Situation, würden es aber in nicht zu ferner Zukunft sein, wenn er noch länger nur Pfarrer bliebe. Schon bereute sie, was sie gesagt hatte, konnte aber die vielen Anzeichen, die sie im Hause der Boscombes bemerkt hatte, nicht leugnen. Vielleicht verschlimmerte es die Armut, wenn man sie als Thema mied, wie ein Geheimnis, das man voller Scham verbarg.

»Leute können durchaus auch einmal harte Zeiten durchmachen, ohne dass gleich ein dunkles Geheimnis dahintersteckt«, stellte er fest.

»Ich weiß.« Sie goss ihm noch etwas Tee ein, obwohl er sie nicht darum gebeten hatte. Es bereitete ihr immer wieder großes Vergnügen, seine Wünsche zu erkennen und sie zu erfüllen, bevor er sie äußerte. »Es ist ja nur ein kleiner Hinweis. Aber ich glaube, er passt zu den fehlenden Beträgen in den Kontenbüchern und zu der Tatsache, dass John Boscombe seine Stellung in der Kirche plötzlich aufgegeben hat, und dazu, dass beide vor irgendetwas Angst haben. Das wäre alles nicht weiter von Bedeutung, wenn Mr. Wynter nicht ermordet worden wäre. Aber er ist es nun mal. Es ist unsere Pflicht, die Wahrheit zu ergründen und eine Art Gerechtigkeit herbeizuführen. Schließlich ist das hier im Augenblick *dein* Dorf.« Dann verbesserte sie sich. »Unser Dorf.«

Er runzelte die Stirn. »Warum sollte der Umstand, dass sie nicht verheiratet sind – auch wenn der Pfarrer das wusste –, etwas mit ihren finanziellen Problemen zu tun haben oder mit den kleinen Fehlbeträgen in der Spendenkasse? Das passt alles nicht zusammen.«

Sie kämpfte mit dem Durcheinander in ihrem Kopf. »Ich glaube, Mr. Boscombe wusste über die Fehlbeträge Bescheid, bevor er die Arbeit mit den Kontenbüchern aufgab. Er stand dem Pfarrer nahe genug, dass sie sich gegenseitig vertrauen konnten. Dann muss irgendetwas geschehen sein, und Boscombe ging. Sie besuchen immer noch die Gottesdienste, wie alle anderen auch, aber mehr auch nicht. Es ist durchaus möglich, dass ihre plötzliche Geldknappheit auch in diese Zeit fiel. Mit Kindern kann es schnell passieren, dass man arm wird. Ich habe gesehen, wie schnell ihre Laken verschleißen: man wäscht sie jede zweite Woche, rubbelt daran, und in der Mitte werden sie dünn. Man muss sie ausbessern, bevor sie reißen.«

»Jede zweite Woche?«

Sie musste lächeln. »Für jeden zwei«, sagte sie sanft. »Eins auf dem Bett und eins in der Wäsche. Man braucht schon zwei oder drei Tage zum Waschen, Trocknen und Bügeln.«

Er errötete leicht. »Oh ja, natürlich.«

»Und sie haben immerhin vier Kinder«, fuhr sie fort. »Da wird alles an die Kleineren weitergegeben. Vor sechs Monaten waren die Laken wahrscheinlich schon recht verschlissen.«

»Und was kann die Notlage ausgelöst haben? Willst du etwa sagen, Mr. Wynter hat sie erpresst? Und sie haben dann ein halbes Jahr gezahlt und ihn dann ermordet?«

Sie blinzelte. »Nein! Das glaube ich natürlich nicht. Aber wenn Mr. Wynter dahinterkam, fand es womöglich jemand anderer auch heraus. Das wäre doch möglich, oder?«

Dominic starrte auf seine Tasse, ließ sie aber stehen und überlegte. »Ja«, sagte er schließlich. »Und wer könnte das sein?«

»Seine erste Frau«, sagte sie ohne zu zögern. »Oder genauer gesagt, seine wirkliche Ehefrau.«

»Warum hat sie ihn dann nicht öffentlich beschuldigt, wenn er sie verlassen hat?«

»Oh Dominic!«, rief sie verzweifelt aus. »Du bist aber mehr als weltklug. Es ist doch viel besser, Schweigegeld zu fordern als zuzugeben, dass sie wegen einer anderen verlassen wurde. Wenn Genevieve das nicht weiß, beziehungsweise damals nicht wusste, dann hat er seine Frau wahrscheinlich nur verlassen, weil sie grässlich war.«

Er versuchte, ein Lächeln zu verbergen, was ihm allerdings nicht ganz gelang. »Clarice, man läuft doch nicht einfach weg, weil der Ehemann oder die Ehefrau schrecklich ist. Da gäbe es in England ja kaum noch jemanden, der verheiratet ist und zu Hause wohnt.«

Sie zog die Augenbrauen hoch. »Danke für den Hinweis. Bisher habe ich aber noch nicht daran gedacht – wegzulaufen.«

Er schüttelte den Kopf. Er wusste inzwischen, wann sie ihn, wie jetzt, aufzog oder wann sie wirklich verwirrt oder verletzt war. »Da bin ich aber froh«, sagte er trocken. »Draußen ist es nämlich ziemlich kalt. Also, glaubst du wirklich, die Boscombes haben ein Geheimnis?«

Sie rümpfte die Nase. »Ja. Und ich meine, es könnte etwas mit ihrer Ehe zu tun haben. Das ist das Einzige, was ihnen so wichtig ist, dass sie sehr hart für deren Schutz kämpfen würden.« Sie begegnete seinem Blick und hoffte, er möge in ihren Augen erkennen, wie gut sie die Boscombes verstand. Auch sie hätte mit allen Mitteln gekämpft, um ihre Ehe zu schützen. Auch für sie war die Ehe das Kostbarste, was sie besaß.

Er streckte seine Hand über den Tisch aus und berührte sanft ihre Fingerspitzen. »Ich gebe dir recht. Außerdem glaube ich langsam, dass Sir Peter Connaught nicht immer ganz ehrlich ist.«

Sie schreckte auf. »Sir Peter? Meinst du wirklich? Glaubst du nicht, er ist einfach – traurig? Er schien von Mr. Wynter so angetan zu sein, und sie konnten sich vor seinem Tod nicht mehr aussprechen. Weißt du, man fühlt sich dann irgendwie schuldig.«

Er fuchtelte mit dem Messer. »Daran habe ich auch schon gedacht, aber es sind mehr so Kleinigkeiten, die nicht zusammenpassen: Ungereimtheiten, wenn er über seine Eltern spricht. Vielleicht sind sie gänzlich bedeutungslos, aber sie sind mir aufgefallen.« Er schien noch was hinzufügen zu wollen, entschied sich aber dagegen. Er sah traurig aus.

»Was hast du?«, wollte sie wissen. »Woran denkst du?«

Er zuckte leicht die Achseln. »Ich weiß auch nicht. Manchmal prahlen die Leute, stellen ihre Fähigkeiten besonders heraus oder geben mit ihrem Geld oder mit allem Möglichen an. Aber Sir Peter scheint das wirklich nicht nötig zu haben. Er ist offensichtlich sehr wohlhabend, sonst könnte er nicht ein Herrenhaus wie das seine unterhalten. Und das Haus ist wirklich gut in Schuss. Er unterstützt das Dorf auf großzügige Weise; das weiß ich aus Mr. Wynters Notizen. Und die ganze Familie Connaught ist über jeden Vorwurf erhaben. Die Familiengeschichte ist ja weitgehend bekannt.«

»Trotzdem könnten auch sie Geheimnisse haben«, gab Clarice zu bedenken. »Fast jede Familie hat welche.« Sie biss sich auf die Lippe. »Du meine Güte. Wir haben ja auch welche. Ich würde jedenfalls alles Mögliche tun, um zu verhindern, dass irgendwer in Cottisham etwas über meine Mutter erfährt.« Selbst Dominic gegenüber, der ja alles wusste, stieg ihr die Schamesröte ins Gesicht. Er war es nämlich gewesen, von dem ihre Mutter völlig besessen war, weil sie steif und fest glaubte, ihn auch zu lieben. Fast wäre er sogar des Mordes beschuldigt worden. Clarice wusste ganz genau, was Geheimnisse bedeuten konnten und wozu Leute aus Liebe und Angst fähig waren. »Dominic, es ist durchaus möglich, dass bei den Connaughts etwas nicht stimmt, dass sie es sich einiges kosten lassen würden, um es zu verbergen«, fuhr sie fort. »Es wird sehr schwierig für dich, wenn Leute in deinen Angelegenheiten herumschnüffeln. Vielleicht war das die Ursache für Sir Peters Auseinandersetzung mit Mr. Wynter. Sie standen sich schließlich sehr nahe; sie spielten sogar zweimal die Woche Schach zusammen.«

Dominic sah sie traurig an. »Mr. Wynter hatte sich mit Sir Peter und mit John Boscombe überworfen. Meinst du etwa, er unterstützte die Drohung, das Geheimnis zu entlarven?«

»Ich weiß nicht. Manchmal ... ›flüchten die Sünder, selbst wenn sie niemand verfolgt‹. Vielleicht hat es schon gereicht, dass er Bescheid wusste.«

Er sprach aus, was sie beide dachten. »Oder er benutzte sein Wissen für den abscheulichsten Verrat, den man sich vorstellen kann: jemanden zu erpressen, der ihm vertraute und sich sogar mit der Bitte um Hilfe und Vergebung an ihn gewandt hatte.«

Clarice griff über den Tisch nach seiner Hand. »Wir kannten ihn nicht«, sagte sie eindringlich. »Vielleicht ist unser Bild von ihm eher eine Wunschvorstellung.«

»Alle sprechen nur gut über ihn«, gab er zu bedenken und umschloss ihre Hand.

»Natürlich!« Sie biss sich auf die Lippe. »Er war ja schließlich der Pfarrer, und er war vorübergehend abwesend. Wer würde da behaupten, er wäre brutal, ein übler Vertrauensbrecher, der die Schwächsten erpresst hat? Man wüsste nur davon, wenn man selbst zu den Opfern gehörte und ihm den Tod wünschte, vielleicht sogar einen gewaltsamen. Wer würde das jemals zugeben?«

»Keiner«, sagte er unglücklich. »Ich hoffe zu Gott, dass du dich irrst. Dass wir uns irren«, verbesserte er sich.

Dominic ging noch einmal aus dem Haus, um einen der alten Männer zu besuchen, die zu schwach waren, um das Haus bei dem Schnee zu verlassen, und die sich davor fürchteten, was der immer strengere Winter bringen würde.

Er blieb eine Weile bei Mr. Riddington und versicherte ihn seiner Unterstützung. Wer auch immer Pfarrer in Cottisham sein würde, er müsste immer die Zeit finden, diejenigen zu besuchen, die nicht zur Kirche kommen konnten. Dann, nachdem er sich verabschiedet hatte, ging er die Straße zum Dorfanger hinunter. Wieder bemerkte er hinter sich Schritte. Sie schienen schneller zu werden, als ob jemand ihn unbedingt einholen wollte.

Er blieb stehen und drehte sich um. Er sah die resolute Mrs. Paget zügig auf ihn zu kommen. In der kalten Luft war der weiße Dunst ihres Atems zu sehen.

»Schön, Sie zu treffen, Mr. Corde«, sagte sie herzlich, als sie ihn eingeholt hatte. »Haben Sie Mr. Riddington besucht? Der Arme kann nicht mal mehr zu seinem Gartentor gehen, weil er Angst hat, auszurutschen und sich ein Bein zu brechen. Sehr vernünftig, dass er im Haus bleibt. In seinem Alter kann ein Knochenbruch sehr unangenehm sein. Aber ich will Sie nicht aufhalten. Ich gehe ein Stück mit Ihnen.« Sie setzte sich sogleich in Bewegung, und ihm blieb nichts anderes übrig, als mit ihr Schritt zu halten.

»Seine Nachbarin, Mrs. Blount, schaut jeden Tag bei ihm vorbei«, teilte er ihr mit.

»Das ist aber nicht dasselbe, als wenn der Pfarrer kommt.« Mrs. Paget schüttelte den Kopf. »Niemand sonst kann ihm so viel Trost spenden und ihm geistlichen Beistand leisten.«

»Glauben Sie mir, Mrs. Blount kocht wesentlich besser als ich«, erwiderte er. »Und manchmal kann ein heißer Apfelstrudel willkommener sein als eine Predigt.«

»Machen Sie nur Ihre Witze, Herr Pfarrer«, sagte sie ernst. »Aber es gibt dunkle Schatten, gegen die man kämpfen muss, dunkler als die meisten Leute zugeben würden.«

Er wusste nicht genau, was er antworten sollte. Der Wind frischte wieder auf. Er heulte in den Ästen, und kleine, trockene Schneeflocken glitten über das Eis.

»Ich kenne die Wahrheit«, fuhr sie mit leiser, aber klarer Stimme fort. »Mr. Wynter wurde ermordet, hab ich recht? Sie brauchen es nicht zu leugnen, um mich zu schonen. Es hilft ja nichts, die Augen zu verschließen. So gedeiht das Böse erst recht – weil wir gütig sein wollen und am Ende grausam sind.«

Er wollte ihr widersprechen, aber sie hatte ja recht. »Woher wissen Sie das, Mrs. Paget?«

Jetzt war sie es, die schwieg. Sie gingen von der Straße weg über den Anger. Der Teich war fast nicht zu erkennen: Man sah nur eine glatte, weiße Fläche, etwas unterhalb der Grasböschung. Es wurde dunkler, im Westen war der Himmel feuerrot, und dichte Schatten überlagerten die Häuser. Schon dachte er, sie würde gar nicht antworten.

»Mr. Wynter war mehr als dreißig Jahre in Cottisham«, sagte sie schließlich. »Er wusste eine Menge über die Bewohner hier, manchmal sogar Dinge, die die Leute lieber geheim gehalten hätten. Natürlich hätte er nichts gesagt. Das tun Pfarrer doch nicht, oder?« Es war zwar keine echte Frage, aber sie unterbrach sich dennoch, als warte sie darauf, dass er etwas sagen würde. In der Dunkelheit waren ihre Gesichtszüge nicht zu erkennen.

»Nein«, erwiderte er. Versuchte sie etwa ihm mitzuteilen, dass Mr. Wynter noch Schlimmeres getan hatte, als sein Wissen für Manipulation und Erpressung zu nutzen?

Er fühlte, wie die Finsternis sich nicht nur am Himmel breit machte, sondern auch in seinem Inneren.

»Aber Verräter können niemandem vertrauen«, sagte sie mit starrem Blick nach vorne.

»Mrs. Paget, glauben Sie deshalb, dass er ermordet wurde?«, fragte Dominic. »Nur weil er die Geheimnisse der Leute kannte? Alle Pfarrer tun das.«

»Was sind das schon für Geheimnisse in den meisten Dörfern? Ein paar Dummheiten, ein paar Boshaftigkeiten. Das kann man alles beichten.« Plötzlich senkte sich ihre Stimme und wurde bitter. »Cottisham ist da anders. Hier geschehen Dinge, die gegen das Gesetz Gottes verstoßen und die ein Pfarrer nicht übersehen oder gar vergeben darf.«

»Gott vergibt alle Sünden, Mrs. Paget«, gab er zu bedenken.

»Erst wenn man dafür gebüßt hat«, sagte sie schroff. »Nicht wenn man weiter sündigt und Unschuldige darunter leiden lässt. Sagen Sie bloß nicht, dass Gott so etwas duldet. Gewiss nicht. Das weiß ich genau, und Sie wissen es auch, Herr Pfarrer.«

»In der Tat«, sagte er barsch. »Und Mr. Wynter hätte denjenigen, der weiterhin Unrecht tut, sicher ebenso darauf hingewiesen.«

»Genau«, stimmte sie ihm mit starrem Blick zu. »Aber wenn diese Person immer weiter sündigte? Wenn sie einfach nicht damit aufhörte, egal, was geschah?«

Er wollte es gar nicht wissen, aber er konnte der Frage auch nicht ausweichen, bloß weil sie unbequem war. Wenn ein Geistlicher Sünde nicht benennen würde, wozu wäre er dann überhaupt gut? Er musste mit der Schwäche umgehen, mit der körperlichen und der geistlichen. Genau deshalb war er hier. Er musste sich ungeachtet der Konsequenzen klar bekennen.

»Es stimmt, was Sie sagen, Mrs. Paget. Aber ich vermute, Sie erwarten mehr von mir, als Ihnen nur theoretisch zuzustimmen.«

»Sie kannten Mr. Wynter nicht«, sagte sie, nachdem sie ein paar Schritte weitergegangen waren. Die Gefühle in ihrer Stimme kontrollierte sie jetzt sorgfältig, ihr Gesicht konnte er nicht sehen. »Er war ein guter Mensch. Er war tapfer und ehrlich. Er konnte das Gute vom Bösen unterscheiden, und er drückte sich nicht vor seiner Pflicht, auch dann nicht, wenn es ihm schwerfiel.«

»Wusste er etwas über bestimmte Personen im Dorf?« Es war ihm klar, dass er um den heißen Brei herumredete. Sie womöglich auch.

»Vielleicht wusste er über viele Leute Bescheid«, räumte sie ein. »Aber er wusste zum Beispiel auch, dass John und Genevieve Boscombe in Sünde zusammenleben. Boscombe hat seine erste Frau verlassen. Ließ sie allein für sich sorgen. Der Pfarrer hat nie was gesagt, aber ich bin nicht aus Cottisham und kenne auch ein, zwei andere Orte. Ich habe ihn wiedererkannt.«

»Und Sie haben es Mr. Wynter erzählt?«

»Nein, das nicht«, sagte sie kühl. »Aber wenn, dann hätte ich diesen armen Kindern einen Dienst erwiesen.«

»Indem Sie die Kinder als unehelich gebrandmarkt hätten?«, fragte er fassungslos. »Der Skandal hätte die Eltern ruiniert und sie alle zu Außenseitern gestempelt. Wie können Sie das als einen Dienst bezeichnen, Mrs. Paget?«

»Ich hätte das nur getan, wenn der Pfarrer es öffentlich gemacht hätte«, sagte sie mit übertriebener Geduld. »Aber das hätte er nicht getan. Sie haben das ja selbst gesagt.« In ihrer Stimme lag ein feiner, unterschwelliger und sehr verletzender Triumph.

»Sie sind noch nicht lange Pfarrer, nicht wahr?«, stellte sie fest.

Dominic spürte, wie ihm trotz des eisigen Windes ganz heiß wurde. »Ja, das stimmt. Was, glauben Sie, hatte Mr. Wynter vor?« Er wollte es für sich selbst wissen, aber auch, weil es zu der Person führen konnte, die Mr. Wynter ermordet hatte.

»Er wollte das Paar damit konfrontieren. Ihnen sagen, dass sie die Dinge wieder in Ordnung bringen müssten. Dass er den Mut aufbringen müsste, zu Mrs. Boscombe, der echten, zurückzukehren, sich um sie kümmern und ihr eine Entschädigung für das Unrecht zukommen lassen müsste. Vielleicht ließe sie sich dann von ihm scheiden. Wenn all das geschehen wäre, könnten sie heiraten und ihre Kinder endlich legitimieren. Durch Adoption oder wie auch immer. Ist ja wirklich nicht Schuld der Kinder. Die armen kleinen Seelen.«

Ihn überkam unendliches Mitleid. Mrs. Paget würde das nie verstehen können. Nach seiner Heirat mit Clarice wusste er, was Glücklichsein bedeutet, seine eigene erste Ehe war alles andere als glücklich gewesen. Er hatte seine Frau zwar nicht verlassen, sie aber mehr als einmal betrogen. Vielleicht hatte sie damit gerechnet, aber das war keine Entschuldigung. Er musste seine Schuld erst noch sühnen. Das wusste und akzeptierte er auch. Durch diese Erfahrung konnte er anderen schneller vergeben, konnte er die Gemeinheiten und die Dummheiten besser verstehen. Er konnte versuchen, diese Dinge wiedergutzumachen, statt den Täter zu zerstören.

»Ja, Sie haben recht«, sagte er sanft. »Das wäre das Richtige gewesen, wenn auch nicht das Leichteste.«

»Es hat ihm nie an Mut gefehlt.« Sie ging zügig weiter. »Als Pfarrer braucht man Mut, Mr. Corde. Es reicht nicht, einfach nur nett zu sein. Manchmal ist das keine echte Hilfe.«

»Ja, Mrs. Paget. Das glaube ich auch.«

»Hier wohne ich. Gute Nacht, Herr Pfarrer.«

»Mrs. Paget!«, rief er ihr schnell noch nach. »Sie sagten, Mr. Wynter wusste so einiges über viele andere Leute hier.«

»Ja. Aber fragen Sie mich bloß nicht, was er wusste oder über wen. Ich habe keine Ahnung. Ich kenne nur diese eine Sache, weil ich das eben weiß. Ich habe nämlich auch noch woanders gelebt. Gute Nacht, Herr Pfarrer.« Dieses Mal drehte sie sich um und ging forsch in entgegengesetzter Richtung davon.

»Gute Nacht, Mrs. Paget«, sagte er mehr zu sich selbst als zu ihr.

Der Abend fing nicht gut an. Ihm war bewusst, dass er nach dem Abendessen zu John Boscombe gehen musste, um ihn zu fragen, ob das, was er erfahren hatte, der Wahrheit entsprach, denn genau das hatte auch Mr. Wynter vor seinem Tod gemacht. Er hatte sich die ganze Zeit den Kopf darüber zerbrochen, ob es eine andere Möglichkeit gäbe, aber er wusste, es gab keine. Clarice hatte ihm angeboten, ihn zu begleiten, aber er hatte abgelehnt. Sie hatte damit nichts zu tun, und er brauchte auch keine Begleitperson. Er wusste, sie würde sich Sorgen machen, sich allen möglichen Ärger und Kummer vorstellen, aber das war nun mal die Bürde einer Pfarrersfrau, die sie klaglos hinnahm.

Der Weg zu den Boscombes war mühsam. Der Arm tat ihm weh, weil er die Laterne gegen den Wind halten musste.

Er wurde ins Haus gebeten. Innen war es warm, wenn auch nicht so warm wie im Pfarrhaus, wo sie sich erlauben konnten, mit mehr Kohle zu heizen.

»Freut mich, Sie zu sehen, Mr. Corde«, sagte Boscombe sogleich. »Schreckliches Wetter für einen Besuch. Was führt Sie hierher? Hoffentlich ist niemand krank oder braucht Hilfe.«

Fast hätte Dominic seine Meinung geändert. Vielleicht sollte sich doch lieber der Bischof um so was kümmern, oder jemand, der ein festes Amt innehatte. Aber wenn er jetzt einen Rückzieher machte, würde Clarice ihn verachten. Er stellte sich vor, wie enttäuscht sie wäre.

Er folgte Boscombe ins Wohnzimmer, wo Genevieve

mit Näharbeiten beschäftigt war. Sie flickte die Ärmel eines Jacketts. Sie legte es schnell zur Seite, als ob sie ihn nur begrüßen wollte, aber er sah an ihrem Erröten, dass sie sich schämte. Hatten diese Leute wirklich Erpressungsgeld bezahlt? Hatten sie es dem Pfarrer gegeben? Lieber Gott, hoffentlich nicht.

»Genny, hol doch bitte Mr. Corde eine Tasse Tee oder Suppe. Was hätten Sie denn gerne?«

Wie konnte er ihre Gastfreundschaft annehmen und ihnen dann ins Gewissen reden? Schuldgefühle schnürten ihm die Kehle zu. Und wie konnte er nur einen Mann dessen beschuldigen, was er, wäre die Versuchung dagewesen, selbst getan haben könnte. Gut, Sarah war tot, und er war frei für Clarice, wie er es gewünscht hatte. Aber das verdankte er dem Glück und nicht etwa seiner Tugendhaftigkeit.

»Nein danke, vielleicht später«, wich er aus. »Aber ich würde gerne unter vier Augen mit Ihnen sprechen, Mr. Boscombe. Es tut mir wirklich leid, und dann noch an so einem Abend.«

»Keine Sorge, Herr Pfarrer«, sagte Genevieve schnell. »Ich habe sowieso in der Küche zu tun. Sagen Sie einfach Bescheid, wenn Sie die Suppe möchten.«

»Worum geht es denn?«, wollte Boscombe wissen, sobald die Tür zu war und sie alleine waren. »Sie sehen sehr ernst aus, Herr Pfarrer. Es fehlt doch nicht etwa wieder Geld? Oder haben Sie herausgefunden, wer es entwendet hat? Wissen Sie, ich glaube, Mr. Wynter hätte es durchgehen lassen. Er hatte immer die großen Zusammenhänge vor Augen, das, was wirklich wichtig ist.«

»Ja, das kann ich mir gut vorstellen. Mir scheint, er konnte über die alltäglichen Bedrängnisse hinwegsehen und das Leid erkennen, das sich einstellt, wenn auch noch so verständliche, mit Mitgefühl bedachte Sünden nicht wiedergut gemacht werden.«

Boscombe wurde bleich und er sah Dominic fest ins Gesicht.

»Es tut mir leid«, sagte Dominic sanft, »aber Ihre Eheschließung ist im Gemeindebuch nicht verzeichnet. Wenn ich den Bischof darum bitte, wird er den Eintrag woanders finden?«

Boscombes Stimme war heiser, und er sah todunglücklich aus. »Nein, Herr Pfarrer. Genevieve ist die Frau meines Herzens, aber nicht meine gesetzmäßige Ehefrau. Mr. Wynter wusste das, und er suchte einen Weg für uns, es wiedergutzumachen. Aber, nachdem er Bescheid wusste, konnte ich meine Gemeindearbeit einfach nicht mehr fortsetzen.«

»Aber bis dahin war es Ihnen schon möglich?« Kaum waren die Worte über seine Lippen gekommen, wünschte sich Dominic, er hätte sie nicht gesagt. Egal wie gerechtfertigt diese Kritik war, Boscombe hatte sie nicht verdient.

Boscombe wurde rot und blickte auf seine kräftigen Hände. »Ich habe es ihm nicht selbst gesagt. Das habe ich einfach nicht fertiggebracht. Ich wollte nur glücklich sein«, sagte er leise. »Ich denke, das war feige, aber er bat mich, ihm mit dem Geld und anderen Aufgaben in der Kirche zu helfen. Ich konnte nicht ablehnen, ohne ihm den Grund zu sagen.«

Er verschränkte die Finger und drückte sie so fest, dass sie ganz weiß wurden. »Ich hätte nicht gedacht, dass Sie das so schnell herausfinden.«

»Haben Sie Mr. Wynter umgebracht?«

Boscombes Kopf schoss hoch, seine Augen waren aufgerissen. »Nein! Gott im Himmel! Wie können Sie so etwas fragen? Er war mein Freund! Er wollte, dass wir es wiedergutmachten, und ich sagte ihm, dass ich Genevieve nicht um alles in der Welt verlassen würde, Kirche oder nicht. Und ich wäre auch nicht zu meiner ersten Frau zurückgekehrt. Wenn Gott mich in die Hölle verdammte, hätte ich zumindest vorher noch gelebt. Wäre ich zu ihr zurückgegangen, wäre das die Hölle auf Erden gewesen. Und wer hätte sich dann um Genny und die Kinder gekümmert?«

»Wer unterstützt Ihre erste Frau?«, wollte Dominic wissen.

»Sie hatte ihr eigenes Geld und brauchte meins nicht«, sagte Boscombe verbittert. »Das hat sie mir oft genug vorgehalten.«

»Wenn sie sich wegen des Ehebruchs und der Trennung scheiden ließe, könnten Sie Genevieve heiraten und Ihre Kinder zu Ihren rechtmäßigen Erben machen«, gab ihm Dominic zu bedenken. »Zwar nur vor dem Gesetz und nicht vor der Kirche, aber wäre das nicht trotzdem besser?«

Boscombe lachte schrill auf. »Glauben Sie etwa, ich hätte sie nicht gefragt? Sie ist eine Frau, die nicht vergibt, Mr. Corde. Niemals. So lange sie lebt, wird sie mich unter ihrem Joch halten. Ich habe keine andere Wahl: Entweder ich lebe mit Genevieve, die beste, die sanftmütigste, treueste Frau, die ich kenne, in Sünde oder aber ich lebe in aller Tugendhaftigkeit mit einer Frau, die so kalt ist wie Eis, die mich hasst und mich jeden Tag und jede Nacht dafür zahlen lassen wird, dass ich sie nicht liebe. Mr. Wynter wollte, dass ich alles wiedergutmache, Genevieve und meinen Kindern zuliebe. Er sagte mir, dass sie nach meinem Tod nichts erben könnten. Ich weiß, dass das stimmt.« Er zwinkerte ein paar Mal nervös mit den Augen. »Ich kann nur beten, dass ich nicht sterbe. Der Pfarrer suchte nach einem Weg, mich mit Gott zu versöhnen, aber er hat ihn vor seinem Tod nicht gefunden. Ich weiß nicht, wer ihn getötet hat, aber ich schwöre vor dem Herrn, der diese Erde und alles darauf erschaffen hat, dass nicht ich es war. Ich war Mr. Wynter sehr zugetan, und auf meiner Seele liegt schon genug Last. Da brauche ich nicht noch ein Gewaltverbrechen.«

Dominic glaubte ihm. Es passte zu dem, was Mrs. Paget ihm erzählt hatte und was er selbst über Wynter wusste. Vielleicht hatte Boscombe in einem Anflug von Verzweiflung gehofft, dass er durch Wynters Tod in Frieden weiterleben könnte. Aber er musste sich darüber im Klaren sein, dass es nur eine Frage der Zeit war, bis seine Verhältnisse bekannt würden. Hätte er seine Hände und sein Herz mit einem Mord beschmutzt, würde es kein Glück mehr für ihn, seine Frau und die Kinder, die er so innig liebte, geben. Konnte Dominic ihm eine Antwort geben? Wenn Wynter, der ein Leben lang der Kirche gedient hatte, es nicht konnte, wie würde er, ein Neuling, es können?

»Ich werde versuchen, eine Lösung für Sie zu finden«, versprach er voreilig. »Danke aber jetzt für Ihre Offenheit.«

»Wenn es eine Lösung gäbe, hätten wir sie inzwischen gefunden«, sagte Boscombe unglücklich. »Was werden Sie dem Bischof berichten?«

»Nichts«, erwiderte Dominic wieder zu voreilig. Er stand auf. »Ich interessiere mich in erster Linie dafür, wer Mr. Wynter umgebracht hat. Alles andere müssen Sie zwischen sich und Gott ausmachen. In einer unehelichen Beziehung zu leben, ist zwar eine Sünde, aber keine Straftat. Wir werden uns später diesem Problem widmen. Vielleicht werde ich schon nach Weihnachten versetzt. Das hoffe ich zwar nicht, aber ich kann es selbst nicht beeinflussen.«

Er hörte den schmerzlichen Unterton in seiner Stimme und ärgerte sich über sich selber. Worüber sollte er Schmerz empfinden, wo er doch zu seiner geliebten Frau zurückkehrte, wo doch kein Schatten über ihnen lag, außer dem, dass er sich selbst weniger wertschätzte, als sie es tat. »Lassen Sie uns erst einmal Christi Geburt feiern, und danach sehen wir weiter.«

Boscombe hielt ihm die Hand hin und blinzelte nervös mit den Augen. »Danke.«

Dominic gab ihm einen festen Händedruck. »Aber wenn ich hierbleiben sollte, werden wir eines Tages eine Lösung finden müssen.«

»Ja, ich weiß«, erwiderte Boscombe. »Ich weiß.«

Der Tag vor Weihnachten war herrlich. Der Himmel war strahlend blau, der Wind hatte alle Wolken weggefegt, und der hart gefrorene Schnee hätte das Gewicht eines Kindes tragen können. Enten watschelten auf dem Eis und suchten gierig nach Brotkrumen. Jemand hatte daran gedacht, ihnen Wasser hinzustellen, aber man hätte es alle ein, zwei Stunden wieder auftauen müssen.

Clarice hatte frisches Brot gebacken. Darauf war sie sehr stolz, weil sie das erst hatte lernen müssen. Dominic brachte dem alten Mr. Riddington einen Laib. Er war schwach und saß zusammengekrümmt in seinem Sessel. Er war dankbar für das Brot, aber noch mehr für die Gesellschaft, die er ihm in seiner kalten, fast lautlosen Welt leistete. Dominic trug ihm Holz und Kohle ins Haus und machte Tee für sie beide. Er verbrachte zwei Stunden bei dem alten Mann, bevor er ihn wieder alleine lassen konnte.

Er sah bei der Nachbarin, Mrs. Blount, nach dem Rechten und dankte ihr für ihre freundliche Hilfe. Dann machte er sich auf den Heimweg.

Er war schon fast wieder am Dorfanger, als er Schritte hinter sich bemerkte. Er hörte jedes Knirschen und Knacken des Eises. Er drehte sich um und sah, wie Sybil Towers sich abkämpfte, um ihn einzuholen. Sie versuchte, mit rudernden Armen das Gleichgewicht zu halten. Ihr Umhang hing an der einen Seite herunter, und ihr Hut saß leicht schief.

Er ging auf sie zu, obwohl er das nicht wirklich wollte. Sie sah so verzweifelt und einsam aus, dass ihm keine andere Wahl blieb.

»Guten Morgen, Mrs. Towers. Ist alles in Ordnung?« Er bot ihr seinen Arm an. »Bei dem Wetter sollte man lieber nicht zu schnell gehen. Wohin möchten Sie denn? Vielleicht kann ich Sie begleiten und dafür sorgen, dass Sie nicht hinfallen.«

»Das ist aber nett, Mr. Corde.« Sie griff nach seinem Arm wie nach einem Rettungsring auf stürmischer See. »Die armen Enten. Ich weiß, Mrs. Jones gibt ihnen Brot und etwas Schmalz. Wirklich sehr nett von ihr.«

»Wo möchten Sie denn hin, Mrs. Towers?«, erkundigte er sich noch einmal.

»Oh, dahin.« Sie fuchtelte mit dem freien Arm in eine unbestimmte Richtung und hätte fast wieder das Gleichgewicht verloren. »Wie haben Sie sich eingelebt? Gefällt Mrs. Corde das Pfarrhaus? Ein Zuhause ist wirklich so wichtig, denke ich mir immer.«

»Ja, wir fühlen uns beide sehr wohl dort.«

»Ein schöner Garten«, fuhr sie fort. »Finden Sie nicht auch, dass alte Bäume die Schönheit eines Gartens ausmachen?«

»Ja«, nickte er. »Im Frühjahr sind sie wahrscheinlich wunderschön.«

Sie erzählte ihm, welche Bäume blühen würden, und zählte dann die verschiedenen Blumensorten der jeweiligen Jahreszeit auf, bis hin zu den gelbbraunen Chrysanthemen und den violetten Herbstastern. Schließlich versprach sie ihm noch ein hervorragendes Rezept für Holzapfelgelee. »Ich muss gestehen, es ist eins meiner Lieblingsrezepte«, sagte sie begeistert. »Ich mag die herben Sorten lieber als die süßen. Sie nicht auch?«

Jetzt hatten sie den Anger überquert und waren schon auf dem Weg auf der anderen Seite. Sie waren an einigen Häusern vorbeigegangen, und der Weg vor ihnen schlängelte sich zwischen den Bäumen hindurch in den Wald. Vermutlich führte er auf die offenen Felder und zu ein oder zwei Farmhäusern. Schon seit ein paar hundert Metern hatte Dominic gemerkt, dass sie kein bestimmtes Ziel hatte.

Sie wollte mit ihm über etwas sprechen, aber es fiel ihr wohl schwer, das Thema anzuschneiden. Seine Hände waren taub und seine Füße so kalt, dass er sie fast nicht mehr spürte, aber er merkte, dass sie ein Bedürfnis zu reden hatte, das so heftig war, wie der Wind in den kahlen Ästen über ihnen. Wusste sie etwas über Mr. Wynters Tod? War es das, was sie ihm mitteilen wollte?

»Natürlich werden wir wahrscheinlich nicht lange hierbleiben«, sagte er unvermittelt. Wieder wunderte er sich über den bedauernden Ton in seiner Stimme. »Wenn der Bischof langfristigen Ersatz für Mr. Wynter gefunden hat, kehren wir nach London zurück. Nach allem, was ich höre, war der Pfarrer eine bemerkenswerte Persönlichkeit. Es wird nicht leicht sein, in seine Fußstapfen zu treten.«

»Oh ja«, stimmte sie ihm eifrig zu. »Ja, das war er. So liebenswürdig. Und so überaus geduldig. Man konnte ihm alles anvertrauen.« Sie holte tief Luft. »Aber ich glaube, Sie sind auch so, Mr. Corde. Es kommt mir so vor, als hätten auch Sie schon Leid erfahren.« Sie blickte weg, und ihm war klar, dass sie befürchtete, zu dreist gewesen zu sein.

Schnell beruhigte er sie. »Danke. Schön, dass Sie so etwas Nettes sagen, Mrs. Towers. Ich werde versuchen, dem gerecht zu werden. Zumindest weiß ich, was Einsamkeit bedeutet und welches Leid entstehen kann, wenn man etwas Schlechtes oder Böses getan hat. Aber ich weiß auch, dass es immer einen Weg zurück gibt.«

Sie liefen ein paar Meter schweigend nebeneinander her. Krähen flogen auf, zogen mit heiseren Schreien Runden in den Himmel und schwebten kreisend zurück auf die unteren Äste.

»Ich wollte mit Mr. Wynter sprechen«, sagte sie schließlich. »Ich wollte die Beichte ablegen, aber …«

»Ich glaube, er wusste das«, sagte Dominic an ihrer Stelle, blieb stehen, aber hielt sie noch am Arm. »Lassen Sie uns umkehren, sonst müssen wir zu weit zurückgehen. Die ganze Welt ist Gottes Haus. Man muss nicht unbedingt in eine Kirche gehen, um das geistliche Vertrauen zu erhalten.«

»Ja, vermutlich nicht. Wissen Sie, ich habe immer wieder kleine Sünden begangen und gebeichtet, um zu sehen, ob er mir verzeiht, bevor ich – bevor ich ihm von der eigentlichen Sache erzählen wollte.«

Eine Zeit lang gingen sie den Weg weiter, und dann forderte er sie wieder heraus. »Haben Sie das Geld aus der Spendenkasse für die Armen entwendet?«

Sie stieß einen kurzen Schrei aus und holte tief Luft. »Aber das waren ja nur Pennies! Ich habe das ausgeglichen! Immer wieder! Ich habe sogar eigens …«

Er legte seine freie Hand auf ihren Arm und hielt sie ganz fest. »Das spielt doch keine Rolle. Die Buchhaltung ging immer auf. Das weiß ich genau. Aber Sie wollten mit ihm sprechen, haben sich aber nie richtig dazu entschließen können.« Er sagte bewusst nicht: ›Sie haben nicht den Mut dazu gehabt.‹ »Vielleicht ist jetzt der richtige Zeitpunkt gekommen?«

Sie schluckte und sagte: »Ich – ich habe in meiner Jugend eine – eine schreckliche Sünde begangen. Ich schäme mich so, und es kann nie wiedergutgemacht werden. Ich wollte beichten, aber – aber ich – der Pfarrer war so ein guter Mensch. Ich hatte Angst, er würde mich verachten …«

»Dann erzählen Sie es doch mir, Mrs. Towers. Solch ein guter Mensch bin ich nicht. Ich weiß sehr wohl, wie es ist, zu sündigen und zu bereuen.«

»Oh ja, ich bereue es, ich bereue es wirklich!«

»Dann sagen Sie es dem Herrn und beruhigen Sie Ihr Gewissen.«

»Aber ich muss dafür büßen!«

»Ich glaube, das können nicht Sie entscheiden. Was haben Sie getan, was lastet so schwer auf Ihrem Gewissen?«

»Ich hatte eine Liebschaft«, flüsterte sie. »Oh, ich habe ihn geliebt. Wissen Sie, ich bin gar nicht Mrs. Towers. Ich habe nie geheiratet. Und – und …« Sie rang erneut nach Worten.

Er sprach einfach eine Vermutung aus. »Sie hatten ein Kind?«

Sie nickte. »Ja.« Sie ging ein paar Schritte. »Ich sah sie nur ganz kurz, dann nahm man sie mir weg. Sie war so schön.« Jetzt flossen Tränen über ihr Gesicht. Gleich würde der Wind auf ihrem kalten Gesicht zu Eis werden. Sie war sicher schon an die siebzig, und doch schien die Erinnerung so stark zu sein, als wäre es gestern passiert.

Es drängte ihn, ihr Leid zu erleichtern. Konnte das Mitleid in seinem Herzen für den Willen Gottes sprechen? War Gott nicht gütiger, größer als er?

»Ist das alles?«

»Das ist doch genug«, sagte sie ungläubig.

»Ja. Und Sie haben auch schon genug dafür gebüßt. Mehr als genug. Gott hat Ihnen schon längst vergeben. Das hätte Ihnen Mr. Wynter auch gesagt, wäre er hier.«

»Hätte ich doch nur den Mut aufgebracht, es ihm zu sagen«, schluckte sie.

»Konnte er es nicht erraten?«

»Oh nein. Er wusste, dass ich ihm etwas beichten wollte, aber nicht, was.« Es klang, als wäre sie sich ganz sicher.

»Er kannte wohl die Geheimnisse vieler Leute«, fuhr

er fort. Sie waren jetzt schon fast wieder am Dorfanger. »Meinen Sie nicht, der Vater Ihres Kindes könnte es ihm gesagt haben?«

»Oh nein. Wirklich nicht. Der Vater – hat nie davon erfahren. Er hätte mich nie und nimmer heiraten können. Es wäre sinnlos gewesen, es ihm zu sagen. Ich ging einfach fort. Wissen Sie, das machen junge Frauen in solchen Fällen.«

»Ja, ich weiß.« Er sagte nichts mehr. Es war immer dieselbe alte Geschichte von Liebe und Leid, manchmal von Betrug, manchmal war es auch einfach nur eine Tragödie. Es war unzählige Male geschehen und würde immer wieder geschehen. Ob es sich wohl hier im Dorf zugetragen hatte? Selbst Peter Connaughts Vater, ein Mann aus gutem und vermögendem Hause, hätte niemals ein Dorfmädchen ehelichen dürfen, ein Mädchen, das bei der Hochzeit nicht einmal mehr Jungfrau war. Die Tatsache, dass es sein eigenes Kind wäre, hätte keinerlei Bedeutung gehabt.

Sie hatte also den Vater all die Jahre geschützt. Sie würde ihn auch jetzt nicht verraten, und es war auch nicht Teil ihrer Buße, das zu tun.

Dominic hielt sie immer noch am Arm, und er fasste ihn sogar noch fester, als sie die Straße entlanggingen, die an den Stellen, wo die Räder den Schnee eingedrückt hatten, vereiste Furchen aufwies.

»Danke, dass Sie sich mir anvertraut haben«, sagte er ernst. »Bitte, denken Sie nur noch mit Liebe oder Schmerz daran, aber nicht mehr mit Schuldgefühlen.«

Sie nickte, unfähig auch nur ein Wort zu sagen.

Er geleitete sie bis zu ihrer Haustür, wandte sich um und machte sich auf den Rückweg zum Pfarrhaus. Er war sich ganz sicher, dass er ihr genau das geraten hatte, was Mr. Wynter ihr auch gesagt hätte. Seine Bewunderung für die Weisheit und das Mitgefühl des alten Mannes wurde immer größer.

Wie konnte Dominic es je schaffen, in seine Fußstapfen zu treten: die Dorfbewohner geistlich zu führen und ihnen Trost zu spenden, ihnen Beistand zu leisten und weise zu urteilen? Nicht nur zu verstehen, was sie mit Worten sagten, sondern auch was aus ihren Herzen sprach?

Am Weihnachtsfeiertag würde er da sein – so viel war sicher. Was konnte er sagen, das leidenschaftlich und ehrlich genug war, um dem Ruhm Gottes gerecht zu werden? Der Ruhm Gottes, das war ja die wahre Weihnachtsbotschaft, Gottes größtes Geschenk an die Menschheit. Aber wie konnte er diese Botschaft verkünden? Natürlich würde es ein Feuer, Lieder, Glockengeläut, Glühwein, Geschenke, geschmückte Weihnachtsbäume und Lichter in der Schneelandschaft geben. Das waren aber nur die äußerlichen Freuden. Wie konnte er bloß die Freuden des Herzens sichtbar machen?

Clarice sollte stolz auf ihn sein, das wünschte er sich so sehnlichst, dass es ihn fast verzehrte. Er musste ihr das für sie wichtigste Geschenk machen – sein Bestes zu geben, zu ihrer beider Wohl.

Natürlich erzählte er ihr nichts von dem, was Sybil Towers ihm gesagt hatte. Das fiel ihm alles andere als leicht. Gern hätte er ihren Rat eingeholt, aber er dachte nie daran, das Vertrauen anderer zu missbrauchen.

Clarice hingegen erzählte ihm beim Mittagessen, dass Mrs. Wellbeloved am Morgen da gewesen war und Zwiebeln und einen steinharten Kohlkopf mitgebracht hatte, den sie aber mit fester Hand und einem scharfen Messer gut klein schneiden konnte. Zusammen mit knusprig gebratenen Stampfkartoffeln ergäbe es ein köstliches Mahl, ein bekanntes Resteessen. Mrs. Wellbeloved hatte ununterbrochen über den Tod des armen Mr. Wynter getratscht und darüber, dass Mr. Boscombe sich kurz davor fürchterlich mit ihm überworfen hatte. Überall im Dorf wurde darüber geredet, aber niemand hatte die geringste Ahnung, worum es dabei gegangen war.

»Wahrscheinlich über seine Ehe, beziehungsweise darüber, dass er eben nicht verheiratet ist«, erwiderte Dominic. Da Clarice dies herausgefunden hatte, war es kein Beichtgeheimnis. »Der Arme.«

»Hast du Mitleid mit ihm?«, fragte Clarice erstaunt.

»Du etwa nicht?«

»Mit Genevieve schon, falls sie nichts davon wusste. Wenn doch, dann eher nicht.«

Er lächelte. »Wenn ich unglücklich verheiratet gewesen wäre und dich kennengelernt hätte, hätte ich womöglich genau so gehandelt.«

»Oh.« Sie wusste nicht, ob sie dazu lächeln oder es

missbilligen sollte. Völlig erfolglos versuchte sie beides gleichzeitig.

Er sah ihr den Zwiespalt an und musste lachen.

»Und du bildest dir wohl ein, ich hätte dann mit dir zusammengelebt?«, erwiderte sie heftig. Sie holte tief Luft und spießte ein Stück Karotte mit der Gabel auf. »Und damit hast du wahrscheinlich sogar recht.«

Sein Lächeln wurde noch breiter, und ihm wurde warm ums Herz. Aber er war klug genug, nicht zu antworten.

Es war schon fast zwei Uhr, als er sich auf den Weg zum Herrenhaus machte. Er wollte Peter Connaught um ein oder zwei Gefälligkeiten bitten, bezüglich der Dorfbewohner, von denen er wusste, dass sie bedürftig waren. Aber eigentlich wollte er wissen, ob Peters Vater der Geliebte von Sybil Towers gewesen sein könnte. Wenn Mr. Wynter davon gewusst hatte, konnte er deswegen umgebracht worden sein? War es nach all den Jahren überhaupt noch von Bedeutung? Sicherlich wäre es ein Skandal, und Peter war ungeheuer stolz auf seine Familie, auf seine vornehme Herkunft und auf seine Fürsorge für das Dorf. Natürlich wäre es nicht sein persönliches Fehlverhalten gewesen, aber es würde dennoch einen Schatten auf ihn werfen, einfach weil er hier lebte. Wäre er bereit gewesen für den Ruf seiner Familie zu töten, um ein Geheimnis zu erhalten?

Was wäre, wenn er Sybils Tochter kannte? Sie war ja unehelich und hatte vor dem Gesetz keinerlei Ansprüche, selbst wenn ihre Herkunft bewiesen werden könnte – was jedoch sehr unwahrscheinlich war. Aber in einer kleinen Gemeinde wie Cottisham hatten Beweise keine Bedeutung; nur der gute Ruf zählte.

Das Wetter war schlechter geworden. Der Wind kam wieder stärker auf. Im Westen brauten sich Wolken zusammen, die den Himmel verdüsterten und für die Nacht heftige Schneefälle ankündigten.

Im Herrenhaus wurde Dominic wie immer in der Halle willkommen geheißen. Im riesigen Salon loderte das gewohnte Feuer. Es war dunkel für einen Nachmittag, die Leuchter waren angezündet und ließen den Raum hell und festlich erscheinen.

Ihm wurde Tee angeboten, und er nahm gerne an. Er freute sich fast ebenso sehr darauf, seine Hände an der Tasse zu wärmen, wie auf das heiße Getränk selbst. Sie sprachen über Dorfangelegenheiten. Man musste die Hilfe diskret angehen; selbst die Bedürftigsten sollten nicht das Gefühl haben, Almosen zu erhalten. Viele würden lieber erfrieren oder verhungern, als Mitleid zu akzeptieren. Alle sollten Lebensmittel bekommen, keiner durfte ausgelassen werden. Der Dorfschmied sollte nach Einbruch der Dunkelheit mehr Holz auf die Holzstapel bestimmter Leute legen.

Der Butler servierte den Tee, und es gab getoastete, noch heiße Rosinenbrötchen mit schmelzender Butter. Die beiden Männer aßen alles bis auf den letzten Krümel auf.

Nun war es an der Zeit, Sybil Towers zur Sprache zu bringen. Er hatte darüber nachgedacht, alle Möglichkeiten erwogen, aber keine Antwort gefunden, die ihm ganz zugesagt hätte. Er konnte ja Sybils Vertrauen nicht missbrauchen.

»Ich muss Sie etwas sehr Unangenehmes fragen«, begann er. Es war ihm wirklich peinlich. Er merkte es, konnte sich aber nicht vorstellen, wie er sich da herausziehen könnte. »Mir sind ohne mein Zutun gewisse Dinge zu Ohren gekommen, die ich Ihnen allerdings nicht ganz offenlegen kann. Bitte fragen Sie mich auch nicht weiter.«

Peter runzelte die Stirn. »Sie können sich auf meine Diskretion verlassen. Worum handelt es sich denn?«

Dominic hatte sich die Geschichte schon sorgfältig zurechtgelegt, aber sie beunruhigte ihn dennoch. »Vor vielen Jahren hatte eine junge Frau im Dorf eine Liebesgeschichte mit einem Mann, den sie auf keinen Fall hätte heiraten können. Ein Kind wurde geboren. Ich glaube, der Vater erfuhr nie etwas davon.« Er beobachtete Peters Miene, aber er entdeckte nur Mitgefühl und eine gewisse Resignation. Wahrscheinlich hatte er schon viele Male zuvor ähnliche Geschichten gehört.

»Das tut mir leid«, sagte Peter ruhig. »Aber wenn es vor so langer Zeit geschah, warum bringen Sie es jetzt zur Sprache?«

»Weil Mr. Wynter womöglich Bescheid wusste«, gab Dominic ehrlich zu und beobachtete dabei weiterhin Peters Miene. »Und er wurde getötet.«

»Sind Sie sich da sicher?«, wollte Peter wissen. Seine Stimme war ganz heiser. »Neulich meinten Sie noch, es könnte ein Unfall gewesen sein, und von Mord hat Fitzpatrick wirklich gar nicht gesprochen!«

»Ich weiß. Dr. Fitzpatrick wollte dieser unerfreulichen Angelegenheit nicht ins Auge sehen. Aber ich glaube, Mr. Wynter war ein so feiner Mensch, dass wir seinen Tod mit der gebührenden Aufrichtigkeit betrachten sollten, und nicht unserer Bequemlichkeit nachgeben. Er hat Besseres verdient.«

»Mr. Corde, warum glauben Sie, dass es Mord war?« Peter griff nach dem Schürhaken, fasste ihn noch einmal anders und fuhr mit der Spitze in die Glut. Ein Holzscheit fiel mit einem Funkenregen in sich zusammen. Er stellte den Schürhaken wieder an seinen Platz und legte ein Holzscheit nach.

Dominic fröstelte trotz der Hitze. »Er fiel die Treppe hinunter«, erwiderte er. »Es gab Schleifspuren. Man fand ihn im hinteren Kellerraum. Er hatte sowohl auf dem Gesicht als auch am Hinterkopf Verletzungen. Die Kellertür war zu, und er hatte keine Laterne.«

Schweigen erfüllte den Raum. Das Fensterglas und die dicken Vorhänge dämpften selbst das Heulen des Windes.

»Verstehe«, sagte Peter schließlich. Im Schein des Feuers war sein Gesicht ganz düster. »Da muss ich Ihnen recht geben. Ein Unfall ergibt da keinen Sinn. Wie tragisch. Er war ein guter Mensch; klug, tapfer und ehrlich. Und was, glauben Sie, hat diese unglückliche Frau damit zu tun? Sie denken doch nicht etwa, dass Mr. Wynter der Vater des Kindes war? Das glaube ich nicht. Hätte er so was getan –

was natürlich möglich wäre; wir alle sind fähig zu Liebe und Hass –, wäre er dazu gestanden. Er hätte niemals gelogen oder die Verantwortung von sich gewiesen.«

»Ja«, stimmte ihm Dominic zu. »Aber ich glaube, er kannte einen Teil der Wahrheit, und irgendjemand konnte den Gedanken nicht ertragen, dass er das Geheimnis lüften könnte. Vielleicht wollte Mr. Wynter sogar, dass die Betroffenen ihrer Verantwortung auf die eine oder andere Weise nachkämen, und dazu waren sie vielleicht nicht bereit.«

»Wie traurig. Aber wie kann ich denn in dieser Sache helfen? Vermutlich werden Sie mir weder den Namen der Frau noch den des Kindes mitteilen?«

»Ich kann Ihnen den Namen der Frau nicht sagen«, bestätigte Dominic. »Das muss vertraulich bleiben. Den Namen des Kindes kenne ich nicht, aber ich fürchte, es könnte jemand sein, der vielleicht ins Dorf zurückgekehrt ist, um Vergeltung zu üben.«

»Du meine Güte! Und dann Mr.Wynter umgebracht hat, weil er damals der Pfarrer im Ort war und sich nicht dem beugen wollte, was diese Person als fair erachtete?«

»Möglich wäre das schon«, antwortete Dominic. Zumindest das stimmte. Je länger er darüber nachdachte, desto wahrscheinlicher wurde es. Für die fehlenden Geldbeträge und für John Boscombes Zerwürfnis mit dem Pfarrer war ja schon eine Erklärung gefunden worden.

Peter wartete noch auf eine Antwort auf seine erste Frage.

»Seien Sie vorsichtig«, sagte Dominic leise. »Wenn es diese Person ist, die Mr. Wynter umgebracht hat, dann tötet sie auf schlaue und gekonnte Weise. Ich glaube, es ist jemand, den niemand verdächtigt.«

»Warum sollte sie ausgerechnet mir Schaden zufügen wollen?« Peter bekam große Augen. »Vor vierzig Jahren war ich selber noch ein Kind. Ich war ja noch nicht einmal in England. Damals wohnten meine Eltern im Fernen Osten. Das war bevor – bevor meine Mutter starb.« Er senkte errötend seinen Blick.

»Ist denn Ihr Vater damals kein einziges Mal nach England zurückgekommen?«

Peter richtete sich abrupt auf. Der ganze Ton ihres Gesprächs veränderte sich. Schmerz lag in seinem Gesicht, und auch Wut. Er saß steif im Sessel. »Corde, was genau wollen Sie eigentlich wissen?«

»Die Betreffende konnte ihn nicht heiraten, weil er ihrem gesellschaftlichen Stand weit überlegen war«, klärte ihn Dominic auf. »Das heißt, bei jemandem mit solch einer sozialen Stellung in Cottisham müsste es sich höchstwahrscheinlich um Ihren Vater gehandelt haben.«

Peter wurde ganz blass. Sein Gesicht nahm eine kränklich gelbe Farbe an, als ob alles Blut aus ihm entwichen wäre. Er bebte, als er zu reden begann. »Mein Vater war meiner Mutter völlig ergeben! Es ist ungeheuerlich, ihm so etwas Abscheuliches zu unterstellen! Wer ist diese Frau? Ich verlange eine Auskunft, wer – nein – entschuldigen Sie. Ich weiß, Sie sind an das Beichtgeheimnis gebunden.« Seine Hände umklammerten die Armlehnen seines Sessels. »Aber sie ist eine Lügnerin, und zwar eine der schändlichsten Sorte. Es ist nicht wahr!«

Dominic war überrascht, mit welcher Heftigkeit Peter alles abstritt. Es war durchaus nichts Ungewöhnliches, dass ein wohlhabender, gut situierter Mann ein paar uneheliche Kinder zeugte. Dominic fragte sich sogar, ob Peter nicht selbst mit Mr. Wynter darüber gestritten hatte. War es vorstellbar, dass Peter – so charmant, großzügig und pflichtbewusst er auch war – derart an dem guten Ruf seiner Familie hing, dass er bei der Frage, ob sein Vater außer ihm noch ein Kind hatte, zornentbrannt zugeschlagen hatte?

»Dieser Gedanke macht Sie erstaunlich wütend, Sir Peter«, sagte Dominic besänftigend. »Er bedroht weder Ihr Erbe noch Ihren Titel. Außerdem ist es ja nur eine vage Vermutung. Ich sprach darüber, weil Sie sich in Gefahr befinden könnten. Wegen Ihres Gefühlsausbruchs fragt man sich sogar, ob diese Angelegenheit nicht Gegenstand Ihrer Auseinandersetzung mit Mr. Wynter war, dem Sie diese Frage nicht verzeihen konnten?«

Peter starrte Dominic an. Langsam dämmerte ihm die schreckliche Bedeutung von Dominics Worten. »Großer Gott! Was sagen Sie da! Wollen Sie vielleicht andeuten, ich hätte den armen Wynter getötet, weil er dachte, mein Vater hätte dieses – dieses Kind gezeugt? Das ist doch nicht Ihr Ernst!« Er holte tief Luft, schluckte und lachte schließlich los. Ein schreckliches, erzwungenes, gequältes Lachen.

Dominic war entsetzt. Er wäre am liebsten weggelaufen, weg von diesem Gefühlsausbruch, aber er musste bleiben, die Wahrheit herausfinden und ihr ins Gesicht sehen.

»Ist das wirklich so absurd?«, fragte er, als Peter wieder einigermaßen die Kontrolle über sich gefunden hatte.

»Ja! Ja, das ist absurd!« Peters Stimme war der Hysterie nahe. »Mein Vater hätte nie ein uneheliches Kind haben können. Gott wolle, er hätte es können.«

Seine Worte ergaben keinerlei Sinn. Doch die kleinen Ungereimtheiten in dem, was Peter über seine Eltern erzählt hatte, warfen ein winziges Licht auf die Sache.

»Warum hätten Sie das gewollt?«

Schweißtropfen perlten auf Peters Gesicht, sein Blick war finster, als er sich vornüberbeugte. »Sie wissen Bescheid, nicht wahr? Hat Mr. Wynter Ihnen etwas hinterlassen? Er hat geschworen, das nicht zu tun, aber was zählt schon sein Wort? Und was ist Ihr Wort wert, Reverend?«

»Warum wünschen Sie, Ihr Vater hätte ein uneheliches Kind gehabt?«, fragte Dominic erneut. Seine Stimme klang jetzt ganz gefasst. Er war immer noch dabei, die verwickelten Fäden in seinem Kopf zu entwirren. »Hätten Sie gerne, dass diese Frau Ihre Schwester ist? Wissen Sie, wer sie ist? Hat sie Mr. Wynter getötet?«

»Ich weiß wirklich nicht, wer Wynter umgebracht hat oder warum!« Peter brachte die Worte nur mühsam hervor. »Aber mein Vater hat sie keinesfalls geschwängert. Zumindest war es nicht Sir Thomas Connaught. Er war unfruchtbar. Weiß der Himmel, wer mein leiblicher Vater war. Ich weiß es jedenfalls nicht.«

Dominic war sprachlos. Hatte Peter seine Mutter deshalb so verteidigt? Die schöne Frau, die irgendwo im Nahen Osten so tragisch ums Leben gekommen war? Hatte Thomas ihren Ehebruch entdeckt und sie getötet? Nein, das war unmöglich. Wenn er wusste, dass er nicht Vater werden konnte, hätte er sie in der Schwangerschaft getötet, nicht erst nach der Geburt des Kindes. All das ergab immer noch keinen Sinn. »Hat er Ihre Mutter getötet?«, fragte Dominic und versuchte, einen logischen Gedanken zu fassen.

»Sie Dummkopf«, fuhr Peter ihn an. Er vergrub sein Gesicht in den Händen. »Natürlich nicht! Er hat sie ja nicht einmal gekannt. Ich war ein Waisenkind, eins von den Tausenden von Straßenkindern. Ich sah gut aus, machte einen intelligenten Eindruck. Sir Thomas ertappte mich beim Stehlen und belog die Polizei, um mich zu schützen. Er hatte keine Kinder und wusste, er würde niemals welche haben. Auch keine Frau. So adoptierte er mich. Ich bin sein rechtmäßiger Erbe. Aber ich bin nicht von seinem Blut. Ich bin genau so wenig ein Connaught aus Cottisham wie Sie. Ich war ein uneheliches, ungewolltes Kind. Ich kann mich weder an einen Vater noch an eine Mutter erinnern. Entweder sie starb oder sie gab mich weg. Das spielt jetzt auch keine Rolle mehr. Ich gehöre hier nicht her. Wynter wusste das. Deshalb haben wir uns zerstritten. Er wollte, dass ich mich nicht mehr meiner Herkunft rühmte.« Er ließ langsam die Hände sinken. »Ich hasste ihn, weil er es wusste. Aber er war auch mein Freund, und ich hätte ihm niemals ein Leid zugefügt. Das schwöre ich beim letzten Rest Ehre, der mir noch bleibt.«

Dominic sprach jetzt langsam, jedes Wort abwägend. »Hat Ihnen Mr. Wynter denn nicht gesagt, dass man sich auf seine Herkunft nichts einbilden sollte? Ein Mensch ist nur um seiner selbst willen großartig oder unbedeutend, nicht wegen seines Vaters. Sir Thomas Connaught gab Ihnen die Möglichkeit, sein Sohn zu sein und die Tradition fortzuführen, die er von seinem Vater übernommen hat. Wenn Sie das getan haben, haben Sie durch Ihre Taten das Recht erworben, hier zu sein. Sie haben den Respekt und die Liebe der Leute gewonnen, das kann Ihnen von niemandem vererbt werden.«

»Sie kennen Ihren Vater!«, sagte Peter mit schmerzvoller Stimme. Es klang fast wie ein Vorwurf. »Sie sind ein Teil von ihm, egal was Sie getan haben. Wie sehr ich das auch wünschte, solch ein Band kann für mich nie mehr geknüpft werden.«

»Sie können nicht wissen, ob ich meinen Vater kannte oder er mich. Wahr ist, dass ich ihm sehr ähnlich sah und ihn deshalb an all das erinnerte, was er an sich selbst hasste.« Es war immer noch nicht leicht, die Worte auszusprechen. »Er bevorzugte eindeutig meinen Bruder. Er war blond, mit weichen Gesichtszügen und sah meiner Mutter ähnlich, die mein Vater über alles liebte.« Er war erstaunt, dass er sich an all das immer noch mit einem Gefühl des

Ausgeschlossenseins erinnerte, und es wie einen eigenartigen, unerklärlichen Verlust empfand.

»Das tut mir leid«, entschuldigte sich Peter. »Ich bin wirklich ungeheuer arrogant, nicht wahr? Als ob ich der einzige Mensch auf der Welt wäre, der sich in seiner Haut nicht wohl fühlt und nicht in sein eigenes Leben passt. Sie sagten, Sie kennen diese Frau, diese Mutter? Vielleicht kann ich ihr helfen. Ich könnte sie diskret unterstützen.«

»Sie tragen keinerlei Verantwortung«, gab Dominic zu bedenken.

»Haben Sie nicht gerade selbst gesagt, dass es darauf nicht ankommt?« Jetzt konnte Peter wieder ein wenig lächeln.

»Ja, ja. Ich denke schon«, stimmte ihm Dominic zu. »Sie verstehen mich besser als ich mich selbst. Ja, unbedingt, helfen Sie ihr. Sie besitzt fast nichts. Allein, dass sie nicht mehr frieren muss, wäre ein großartiges Geschenk.«

»Abgemacht. Und auch für die anderen Bedürftigen im Dorf. Meine Besitztümer erwirtschaften genügend Holz, und es gibt sicherlich keine bessere Verwendung dafür.«

»Danke«, sagte Dominic von ganzem Herzen. Er erwiderte das Lächeln. »Danke«, sagte er noch einmal.

Während Dominic im Herrenhaus war, nahm Clarice eine Laterne und ging noch einmal in den Keller. Mrs. Wellbeloved hatte die Treppe gewischt, aber Clarice wusste ganz genau, an welcher Stufe der Spreißel war, der Mr. Wynters Hosenbein aufgerissen hatte, und wo Mr. Wynter unten aufgekommen war.

Vorsichtig stieg sie mit erhobener Laterne die Stufen hinab. Hier konnte niemand ohne Licht hinabgehen, und eine Kerze wäre von dem Durchzug aus der Diele ausgeblasen worden.

Aber mit wem konnte Mr. Wynter in den Keller gegangen sein? Unter welchem Vorwand hatte diese Person ihn dazu gebracht? Vielleicht, ihm beim Kohleholen zu helfen, weil es alleine zu schwer für ihn war? Nein, zu schwer war das nicht. Normalerweise holte Mrs. Wellbeloved die Kohlen alleine hoch. Sie war zwar kräftig, aber nicht so kräftig wie ein Mann. Und wo war dann der Eimer für die Kohle?

Wer auch immer der Täter war, er musste Mr. Wynters Leiche von der Treppe in den anderen Keller gezogen und im Kohlestaub auf dem Boden Spuren hinterlassen haben. Aber warum nur? Der Täter hatte wohl versucht, sie wegzuwischen, aber er war nicht sehr erfolgreich gewesen. Warum überhaupt erst Spuren hinterlassen? Mr. Wynter war ein gebrechlicher, alter Mann. Warum hatte er ihn nicht getragen?

Weil der Mörder nicht stark genug war. Ein nicht so kräftiger Mann? Oder eine Frau? Genevieve Boscombe? Ein abscheulicher Gedanke, aber Genevieve hatte einiges zu verlieren. Zum Schutz ihrer Kinder ist eine Frau zu fast allem fähig. Um ihre Jungen zu schützen, tötet eine Bärin ohne nachzudenken und ohne Schuldgefühle.

Sie machte langsam kehrt und stieg die Treppen wieder

hoch. Sie war froh, dass Licht in der Diele brannte. Als sie oben ankam, stand sie Mrs. Paget gegenüber.

»Tut mir leid, dass ich Sie erschreckt habe«, sagte Mrs. Paget lächelnd. »Ich war so frei, einfach hereinzukommen. Die Tür war offen; Mr. Wynter hat sie auch nie abgeschlossen. Und draußen ist es so bitterkalt. Ein scheußlicher Wind.«

»Oh, natürlich.« Clarice hatte das Gefühl, sie müsste sich dafür entschuldigen, dass sie Mrs. Paget alles andere als willkommen hieß. Schließlich gehörte das Pfarrhaus irgendwie dem ganzen Dorf, und Mrs. Paget hatte sie indirekt darauf hingewiesen. »Bitte kommen Sie doch herein. In der Küche ist es wärmer. Möchten Sie eine Tasse Tee?«

»Gerne. Sehr freundlich von Ihnen. Ich habe Ihnen eine Flasche Holunderwein mitgebracht. Ich dachte, der würde gut zu Ihrem Weihnachtsessen passen. Der Pfarrer trank ihn sehr gerne.« Sie hielt Clarice eine mit einer roten Schleife versehene Flasche hin, in der eine klare dunkelrote Flüssigkeit leuchtete.

»Das ist aber nett von Ihnen«, nahm Clarice dankend an. Sie blies die Laterne aus, stellte sie auf das Regal in der Diele und nahm dann die Flasche entgegen. Sie ging voraus in die Küche und schob den Wasserkessel wieder auf die Herdplatte. Gott sei Dank hatte sie heute einen Kuchen. Sie wollte nicht in den Ruf kommen, ihren Besuchern nichts anbieten zu können.

Mrs. Paget machte es sich auf einem der Küchenstühle bequem. »Sie waren wieder unten im Keller«, stellte sie fest. »Aber nicht, um Kohle zu holen.« Ihr Blick wanderte zu den vollen Koks- und Kohleeimern neben dem Ofen, dann wieder zurück zu Clarice. »Es war sicher nicht leicht für Sie, dass es ausgerechnet hier passierte.«

Clarice war über ihre Offenheit erstaunt. »Ja.«

»Sie versuchen herauszubekommen, was geschah?«

Sollte sie das leugnen? Das wäre zwecklos. Es war offensichtlich, und Mrs. Paget wusste das genau. So viel war klar.

»Ja, ich versuche es«, gab Clarice zu.

»Der Arme. Wirklich schrecklich.« Mrs. Paget schüttelte den Kopf. »Aber Pfarrer erfahren nun mal Geheimnisse, und die Leute bereuen es dann, darüber gesprochen zu haben. Seien Sie auf der Hut, Mrs. Corde. Das Böse versteckt sich an Stellen im Dorf, wo niemand es vermutet. Passen Sie auf Ihren Mann auf. Ein freundliches Gesicht kann leicht täuschen. Manche sehen harmlos aus, sind es aber gar nicht.«

Clarice beschloss, genau so geradeheraus zu sein.

»So ist es, Mrs. Paget.« Sie dachte an die Schleifspuren auf dem Kellerboden. Der Pfarrer hatte einer Frau vertraut, der er nicht hätte vertrauen sollen. Vielleicht wollte er ihr sogar helfen. »Denken Sie an jemanden Bestimmten?«

Mrs. Paget zögerte, aber ihr konzentrierter Blick verriet, dass sie an der Frage keinen Anstoß genommen hatte.

Der Kessel dampfte, und Clarice erwärmte die Teekanne, tat die Teeblätter hinein, goss Wasser auf und stellte sie auf den Tisch, damit der Tee ziehen konnte. Sie setzte sich Mrs. Paget gegenüber und wartete auf eine Antwort.

Stattdessen stellte Mrs. Paget auch eine Frage. »Was haben Sie da unten entdeckt?«

Clarice war sich nicht sicher, wie viel sie preisgeben sollte. »Nichts Eindeutiges.«

Wieder wurde sie von Mrs. Paget überrascht. »Sie wurden zweifellos durch mein Kommen gestört. Das tut mir leid. Ich habe gerufen, aber wohl nicht laut genug, dass Sie es unten hören konnten. Vielleicht ist dort etwas, wenn wir richtig suchen. Der Arme verdient Gerechtigkeit, und der alte Dummkopf Fitzgerald wird nichts unternehmen. Wenn Sie wollen, komme ich mit. Ich halte die Laterne.«

Clarice merkte, wie sich ihr Magen zusammenzog, aber ihr fiel keine Ausrede ein. Und sie konnte Mrs. Paget nicht einfach absichtlich anlügen. Erstens würde jeder, der da runterging, die Spuren sofort bemerken, und was würde sie dann sagen? Sie musste den Beweis sichern; das wäre womöglich das einzige Indiz für die Tat. »Danke. Das ist eine gute Idee. Ich bin noch gar nicht dazu gekommen, genauer nachzuschauen.«

Nach dem Tee und dem Kuchen ging Clarice wieder vorsichtig die Treppe hinunter. Mrs. Paget folgte ihr mit der Laterne. Natürlich fanden sie genau dasselbe, was Clarice zuvor auch schon bemerkt hatte. »Hier habe ich ihn gefunden.« Sie deutete auf den Durchgang zum hinteren Keller.

»Dann ist er hier gestürzt«, sagte Mrs. Paget ruhig und

zeigte unten an die Treppe. »Und wer auch immer es war, zog ihn von da«, sie wies auf die Spuren, »nach da.«

»Ja, ich glaube auch.«

Mrs. Paget sah sich den Boden genau an. »So wie's aussieht an den Schultern. Und das sind die Fußabdrücke – es sei denn es sind Ihre?«

Clarice blickte auf einen deutlichen Stiefelabdruck neben der Spur. »Es könnten die von Dr. Fitzpatrick sein«, sagte sie stirnrunzelnd.

»Ist er rückwärts gegangen?«, fragte Mrs. Paget leise, mit neugierigen Augen. »Warum sollte er wohl rückwärts gehen, es sei denn, er hat etwas gezogen. Und der Abdruck kommt mir auch etwas klein vor, finden Sie nicht auch?«

Sie hatte völlig recht. Es musste der Stiefel einer Frau oder eines Jungen gewesen sein.

Mrs. Paget sagte genau dasselbe, als ob sie ihre Gedanken gelesen hätte. »Tommy Spriggs, einer der Dorfjungen, hat erzählt, er habe an dem Tag, als der Pfarrer das letzte Mal gesehen wurde, eine Frau bemerkt, die eilig von hier weglief. Er wird es Ihnen bestätigen, wenn Sie ihn fragen. Sie hatte es sehr eilig.«

»Wer war diese Frau?«

»Ah, das weiß er nicht. Es könnte jede erwachsene Frau gewesen sein, die schnell gehen kann und weder sehr klein noch sehr groß ist.«

»Können Sie mich zu ihm führen?«

»Natürlich.« Mrs. Paget hob ihren Rock, um die Treppe wieder hochzugehen. »Gut, dass Sie hierher gekommen sind, Mrs. Corde. Und gut, dass Sie eine Ungerechtigkeit nicht einfach übergehen, nur weil das leichter und sicherlich bequemer wäre.«

Am Abend erzählte Clarice Dominic davon, und auch von Tommy Spriggs, den sie aufgesucht hatten und der bestätigte, was Mrs. Paget gesagt hatte.

»Hatte er eine Ahnung, wer es gewesen sein könnte?«

»Nein. Er konnte nicht mehr sagen, als er Mrs. Paget schon erzählt hatte.«

Sie sah ihn an. Beide fürchteten sich vor einer Antwort, aber keiner wollte es aussprechen.

Am frühen Nachmittag war es so kalt, dass die Fenster zugeschneit waren, und selbst im Haus fühlten sich Finger und Zehen taub an. Draußen war jegliche Farbe verschwunden: Alles war weiß, auch der Himmel. Selbst die schwarzen Bäume waren weiß überzogen. Nur ein paar filigrane Zweige waren hier und da mit Eiszapfen behangen. Es war jedoch schwer zu sagen, wann es warm genug gewesen war, dass sie sich hatten bilden können.

Ein Schneesturm fegte von Osten her, und bei dieser Kälte kam Genevieve Boscombe und wollte Dominic sprechen.

Weil der Kamin im Arbeitszimmer nicht eingeschürt war, ging er mit ihr ins Wohnzimmer. Er verbrachte eine Weile damit, in der Holz- und Kohleglut zu stochern, damit sich das Feuer wieder entfachte und mehr Hitze ausstrahlte. Erst als sie sich setzte und er sie anblickte, sah er in ihren Augen die innere Kälte, die kein Feuer dieser Welt erwärmen könnte.

»Ich habe Mr. Wynter getötet«, sagte sie ruhig. Ihre Stimme war ausdruckslos, fast gefühllos. »Er wollte es überall erzählen, und das ganze Dorf hätte Bescheid gewusst. Das konnte ich der Kinder wegen nicht zulassen.«

Dominic war fassungslos. Nach allem, was Clarice ihm am Abend zuvor erzählt hatte, wussten sie beide, dass das Schreckliche möglich und Genevieve Boscombe schuldig sein könnte. Aber dennoch konnte er es nicht so einfach glauben. Der Gedanke war ihm verhasst. Er mochte die Boscombes. Aber wie gut konnte er denn den wahren Charakter der Leute beurteilen? Ging das über die oberflächlichen Merkmale wie Humor oder Freundlichkeit, gute Manieren und den Sinn für das Schöne hinaus? Außerdem hatte er Mitleid mit ihr. Er hatte Verständnis für die, die sich aufrichtig liebten und es nicht ertragen konnten, die Wärme und den Sinn aus ihrem Leben schwinden zu sehen.

»Ich habe es getan!«, sagte sie erneut, als ob er sie nicht gehört hätte. »Ich lege keine Beichte ab, Herr Pfarrer. Ich erwarte von Ihnen, dass Sie die Polizei benachrichtigen, damit sie mich verhaften können.« Sie saß aufrecht da, die Hände lagen gefaltet in ihrem Schoß. Ihre Augen waren rot umrandet, aber sie weinte nicht. Wahrscheinlich hatte sie schon genug Tränen vergossen.

»Wie ist das passiert, Mrs. Boscombe?« Er wollte es immer noch nicht wahrhaben und suchte nach einem Weg, ihr Unrecht zu schmälern.

Sie sah überrascht aus, auch wenn es sich nur durch ein ganz kurzes Aufflackern in ihren Augen bemerkbar machte. »Ich trug den Kohleeimer für ihn hinunter«, antwortete sie. »Ich schlug ihn damit. Er stürzte, und ich zog ihn in den anderen Keller, damit man ihn nicht gleich fände.«

»Aber Ihnen war doch klar, dass er eines Tages gefunden würde.«

»Ich habe nicht nachgedacht. Ich erinnere mich nicht.« Sie weigerte sich, mehr zu sagen, und forderte lediglich, den Dorfpolizisten zu verständigen, damit sie verhaftet würde.

Allerdings gab es keinen Dorfpolizisten, nur den Schmied, der im Dorf Recht und Gesetz vertrat. Sie bestand darauf, ihn mit Dominic aufzusuchen. Unter Protest sperrte sie der Dorfschmied in einen großen, warmen Abstellraum neben der Schmiede.

Dominic machte sich schnurstracks auf den Weg zu John Boscombe, um ihm davon zu berichten. Er stapfte durch den Schnee und fühlte die Kälte, innerlich und äußerlich, selbst dann noch, als er schon in Boscombes Küche stand.

»Das hat sie nur gesagt, um mich zu schützen!«, rief Boscombe verzweifelt aus. Er sah verhärmt und wütend aus. »Wo ist sie? Ich werde sie zur Vernunft bringen. Ich habe den Pfarrer umgebracht. Ich habe mich mit ihm gestritten, weil er wollte, dass ich mit dem Gesetz und der Kirche alles wieder in Ordnung bringe.« Seine Stimme wurde immer schriller und verzweifelter. »Im Sommer hatte ich einen Unfall. Hätte tot sein können. Da hat der Pfarrer mir gesagt, dass meine Familie bei meinem Tod nichts bekommen würde, nicht einmal das Haus, weil sie nicht meine rechtmäßige Familie ist. Genny und die Kinder wären auf Almosen angewiesen, und die Leute würden sie womöglich schneiden, wenn sie feststellten, dass ich noch eine Ehefrau habe, mit der ich nie ins Reine gekommen bin.«

»Und glaubten Sie denn, Mr. Wynter hätte Sie dazu gezwungen?«, fragte Dominic ruhig. »Egal um welchen Preis?«

Boscombe zögerte.

»Glaubten Sie das wirklich?«, hakte Dominic nach.

»Ich hatte Angst, er könnte es tun.« Boscombe vermied eine direkte Antwort. Sein Blick war wütend, herausfordernd. »Deshalb habe ich es getan. Genny ist unschuldig. Sie wusste nicht mal, dass ich schon verheiratet war, als sie …« Er sprach nicht weiter.

»… sich bereit erklärte, unverheiratet mit Ihnen zusammenzuleben?«, fragte Dominic.

Boscombe steckte in der Falle. Hätte er das jetzt abgestritten, würde das bedeuten, dass eine offizielle Ehe Genevieve nichts bedeutete. Und das war einfach lächerlich.

»Hat Sie der Pfarrer erpresst?«

»Um Gottes willen. Nein!« Boscombe war entsetzt, aber sein Gesicht wurde ganz rot.

Dominic konnte sich den Grund denken.

»Wer dann? Ich glaube nicht, dass Sie Mr. Wynter getötet haben. Genevieve auch nicht. Aber Sie beide befürchten, dass der andere es getan haben könnte. Dafür muss es einen schrecklichen Grund geben. Jemand drohte Ihnen. Wer ist es?«

Boscombe sah elend aus, sein Blick war voller Scham.

»Meine Ehefrau. Sie lebt hier in Cottisham. Sie fordert jede Woche Geld. Sie lässt uns bluten.«

Endlich ergaben alle Bruchstücke einen Sinn.

»Aber sie lebt noch«, sagte Dominic sanft. »Warum sollten Sie Mr.Wynter töten? Und nicht Ihre Ehefrau? Warum sollten Sie oder Genevieve das überhaupt tun?«

Langsam schwand der Schatten auf Boscombes Gesicht. Er setzte sich aufrecht, beugte sich leicht nach vorne, als ob er aufstehen wollte.

»Es war nicht Genevieve. Es war Maribelle! Der Pfarrer hat uns nicht gezwungen, das Rechte zu tun. Er hat uns nur geholfen. Aber hätten wir alles geregelt, wäre Maribelle leer ausgegangen! Und der Pfarrer wusste über sie Bescheid. Er wollte alles offenlegen, genau wie Sie!«

»Maribelle?«, fragte Dominic, obwohl er sich langsam sicher war. Sein Blut stockte bei dem Gedanken, dass diese Frau alleine mit Clarice im Keller gewesen war, wo sie Mr. Wynter getötet hatte. Aber jetzt war keine Zeit, um sich mit Albträumen aufzuhalten.

»Maribelle Paget war meine erste Frau«, gestand Boscombe. »Und die grausamste Frau auf Erden.«

»Kommen Sie.« Dominic stand auf. »Wir müssen sie mit der Sache konfrontieren.«

»Aber Genevieve!«

»Sie ist in Sicherheit. Wir müssen erst noch ein paar andere Dinge erledigen. Sie denkt, Sie haben es getan, und sie wird ihr Geständnis nicht eher widerrufen, bis wir das Gegenteil bewiesen haben.«

Nachdem Dominic mit Genevieve Boscombe das Haus verlassen hatte, hatte Clarice einfach nur am Küchenfenster gestanden und auf den mit Schnee bedeckten Apfelbaum hinausgestarrt. Immer wieder ging ihr im Kopf herum, was Mrs. Paget im Keller zu ihr gesagt hatte. Sie konnte sich des Eindrucks nicht erwehren, dass Mrs. Paget den Stiefelabdruck genau da vermutet hatte, wo er auch tatsächlich war, als ob sie es gewusst hätte. Ohne Zögern hatte sie die Schleifspuren erkannt und gedeutet. Wie konnte sie das nur so akkurat bestimmen? Warum hatte sie vermutet, dass die Frau, die in Sturm und Schnee beim Verlassen des Pfarrhauses gesehen wurde, etwas mit dem Tod des Pfarrers zu tun hatte. Es hätte doch irgendjemand sein können.

So wie sie den Mordhergang beschrieben hatte, gab es selbst eine Erklärung dafür, dass kein Fenster zerbrochen worden war. Sie hatte sogar gewusst, auf welcher Stufe er gefallen war. Sie war nämlich instinktiv dort stehen geblieben.

Clarice wandte sich vom Fenster ab, ging in die Diele, riss ihren Umhang vom Haken, wickelte ihn um sich und ging in den Schnee hinaus, zum Haus der Boscombes.

Sie musste Dominic unbedingt sofort mitteilen, dass weder John noch Genevieve schuldig waren. Sie befürchtete, Boscombe könnte die Nerven verlieren, ja sogar Dominic angreifen, wenn er hörte, was passiert war. Möglicherweise ließ er sich dann zu etwas hinreißen, was ihm ernsthaft schaden könnte.

Clarice nahm die Abkürzung durch den Wald. Der Bach war sicher zugefroren und leicht zu überqueren. Das Haus der Boscombes war gleich auf der anderen Seite.

Das Eis war fest. Einen Moment lang trug es sie, dann knackte es, und Clarice verlor das Gleichgewicht. Der schneidende Wind heulte in den Ästen und blies schwere Schneeklumpen auf den Boden. Zwei oder drei davon landeten dicht neben ihr und lenkten sie ab. So bemerkte sie die drei dunklen Gestalten in der farblosen Landschaft erst, als sie schon fast bei ihnen war. Es waren Dominic und Boscombe, die Mrs. Paget gegenüber standen.

Clarice blieb abrupt stehen. Rechts von ihr war der Bach, den man nur als einen gewundenen Streifen zwischen den Böschungen erkennen konnte.

Alle mussten Clarice gesehen haben, aber Mrs. Paget, die nur drei Meter von ihr entfernt stand, ging als Erste los. Sie tauchte in den tiefen Schnee, fuchtelte mit den Armen und stürzte mit ungeheuerer Geschwindigkeit auf sie zu. Mit vor Wut entstelltem Gesicht erreichte sie Clarice in Sekunden.

Clarice wich aus, aber nicht schnell genug. Mrs. Paget packte sie, umklammerte sie fest und zog sie zum Bach hinunter. Clarice hatte keine Zeit mehr zum Nachdenken. Sie schlug um sich, aber ihre Fäuste trafen nur den schweren Stoff.

Dominic rief etwas, aber seine Worte gingen im Zischen einer Lawine unter, die sich von einem Baum löste. Der Schnee schmolz allmählich.

Jetzt waren sie unten am Bach, und sie konnte sich besser wehren; sie verfingen sich nicht mehr im Dickicht der Uferpflanzen.

»Das Eis wird Sie nicht tragen!«, rief Mrs. Paget laut und triumphierend. »Gehen Sie doch ruhig darauf! Dann gehen wir beide unter!« Sie wandte sich Clarice zu und sagte: »Wehren Sie sich doch! Dann bricht das Eis, Sie kluge Pfarrersfrau, Sie! Glauben Sie mir: Das eiskalte Wasser bringt Sie um!«

Clarice hörte sofort auf, sich zu bewegen.

»So ist's gut«, sagte Mrs. Paget mit Genugtuung. »Jetzt weiter, langsam und vorsichtig. Wenn wir auf der anderen Seite sind, lasse ich Sie vielleicht gehen. Vielleicht auch nicht. Die beiden sind zu schwer, um uns zu verfolgen. Sie können überhaupt nichts machen.« Sie zog sie weiter, und Clarice verlor beinahe das Gleichgewicht.

Boscombe und Dominic blieben am Ufer stehen, weil sie wussten, dass das Eis ihr Gewicht nicht tragen würde.

Mrs. Paget lachte schrill und boshaft auf. Sie ging vorwärts und zerrte an Clarices Arm. Clarice versuchte mit aller Kraft sich dagegenzustemmen, aber sie fand auf dem Eis keinen Halt. Sie hörte es, bevor sie merkte, was es war:

ein durchdringendes Geräusch, wie ein Schuss, dann ein Zerren, als ob Stoff reißen würde.

Mrs. Paget stieß einen Schrei aus, klammerte sich so fest an Clarice' Arm, dass diese vor Schmerz aufschrie. Mrs. Paget lag auf dem Rücken und schlug mit den Beinen um sich. Die Eisplatte schwang hin und her und kippte nach unten. Die Risse im Eis breiteten sich wie ein Fächer aus und wurden vom schwarzen Wasser überspült. Der dicke Umhang nahm sie gefangen.

Clarice spürte das Wasser mit einem Schock, der ihr den Atem nahm. Die Kälte war unglaublich. Sie konnte nicht mal mehr schreien.

Dominic ignorierte die Gefahr, in die er sich begab, stürzte über das Eis und rief immer wieder ihren Namen. Boscombe stand knietief im seichten Wasser, dann reichte ihm das Wasser bis zur Hüfte. Er streckte sich weit nach vorne, um Dominics Arm festzuhalten.

Clarice war wie gelähmt von der Kälte. Mrs. Paget hielt immer noch ihre Hand mit stählernem Griff umklammert.

Dominic ergriff die andere Hand und zog, aber Mrs. Paget ließ nicht locker. Wenn sie ertrank, würde Clarice mit ihr ertrinken.

Dominic griff hinter sie. Er hatte ein Stück Ast in der Hand. Er holte aus und schlug fest zu. Er traf Mrs. Pagets Finger mit einer Kraft, die ausreichte, um Knochen zu brechen. Sie stieß einen einzigen Schrei aus, schluckte das schwarze Wasser und war dann verschwunden.

Dominic und Boscombe zogen Clarice aus dem Wasser. Fast hätte sie das Bewusstsein verloren. Sie zitterte so heftig vor Kälte, dass sie kaum noch atmen konnte. Im Dunklen sah sie Lichter und hörte Stimmen. Dann fiel sie in eine tiefe Bewusstlosigkeit.

Als sie aufwachte, rieb jemand ihre Arme und Hände und dann die Beine. Jemand anderes flößte ihr heißen Tee ein, den sie unbeholfen schlürfte. Er brannte wie Feuer im Magen, und sie verschluckte sich.

Dann sah sie Dominic, der vor Angst kreidebleich war.

»Sei doch nicht albern«, flüsterte sie heiser. »Ich werde schon nicht ertrinken. Ich habe nur etwas – ausgekundschaftet …«

Er musste lachen, aber über seine Wangen flossen Tränen. »Das habe ich mir schon gedacht«, stimmte er ihr zu. »Du musst dir unbedingt meine Weihnachtspredigt anhören.«

Um sie herum gab es ein zustimmendes Gemurmel und noch mehr Tee. Dann verschwamm alles sanft und wohlig in der Ferne.

Die sonst übliche Totenwache wurde für Maribelle Paget nicht abgehalten. Jedoch sprach sich schnell herum, wie alles passiert war, aber nicht warum. Auch wurde nicht erwähnt, dass sie in Wirklichkeit Maribelle Boscombe war.

Aber am Weihnachtstag waren alle Männer, Frauen und Kinder in der Dorfkirche versammelt, um Weihnachten zu feiern. Selbst der alte Mr. Riddington war da. Er war in eine Decke gehüllt, und man hatte ihm ordentlich Beerenwein eingeflößt.

Die Glocken erklangen in der Schneelandschaft und trugen die frohe Botschaft über Wälder und Felder, von Kirchturm zu Kirchturm, über das ganze Land. Drinnen wurden auf der Orgel die beliebtesten alten Lieder gespielt, und die Leute sangen – ausnahmsweise einmal in absoluter Eintracht.

Dominic trat auf die Kanzel und sprach mit einfachen, aber bewegenden Worten. Er wusste, er verkündete die Wahrheit.

»Weihnachten ist die Zeit der Geschenke, besonders für Kinder. Viele von Euch haben Stunden damit zugebracht, sie vorsichtig und liebevoll herzustellen: Puppen, Spielzeugzüge, Pfeifen aus Holz, angemalte Bauklötze oder ein neues Gewand.«

Er sah, wie alle lächelten und nickten.

Er beugte sich über den Rand der Kanzel. »Wir sind die Kinder Gottes, jeder Einzelne von uns. Vor fast neunzehnhundert Jahren gab *Er* uns das größte Geschenk auf Erden, größer noch als das Leben selbst. *Er* gab uns die Hoffnung: die Möglichkeit zur Umkehr, wenn wir gefehlt haben, egal wie klein oder wie groß, wie schrecklich oder wie unglaublich dumm, oder wie beschämend dieser Fehler auch gewesen sein mochte. In der Hölle gibt es keinen Winkel, der so geheim oder versteckt wäre, dass nicht doch ein Weg hinausführen würde, wenn wir nur bereit sind, wieder emporzusteigen. Dieser Weg kann schwer und steil sein, aber an seinem Ende sind das Licht und die Freiheit.«

Er sah Sybil Towers absichtlich nicht an. Auch Peter Connaught nicht. Auch blickte er nicht zu den Boscombes und ihren Kindern oder zu Mrs. Wellbeloved oder Mr. Riddington. Nur Clarice warf er einmal einen Blick zu und sah den Stolz und die Freude in ihr. Diese Belohnung war alles, was er wollte.

»Nehmt dieses Geschenk an. Nehmt es für euch an und für alle anderen. Das ist die Weihnachtsbotschaft: ewig währende Hoffnung. Den Weg zum Besten in uns beschreiten und nach dem Besten in uns zu streben.«

»Amen!«, antwortete die Gemeinde. Dann standen alle nacheinander auf und sagten bewegt: »Amen!«

Das Geläut der Glocken verhallte über den Feldern.

ANNE PERRY

Das Weihnachtsrätsel

Roman

Aus dem Englischen
von Regina Schirp

Weltbild

Für alle, die unerfüllbare Träume haben.

Das war also die Isle of Anglesey. Runcorn stand auf der zerklüfteten Landzunge der Insel und blickte über die schmale Meeresenge der Straße von Menai auf das Festland von Wales und das Snowdonia-Bergmassiv. Er fragte sich, wie um alles in der Welt er ausgerechnet im Dezember alleine hierher kommen konnte. Der eisige Wind blies ihm salzige Meeresluft entgegen. Als Londoner war er das Rattern der Pferdekutschen auf dem Kopfsteinpflaster und den Schein der Laternen in der Abenddämmerung gewohnt. Auf den Straßen war das nie abreißende Stimmengewirr der Händler zu hören, die Rufe der Zeitungsverkäufer und der Kutscher mit der Vielfalt ihrer Gefährte, die von der Brougham-Kutsche bis zur einfachen Rollkutsche reichten. Und die Luft roch nach Rauch und Pferdemist.

Jetzt befand er sich wohl am einsamsten Fleck Großbritanniens: nichts als karge Hügel und die raue, glänzende See. Völlige Stille, nur das Raunen des Windes im Gras. Das schwarze Skelett der Menai-Brücke strahlte eine gewisse Eleganz aus, eine wuchtige Eleganz, anders als die niedrigen, vertrauten Brückenbögen über der Themse. Die vereinzelten Lichter, die in der Ortschaft Beaumaris flackerten, entsprachen nicht im Geringsten seinem Bild von einer Stadt: einer Stadt mit Millionen Menschen voller Leidenschaften, Nöte und Träume. Der Grund seiner Anwesenheit hier war denkbar einfach: Er musste nicht irgendwo Bestimmtes sein. Er lebte alleine. Zwar kannte er viele Leute, aber es waren eher Kollegen als Freunde. Er war mehrere Male befördert worden und hatte es mit seinen inzwischen 50 Jahren zum Senior Superintendent der Metropolitan Police gebracht. Aber er betrachtete sich nicht als einen Gentleman. Das würde er nie werden. Dazu fehlten ihm der Schliff, das Selbstvertrauen, die Redegewandtheit und das elegante Auftreten, lauter Eigenschaften, die man nur hat, wenn es einem gleichgültig sein kann, was die Leute von einem denken.

Er spürte den Wind im Gesicht. Er lächelte. Monk, der vor Jahren einmal sein Kollege, ja sogar sein Freund gewesen war, war auch nicht als Gentleman auf die Welt gekommen. Aber irgendwie hatte er es geschafft, wie einer zu wirken. Das hatte ihn früher verletzt, jetzt aber nicht mehr. Er wusste, Monk war auch nur ein Mensch, durchaus verletzbar. Auch er machte Fehler. Vielleicht war er, Runcorn, sogar vernünftiger als Monk.

Der letzte Fall, an dem sie zusammen gearbeitet hatten, war äußerst kompliziert gewesen und hatte ein schlimmes Ende genommen. Nun war Runcorn der Stadt überdrüssig und hatte sich ein paar Wochen Urlaub verdient. Warum sollte er seine Zeit nicht einmal ganz woanders verbringen? Weitab vom Alltagstrott wollte er auf langen Spaziergängen auf andere Gedanken kommen, endlich einmal in Ruhe nachdenken.

Die Sonne ging im Südwesten unter und warf gleißendes Licht wie Feuer auf das Wasser. Mit zunehmender Dunkelheit verblasste die Farbe, und die Landspitze ragte schwarz und dunkelrot aus dem Meer, nur das Hochland lag wie zerknitterter Samt im fahlen Licht.

Wie lange dauerte hier im Winter die Dämmerung? Würde er sich bald nicht mehr orientieren können, womöglich den Weg zu seinem Quartier nicht mehr finden? Es war jetzt schon bitterkalt. Seine Füße waren vom langen Stehen taub. Er drehte sich um und ging nach Osten, dem dunklen Himmel entgegen. Was gab es da nachzudenken? Er machte seine Arbeit gut, er war geduldig, vielleicht etwas zu umständlich. Er hatte nie brillante Geistesblitze, aber er kam ans Ziel. Er hatte es deutlich weiter gebracht als die jungen Leute, die mit ihm angefangen hatten. Er war sogar über sich selbst erstaunt.

Aber war er auch glücklich?

Welch dumme Frage! Glücklichsein war schließlich nichts, was man für immer besitzen konnte. Ja, manchmal war er glücklich. Wenn er zum Beispiel einen Fall abgeschlossen hatte und sicher war, ihn gut gelöst zu haben und der komplizierten Wahrheit auf die Spur gekommen zu sein, sodass er danach von keinerlei Zweifeln, keinen quälenden, halboffenen Fragen gepeinigt wurde.

Er war glücklich, wenn er nach einem langen Tag am

Kamin saß und die Last von ihm abfiel, wenn er etwas wirklich Gutes wie Krustenschinken und Eierkuchen oder Bratwürste mit Kartoffelbrei aß. Er mochte gute Musik, ja manchmal sogar klassische Musik. Das würde er aber niemals zugeben, weil sich die Leute über ihn lustig machen könnten. Und er liebte Hunde. Ein netter Hund brachte ihn immer zum Lachen. Aber reichte das aus?

Er konnte gerade noch die Straße unter seinen Füßen erkennen. Er musste an die riesige Brücke hinter sich denken. Sie spannte sich über die kraftvolle Brandung der See. Wer war wohl ihr Erbauer? War er glücklich gewesen? Er hatte mit Sicherheit etwas gebaut, was man bestaunte und was das Leben der Menschen bis weit in die Zukunft veränderte.

Runcorn hatte zwar ein paar Probleme gelöst, aber hatte er jemals etwas selbst erschaffen? Oder benutzte er vielmehr die Brücken anderer Leute, wenn er verreiste – wohin eigentlich? Nur in ein fremdes Bett in einer Pension? Es war bequem. Er schlief gut, das tat er jedoch fast immer. Das Haus war auch warm genug, und Mrs. Owen war eine nette, großherzige Frau.

Am nächsten Morgen war es klirrend kalt, aber die blasse, milchige Sonne kämpfte sich durch die feinen Schleierwolken am Horizont, die sich, wie Mrs. Owen ihm versicherte, bald auflösen würden. Der Frost hinterließ nur hier und da eine weiße Reifschicht, die ausreichte, um die Mulden im Gras bis hin zu der großen Eibe hervorzuheben.

Runcorn verzehrte sein herzhaftes Frühstück und unterhielt sich mit Mrs. Owen, denn die Höflichkeit erforderte, Interesse zu zeigen, wenn sie ihm von der Gegend und ihren Bräuchen erzählte. Dann brach er wieder zu einem Spaziergang auf.

Diesmal ging er festen Schrittes bergauf, bis es fast Mittag war. Dann drehte er sich um und blickte in den wolkenlosen Himmel und auf das ruhige, in der Ferne schimmernde Meer.

Gebannt von der großartigen Weite blieb er eine ganze Weile so stehen. Dann ging er langsam bergab. Er befand sich schon wieder am Rande von Beaumaris, als er um eine Ecke bog und einem großen, schlanken Herrn gegenüberstand, der selbst mit seinem dicken Wintermantel und dem Hut außergewöhnlich elegant wirkte. Er war ungefähr Mitte dreißig, gut aussehend und ohne Bart. Sie blieben beide stehen und starrten einander an. Der Mann stutzte blinzelnd, Runcorns Gesicht kam ihm bekannt vor.

Runcorn dagegen hatte ihn sofort erkannt, so, als ob er ihn erst vor einer Woche getroffen hätte. In Wirklichkeit war es aber schon viel viel länger her. Damals ging es um einen Selbstmord, von dem man aber annahm, dass es Mord gewesen wäre. John Barclay wohnte in einem Haus, das unmittelbar an die Gasse grenzte, in der man die Leiche gefunden hatte. Nicht etwa an Barclay erinnerte sich Runcorn jetzt voller Zuneigung, sondern vielmehr an dessen verwitwete Schwester, Melisande Ewart. Selbst hier, mitten auf der zugigen, hellen Straße, konnte Runcorn ihr Gesicht so deutlich sehen, als wäre sie selbst hier, und nicht ihr arroganter, wenig hilfsbereiter Bruder.

»Entschuldigen Sie bitte«, sagte Barclay nervös und wich ihm aus, als wären sie einander fremd. Er ging die Straße mit immer größer werdenden Schritten weiter. Aber Runcorn hatte an seinem verächtlichen Blick gesehen, dass er ihn erkannt hatte.

War Melisande etwa auch hier? Wenn ja, würde er ihr vielleicht begegnen. Nur einen Blick von ihr erhaschen. Sah sie immer noch wie früher aus? War ihr seidiges Haar immer noch gewellt? Hatte sie immer noch dieses Lächeln, aber auch diese Traurigkeit, die ihn seither nicht mehr losließ?

Lächerlich, dass er noch an sie dachte. Wenn sie sich überhaupt noch an ihn erinnerte, dann an den Polizisten, der unbeeinflusst von Furcht oder Gefälligkeiten entschlossen seine Arbeit machte, der aber auch ein klein wenig Güte besaß. Es war ihrem Mut zu verdanken gewesen, dass sie sich ihrem Bruder zum Trotz bereit erklärt hatte, die Leiche zu identifizieren und in den Zeugenstand zu treten, wodurch der Fall letztlich hatte gelöst werden können. Er hatte sich immer gefragt, wie sehr sie dadurch Barclays Missfallen erregt hatte. Runcorn hatte ihr damals nicht beistehen können.

Er ging nun weiter, um die Straßenbiegung und am ersten Haus der Ortschaft vorbei. War sie auch hier? Ohne es zu merken, beschleunigte er seinen Schritt. Die Sonne schien hell, und vom Frost waren nur ein paar funkelnde Wassertropfen im Gras übrig geblieben.

Wie konnte er herausfinden, ob sie hier war, ohne sich lächerlich zu machen? Er konnte sich ja wohl kaum nach ihr erkundigen, so als ob sie sich privat kennen würden. Er war ein Polizist, der einen Todesfall aufgeklärt hatte. Es wäre zwecklos, sie zu treffen. So lächerlich es auch war, es würde ihm sogar wehtun. Es war dumm von ihm, überhaupt daran zu denken, und er verachtete sich dafür.

Er eilte weiter zu seinem Quartier, in den Schutz der Abendtafel und der heiteren Gespräche fremder Leute.

Aber Melisande ging ihm nicht aus dem Kopf. Es wurde etwas milder, einige Grad über Null. Er sah Hunderte von Vögeln auf einem Feld Körner aufpicken, und ein Bauer sagte ihm, es seien Rotdrosseln. Überall in den Gärten blühten der gelbe Stechginster und gelegentlich auch Christrosen. Er machte seine Spaziergänge bei Wind und Sonne, ein- oder zweimal auch im Regen. Nach ein paar Tagen kannte er die Küstenwege östlich und westlich von Beaumaris. Er entdeckte Lieblingsecken und windgeschützte Senken. Er verspürte plötzliche, atemberaubende Freude über die ersten Anzeichen von Schneeglöckchen und fand kleine, verborgene Wasserlachen im Fels, wo Algen und seltene Muscheln wuchsen.

Am Sonntag zog er den einzigen anständigen Anzug, den er mitgebracht hatte, an und ging zum Frühgottesdienst in die Kirche, die der Stelle, wo er John Barclay getroffen hatte, am nächsten lag. Die Kirche aus Stein hatte bunte Glasfenster. Der Wind trug den vollen Klang der Kirchenglocke über das Dorf und weiter über die Felder.

Runcorn wusste genau, warum er hier war. Er war wie von einem Magneten angezogen. Seine Anwesenheit hatte nichts mit der Verehrung Gottes zu tun, auch wenn er mit gebeugtem Haupt, den Hut in der Hand, durch die großen geschnitzten Holztüren trat und eine Mischung aus Ehrfurcht und Hoffnung sein Herz schneller schlagen ließ.

Innen herrschte fast völlige Stille. Es war eine alte Kirche mit einem Steinfußboden und einer hohen Decke, unter der sich wuchtige, mit Schnitzereien verzierte Balken kreuzten. Das Licht war dämmrig. Die bunten Fenster stellten die Stationen des Kreuzwegs dar, sowie eine Frau, die hinter Jesus herzugehen schien. Sie kniete nieder, um sein Gewand zu berühren, und Runcorn fiel die Heilsgeschichte Christi wieder ein. Er konnte sich nur noch an etwas Wunderbares, etwas Unerreichbares erinnern. Die Gemeindemitglieder hatten bereits ihre Plätze eingenommen, und er schlüpfte schnell auf eine Bank an der Seite. Er senkte den Kopf und beobachtete interessiert, wie Barclay an ihm vorbeiging. Mit einem Ruck blickte er wieder auf und stellte enttäuscht fest, dass Melisande nicht bei ihm war. Was sollte sie auch für einen Grund haben, sich auf dieser vom Wind heimgesuchten Insel mit ihrer kargen Schönheit, den wilden Küsten, den Vögeln und der tobenden See aufzuhalten? Was hatte eine schöne Frau hier schon zu suchen?

Dann ging eine ganz andere Frau durch das Seitenschiff

an seiner Bankreihe vorbei. Sie war etwa Mitte zwanzig, bewegte sich mit einzigartiger, fast fließender Anmut, als ob sie den harten Fußboden mit ihren Stiefeln gar nicht berührte, als ob sie barfuß im Gras oder auf weichem Sand am Strand ginge. Sie schritt erhobenen Hauptes, und als sie sich umdrehte, erschien auf ihrem blassen Gesicht ein verborgenes Lächeln, als ob sie etwas wüsste, das außer ihr niemand kannte.

Sie war in dunklem Grün, fast schwarz, gekleidet. Eine Haarsträhne lugte unter dem ziemlich verwegenen Hut hervor, den sie, anscheinend gedankenlos, im letzten Augenblick aufgesetzt hatte. Ihre großen Augen waren braun wie Torf. Runcorn nahm das alles wahr, obwohl sie ihn nur eine Sekunde lang anschaute.

Sie ging bis zur ersten Reihe und setzte sich neben eine Frau, die etwa fünfzehn Jahre älter war und die sie mit einem warmherzigen Lächeln begrüßte.

Runcorn bemerkte, wie sich ein Herr ein paar Bänke vor ihm zu ihr umdrehte und die junge Frau unverhohlen anstarrte, so wie es sich in einer Kirche eigentlich nicht gehört. Er sah zwar gut aus, hatte aber eine strenge Mundpartie. Er hatte gleichmäßige Züge und schönes, dichtes Haar mit einem leichten rostroten Schimmer. Er ging auf die vierzig zu.

Falls die junge Frau ihn bemerkt hatte, zeigte sie es nicht; sie schien überhaupt allen Leuten gegenüber gänzlich gleichgültig zu sein. Nur den Pfarrer, der in diesem Moment eintrat, nahm sie wahr. Er wirkte wie Ende vierzig, oder vielleicht sogar etwas älter. Sein blasses Gesicht sah asketisch aus. Er hatte hoch stehende Augenbrauen und die gleichen torfbraunen Augen wie die in Grün gekleidete Frau. Dann fing der Gottesdienst mit den besänftigenden Worten und den vertrauten Ritualen an. Er hielt ihn mit düsterer Miene in der üblichen Abfolge ab, so als sei es eine Gewohnheit, die bei Weitem nicht seine ganze Aufmerksamkeit beanspruchte. Runcorn überlegte, ob es irgendeine Möglichkeit gab, sich der langweiligen Andacht zu entziehen, ohne unhöflich zu wirken, und kam zu dem Schluss, dass dies nicht der Fall war. Er würde sich einfach mit dem Beobachten der Leute ablenken müssen.

Der Mann vor ihm sah die junge Frau wieder an. In seinem Gesicht zeigten sich so starke Emotionen, dass man nicht annehmen konnte, er bewunderte eine Fremde. Er kannte sie mit Sicherheit, und es musste auch einen Konflikt zwischen ihnen gegeben haben, zumindest von seiner Seite aus.

Und sie? Runcorn konnte sie jetzt nicht sehen, weil sie nach vorne zum Pfarrer schaute, der mit der Predigt begann. Es ging um Gehorsam, ein einfaches Thema, zu dem man zwar viele Bezüge finden konnte, aber keinen, der sich auf das Leben oder die menschliche Wärme bezog oder gar auf Weihnachten, das nur noch drei Wochen entfernt war. Runcorn fragte sich, warum um alles in der Welt er dieses Thema ausgesucht hatte: es war ausgesprochen unangebracht. Allerdings kannte Runcorn die Gemeinde nicht. Vielleicht waren alle möglichen Leidenschaften außer Kontrolle geraten und sollten nun mit Gehorsam wieder beherrscht werden. Vielleicht war der Pfarrer der gute Hirte, der seine irregeleiteten Schäfchen wieder sicher auf die Weide zurückführen wollte.

Barclay beobachtete ebenfalls die in Grün gekleidete Frau. Einen Augenblick lang war sein Blick von unverhohlener Sehnsucht bestimmt. Runcorn war es fast peinlich, dass er es bemerkt hatte. Zwei Männer, die ein und derselben Frau den Hof machten? Das kam wohl in jedem Dorf Englands vor.

Er hatte den Gottesdienst nicht verfolgt. Er hatte keine Ahnung, warum der Kurat aufgestanden war und was er vorhatte. Er merkte nur, dass dessen Miene ganz und gar anders als die des Pfarrers war. Während das Gesicht des Älteren Gelehrsamkeit und Disziplin ausdrückte, schien dieser Mann quicklebendig und voller Träume zu sein. Er war erst so um die zwanzig, wirkte aber äußerst intelligent. Er lächelte die Frau in der grünen Kleidung an, blickte aber sogleich wieder weg, als wäre er ertappt worden. Runcorn meinte in ihrem Profil zu erkennen, dass auch sie ihn anlächelte, nicht sehnsüchtig wie einen Verehrer, sondern lebendig und fröhlich wie einen Freund.

Er würde nie erfahren, welche Verstrickung der Gefühle diese beiden Menschen verband. Er war gekommen, weil er dachte, dass Barclay hier sein würde und, so absurd es auch war, gehofft hatte, Melisande zu treffen. Er hätte sie gerne glücklich gesehen, ohne die Traurigkeit, die sie in London umgeben hatte. Der Gedanke, dass noch ein dunkler Schatten auf ihr liegen könnte, beklemmte ihn und lag ihm schwer auf dem Herzen, wie ein Schmerz, der ihm den Atem raubte. Wo war sie? Bei Barclay konnte er sich wohl kaum nach ihrem Befinden erkundigen. Die Antwort wäre ohnehin nur eine Floskel gewesen. Mit Dienstleistenden sprach man nicht über Gesundheit und Glücklichsein, und Barclay hatte unmissverständlich klargemacht, dass er Runcorn als solchen sah, wie im Übrigen alle Polizisten: als Müllmänner der Gesellschaft. Das hatte er ihm zu verstehen gegeben.

Die Gemeinde erhob sich, um ein Kirchenlied zu singen. Der Organist spielte gut, und die Musik verhallte ausdrucksvoll und heiter. Runcorn genoss es zu singen. Er hatte eine kräftige Stimme und konnte den Ton halten.

Die Leute links neben ihm hatten sich schon gesetzt und als er sich ebenfalls setzen wollte, sah er Melisande. Sie saß ganz woanders als Barclay, aber sie war es, ohne jeglichen Zweifel. Nie würde er ihr Gesicht vergessen, die sanften Züge, den offenen Blick, ihr Lachen und ihren verborgenen Schmerz.

Ihr erstaunter Blick fiel jäh auf ihn. Sie lächelte ihn an, blickte aber sofort befangen zur Seite.

Ihm blieb beinahe das Herz stehen, der Raum um ihn herum schwankte. Er ließ sich geräuschvoll auf die Kirchenbank fallen, sodass die Dame vor ihm sich umdrehte und ihn missbilligend ansah.

Melisande war hier! Und sie konnte sich an ihn erinnern! Dieses Lächeln hatte mehr bedeutet als nur die Erwiderung des Blickes eines Fremden. Es war mehr als reine Höflichkeit: Es hatte Wärme ausgestrahlt. Er spürte, wie dieses Lächeln in seinem Herzen brannte.

Der weitere Gottesdienst ging an ihm in verworrenen Geräuschen vorbei, schön, aber bedeutungslos, wie die Farbflecke, die das Sonnenlicht durch die bunten Fenster malte.

Nach dem Gottesdienst stand er draußen in der winterlichen Stille. Die Gemeindemitglieder kamen nach und nach heraus, sprachen miteinander, schüttelten dem Pfarrer die Hand, gingen von einem zum anderen, tauschten den neuesten Klatsch aus und wünschten sich alles Gute.

Jemand bemerkte, dass er hier fremd war, und bat ihn, sich vorzustellen. Ohne sich zu überlegen, was er sagen sollte, trat er vor, schüttelte unversehens die Hand von Reverend Arthur Costain und stellte sich ohne seinen Dienstgrad vor.

»Willkommen auf Anglesey, Mr. Runcorn«, sagte Costain lächelnd. »Bleiben Sie über Weihnachten hier? Dürfen wir hoffen, dass Sie vielleicht noch länger unter uns weilen werden?«

Augenblicklich fällte Runcorn eine Entscheidung. Melisande und Barclay kannten seinen Beruf, aber er würde es niemand anderem sagen. Er schämte sich dessen zwar nicht, aber viele Leute fühlten sich in Gegenwart eines Polizisten unwohl und würden ihn deshalb meiden.

»Ich bleibe so lange wie möglich«, antwortete er. »Sicherlich bis zum Neuen Jahr.«

Costain schien erfreut. »Ausgezeichnet. Vielleicht kommen Sie einmal im Pfarrhaus vorbei. Meine Frau und ich würden uns sehr freuen, Sie näher kennenzulernen.« Er deutete auf die Frau neben ihm, die während des Gottesdienstes neben der grün gekleideten jungen Frau gesessen hatte. Aus der Nähe betrachtet sah sie interessanter aus als auf den ersten Blick. Sie war lange nicht so schön wie die Jüngere, aber in ihrem Gesicht lagen außergewöhnliche Willensstärke, Humor, aber auch Traurigkeit. Sie war Runcorn sofort sympathisch, und er nahm die Einladung an, bemerkte aber zu spät, dass der Pfarrer es womöglich nur als höfliche Floskel gesagt hatte. Runcorn errötete wegen seiner Ungeschicklichkeit.

Mrs. Costain kam ihm zu Hilfe. »Nehmen Sie es meinem Mann nicht übel. Er hofft immer, neue Gemeindemitglieder zu bekommen. Wir werden Sie sicher nicht länger aufhalten, als es Ihnen angenehm ist. Ist das Ihr erster Besuch auf der Insel?«

Erstaunt nahm er ihre Freundlichkeit wahr. Er war es nicht gewohnt, von Leuten ihrer Gesellschaftsschicht so nett behandelt zu werden. Er hatte Melisande aus den Augen verloren, aber er wusste genau, wo Barclay stand, nur ein paar Meter entfernt, und wahrscheinlich sah er ihn missbilligend an. Es würde bestimmt nicht lange dauern, bis er Mrs. Costain informierte, dass Runcorn Polizist war.

Aber Barclays Blick war nicht auf Runcorn gerichtet. Er starrte auf die junge Frau in der grünen Kleidung. Er blickte sie mit solcher Intensität an, dass Runcorn sich fragte, wie es sein konnte, dass sie diesen Blick nicht als unangenehm wahrnahm. In Barclay kochten die Gefühle, Begierde und Wut, und als der Herr mit dem rostroten Haar, der sie ebenfalls beobachtet hatte, mit angespanntem und bitterem Gesicht auf ihn zukam, war die Spannung zwischen ihr und Barclay so offensichtlich, dass sich auch die Umstehenden unweigerlich unwohl fühlten.

»Morgen, Newbridge«, sagte Barclay kurz angebunden.

»Morgen, Barclay. Schönes Wetter heute.«

Niemand sonst sagte etwas.

»Wird wohl nicht so bleiben«, erwiderte Barclay.

»Glauben Sie, wir werden eine weiße Weihnacht haben?«, warf Costain schnell ein.

Barclay zog die Augenbrauen hoch. »Weiße Weihnachten?«, fragte er sarkastisch, als ob dieser Begriff noch mindestens ein Dutzend spitze Bedeutungen enthielte. »Wohl kaum.«

Die grün gekleidete Frau wandte sich ihm amüsiert zu, dann aber zog ein kaum merklicher Schauder ihre Schultern zusammen, so als wäre ihr kalt, obwohl sie doch warm angezogen war und sich kein Lüftchen regte.

»Olivia?«, fragte Costain besorgt.

»Mach bitte kein Aufheben«, flüsterte ihm seine Frau zu. Wäre Runcorn nicht direkt neben ihr gestanden, hätte er es nicht gehört.

Costain war beunruhigt. Er blickte von der einen zur anderen und wusste nicht, welchen Reim er sich auf das tiefe Verständnis zwischen den beiden Frauen machen sollte.

Barclay nickte kurz und ging zu Melisande, die beim Kirchhofseingang auf ihn wartete. Runcorn blickte ihm nach. Für einen kurzen Moment traf sein Blick den Melisandes, und er nahm nichts anderes mehr wahr. Newbridge streifte ihn im Vorbeigehen, sagte kurz etwas zu Olivia, und sie antwortete mit heller und kühler Stimme. Ihre Worte waren zwar höflich, ihr Gesicht jedoch fast ausdruckslos. Sie mochte ihn nicht, dessen war sich Runcorn sogleich sicher.

Er bedankte sich bei Mrs. Costain für ihre Freundlichkeit, nickte den anderen kurz zu, entschuldigte sich und schlug die entgegengesetzte Richtung ein. Er schritt über den Friedhof, vorbei an gemeißelten Engeln, Urnengräbern und Grabsteinen, in den Schatten der Eiben am anderen Ende. Der Kopf schwirrte ihm noch, als er durch das Kirchhofstor auf die Straße trat.

Es gehörte zu seinem Beruf, Leute zu beobachten und aus ihren Reaktionen Schlüsse zu ziehen. Man musste weit mehr als nur Worte untersuchen. Es kam darauf an, wie etwas gesagt wurde, ob zögerlich, ob der Kopf zur Seite geneigt war, ob man sich bewegte oder still dastand, welche Leidenschaften unter der Oberfläche schwelten. Die kleine Gruppe auf dem Kirchhof war von heftigen Gefühlen zerrissen, die nur mit äußerster Anstrengung unterdrückt werden konnten. Die Luft war schwer, kribbelte regelrecht auf der Haut, als ob gleich ein Sturm losbrechen würde.

Hatten die anderen das auch so empfunden oder nur er alleine? Trotz des Abstands, trotz seiner kühlen Betrachtungsweise, war er doch ein Opfer wie alle anderen auch:

genau so menschlich, genau so verletzlich und ebenso grotesk. Was könnte lächerlicher sein, als seine Gefühle Melisande gegenüber, einer Frau, für die er nie mehr als ein Dienstleistender wäre, dem sie einmal gegen den Willen ihres Bruders geholfen hatte, indem sie so mutig gewesen war, das Richtige zu tun?

Er trat seinen Rückweg zu Mrs. Owen an, die das Sonntagsessen für ihn zubereitet hatte. Nicht daran teilzunehmen, wäre wirklich äußerst unhöflich gewesen, obwohl er jetzt schon das Gefühl hatte, er würde sich in dem gemütlichen Haus unangenehm gefangen fühlen. Am allerwenigsten konnte er jetzt belangloses Geplauder ertragen, auch wenn es gut gemeint war. Aber er war nun mal ein Gewohnheitsmensch, und er hatte den Preis für schlechte Manieren schmerzhaft kennengelernt.

Er fand eine Ausrede, um schnell wieder gehen zu können: Das Wetter war nämlich für Dezember außergewöhnlich gut, und er wolle so weit wie möglich wandern, aber vor Sonnenuntergang wieder zurück sein. Die wilden, einsamen Küstenpfade, auf denen man das Kreischen der Möwen und das stürmische Brechen der Wellen hörte, waren genau das Richtige für seine momentane Stimmung. Er mochte die ewigen Naturgewalten, die von Menschenhand nicht einzudämmen waren. Da hinein wollte er flüchten, eins mit ihnen werden, die Geräusche wahrnehmen, den Wind im Gesicht spüren und den Blick in die unendliche Weite richten. Die mächtige Natur tröstete ihn. Sie gab ihm Sicherheit.

Am nächsten Tag wanderte er die Küste entlang, nach Norden und Osten, von Beaumaris bis Penmon Point. Er stand da und blickte auf den Leuchtturm und die Puffin Islands dahinter. Am darauffolgenden Tag ging er den ganzen Weg bis zur Menai Bridge und noch weiter, bis er am anderen Ufer die hohen Türme von Caernarfon Castle und die weißen Gipfel vom Snowdonia-Massiv sehen konnte. Am nächsten Tag machte er es genauso: Er lief, bis er erschöpft war.

Dennoch konnte er nicht mehr gut schlafen. Am Morgen stand er früh auf, zog sich an, rasierte sich und trat in die winterliche Morgendämmerung hinaus. Es war schneidend kalt, und er musste nach Luft schnappen. Aber seltsamerweise genoss er die Kälte auch. Die Luft war klar und bitterkalt, und er stellte sich vor, er könnte die Schneise sehen, die der Wind zwischen dem dunkel schimmernden Meer und dem Sternenhimmel hinterlassen hatte.

Ohne es zu merken, war er wieder zur Kirche hinaufgegangen. Der Kirchturm zeichnete sich wuchtig gegen den blassen Himmel ab. Er kam durch die überdachte Kirchhofspforte, ging den Pfad hinauf und dann auf dem gefrorenen Gras über den Friedhof. Durch das fahle Licht der aufgehenden Sonne warfen die Grabsteine und die vereinzelten Marmorengel lange Schatten.

Das war wahrscheinlich der Grund, weshalb er den leblosen Körper erst bemerkte, als er schon kurz davorstand. Sie lag am Fuße eines verzierten Kreuzes. Ihr weißes Gewand war von Raureif bedeckt, ihr Gesicht erstarrt, und das schwarze Haar bildete einen Schatten um sie herum. Nur das Blut, das ihren Unterleib durchtränkte, leuchtete scharlachrot im zunehmenden Licht.

Runcorn konnte sich vor Entsetzen nicht von der Stelle rühren. Er starrte sie an, als wäre sie eine Erscheinung, die verschwände, wenn er abwartete bis sein Blick wieder klar würde. Die Kälte kroch ihm in die Knochen, die Lichtstrahlen wurden stärker, sie aber blieb schreckliche Wirklichkeit. Er wusste, wer sie war: Olivia Costain, die grün gekleidete junge Frau, die durch das Seitenschiff der Kirche gegangen war, als liefe sie über eine Wiese.

Schließlich löste sich seine Starre. Er kniete sich mit einem Bein auf den Boden und ergriff ihre eiskalte Hand. Sie war kälter als kalt; die Finger waren schon steif, die Augen weit aufgerissen. Selbst hier, so wie sie da lag, war sie immer noch schön. Das Mitgefühl mit ihrer zarten Gestalt und die Vorstellung von dem, was sie einmal gewesen war, zerrissen sein Inneres.

Er besah sich die schreckliche Wunde in ihrem Unterleib, dick mit Blut verklebt. Sie muss wohl dicht am Grab gestanden haben, mit dem Rücken zum Kreuz, von Angesicht zu Angesicht mit der Person, die ihr das angetan hatte. Sie war nicht weggerannt. Er untersuchte den Boden und sah keinerlei Spuren im Gras, außer seinen eigenen, die entstanden waren, als er sich über sie gebeugt hatte. Nichts ließ darauf schließen, dass sie sich gewehrt hatte, keine Spuren an den Händen, den Armen oder am Hals. Der Mörder konnte sie nicht von hinten überrascht haben. Sie waren sich genau gegenübergestanden, und die schreckliche Tat musste völlig unerwartet ausgeführt worden sein.

Mit solch einer Verletzung war sie wahrscheinlich sehr schnell verblutet – er hoffte, dass es nur wenige Minuten gedauert hatte. Es war helles Blut aus den Arterien, die Kraft des Lebens. Es war ausgeschlossen, dass die Person, die diese gewaltsame Tat ausgeführt hatte und dicht bei ihr gestanden hatte, sich nicht auch mit Blut befleckt hatte.

Runcorn trat zurück und hielt automatisch Ausschau nach der Tatwaffe. Er erwartete nicht, diese zu finden, wollte aber sichergehen. Er konnte nichts erkennen, keine roten Spuren im weißen Licht, keine Auffälligkeit im frostigen Gras, nur die Fußabdrücke, die er selbst hinterlassen hatte. Der Mörder und auch sie mussten denselben Weg gekommen sein, bevor der Tau gefroren war.

Die Tage wurden immer kürzer, und der Morgen war jetzt schon so weit fortgeschritten, dass Leute unterwegs sein konnten. Er musste jemanden finden, der die Leiche bewachte, der dafür sorgte, dass niemand zu ihr ging. Er musste die Tat der Polizei am Ort melden. Wenigstens wollte er verhindern, dass Costain sie entdeckte.

Er erreichte den Küster, der betroffen, aber diskret war, und bat ihn, Wache zu halten. Der Küster beschrieb ihm den Weg zum Cottage von Police Sergeant Warner, der sicher um diese Zeit noch zu Hause war.

Warner war gerade beim Frühstück, und seine Frau

wollte ihn nur ungern stören. Im Licht des Raumes sah sie jedoch Runcorns bestürzten Gesichtsausdruck und erhob keinen weiteren Einspruch. Sie bestand darauf, dass er eine Tasse Tee trank, während er Warner, einem großen Mann Anfang vierzig mit sanfter Stimme, sein Anliegen selbst vorbringen konnte.

»Sie werden vermutlich an so was gewöhnt sein, Sie kommen ja aus London«, sagte er etwas heiser, nachdem Runcorn ihm den Sachverhalt und seine bescheidenen Schlüsse daraus geschildert hatte. »Ich habe es noch nie mit einem Mord zu tun gehabt, außer einmal mit einer tätlichen Auseinandersetzung, die dann zum Tod geführt hatte.« Er meinte es nicht beleidigend. In seinem Gesicht stand nicht nur Trauer, sondern auch eine gewisse Hilflosigkeit angesichts der Tragweite der Aufgabe, die auf ihn zukam. Runcorn konnte seine Angst sehen.

»Wenn ich irgendwie helfen kann …«, bot Runcorn ihm an, und fragte sich aber sogleich, ob er nicht schon zu weit gegangen war, wenn er indirekt unterstellte, dass die örtliche Polizei ihm unterlegen war. Er bedauerte seine Äußerung, aber nun war es zu spät.

Warner schluckte. »Also, wir werden zweifellos jemanden vom Festland anfordern«, beeilte er sich zu sagen. »Vielleicht den Chief Constable oder so. Aber bis dahin wäre ich Ihnen für Ihre Hilfe sehr dankbar. Sie haben ja die nötige Erfahrung.«

»Selbstverständlich«, erklärte sich Runcorn bereit. »Als Erstes wird jemand die Familie benachrichtigen müssen.

Sobald wie möglich. Und ein Arzt muss sich die Leiche ansehen. Dann sollten wir sie woanders hinbringen.«

»Ja.« Warner sah irritiert aus. »Ja, ich kümmere mich darum. Der arme Pfarrer.« Er strich sich mit der Hand über die Stirn und zwinkerte nervös mit den Augen. »Was für eine schreckliche Angelegenheit.« Er blickte Runcorn hoffnungsvoll an. »Ein Unfall ist wohl ganz und gar ausgeschlossen? Ist sie vielleicht … irgendwie gestürzt?«

»Nein«, antwortete Runcorn nur. Er wollte nicht noch einmal die Einzelheiten erörtern oder auf die Absurdität hinweisen, dass Olivia Costain nachts alleine mit einem so großen Messer über den Friedhof gegangen sein und sich eine Verletzung, wie er sie festgestellt hatte, selbst zugefügt haben könnte. Sie war nicht gestolpert, sie war von dem Gewicht des Angreifers nach hinten gefallen. Ein Messer war auch nicht gefunden worden.

Warner seufzte. Er war blass und hatte unnatürlich rote Backen. Er blickte nach unten. »Tut mir leid. Ich wollte …« Plötzlich sah er wieder auf. »Wir sind an so was hier nicht gewöhnt. Ich kenne Miss Olivia schon seit … ihrer Kindheit. Wer kann ihr das nur angetan haben?«

»Genau das müssen wir herausfinden«, sagte Runcorn lakonisch. »Da wird es schwer und grausam, unsere Pflicht zu tun. Und wir müssen sie möglichst gut tun.«

Warner stand auf. Der Küchenstuhl kratzte auf dem Boden, als er ihn zurückschob. »Ich werd's jetzt dem Pfarrer und Mrs. Costain sagen. Es wird ihr das Herz brechen. Die beiden waren sich sehr nahe, sie und Miss Olivia, wie richtige Schwestern, nicht nur wie Schwägerinnen. Könnten Sie Dr. Trimby holen? Sein Haus ist nicht so einfach zu finden. Meine Frau wird Sie dahin begleiten. Dann muss ich dem Inspektor in Bangor Bescheid geben. Der wird bestimmt Sir Alan Faraday aus Caernarfon anfordern.«

Runcorn war sofort einverstanden. Kurz darauf eilte er hastig neben Mrs. Warner her. Sie überquerten die Straße und nahmen eine Abkürzung durch verschiedene Nebenstraßen, bis sie zu Dr. Trimbys Haus kamen. Jetzt war es schon fast neun Uhr an diesem stürmischen Morgen, die Straßen waren belebt, und es warteten auch schon drei oder vier Leute in seiner Praxis.

Trimby sah alles andere als gepflegt aus. Er war klein und stämmig. Das Haar flog in alle Richtungen, und er trug ein schlecht gebügeltes Hemd mit einem denkbar altmodischen Halstuch. Nichts von seiner Kleidung passte irgendwie zusammen. Er hatte jedoch eine schnelle Auffassungsgabe. Nachdem Mrs. Warner ihm erklärt hatte, wer Runcorn war, hörte er mit schmerzvollem Gesicht äußerst konzentriert zu. Er machte sich keinerlei Notizen, aber Runcorn war sich sicher, dass er jede Einzelheit festhielt. In seinem offenen, asymmetrischen Gesicht sah man tiefe Trauer.

»Sie sollten mich gleich zu ihr führen«, sagte er und erhob sich schwerfällig. Auf dem Weg nach draußen nahm er seine Arzttasche, die zwar aus gutem Leder war, aber Kratzer von zwanzig Jahren Einsatz bei Wind und Wetter aufwies. Sie gingen in etwa denselben Weg zum Friedhof zurück, den Runcorn mit Mrs. Warner gekommen war. Der Küster hielt immer noch Wache, vor Kälte zitternd.

Trimby blickte auf die Leiche und wurde kreidebleich. Runcorn befürchtete schon, er würde zusammenbrechen. Aber er zwang den Schmerz nieder und gewann wieder Haltung. Er beugte sich und fing mit der Untersuchung an.

Runcorn schickte den Küster weg und wartete schweigend im aufkommenden Wind, der von Minute zu Minute kälter wurde.

Schließlich stand Trimby umständlich auf und rang um sein Gleichgewicht. Seine Glieder waren ganz steif vom Knien.

»Auf jeden Fall vor Mitternacht«, sagte er heiser. Er hustete und fuhr fort: »Soweit ich das von der Totenstarre aus beurteilen kann. Aber sehen Sie selbst, bei dem Frost, bei der Kälte, und dann im Freien, das ändert einiges. Finden Sie jemand Vertrauenswürdigen, der sie zuletzt gesehen hat. Man kann so eine Verletzung unmöglich jemandem zufügen, ohne sich selbst mit Blut zu verschmieren. Und sie hat sich nicht gewehrt.« Die Stimme versagte ihm, und er brauchte lange, bis er mühsam die Selbstkontrolle wiedererlangte. »Mehr kann ich Ihnen auch nicht sagen. Keine weiteren Schlussfolgerungen möglich. Ich lasse sie hier wegbringen an einen … würdigeren Ort.« Er kehrte Runcorn den Rücken zu und ging.

»Doktor …«, rief ihm Runcorn nach.

Der Doktor gab ihm ungeduldig ein Zeichen mit der Hand. »Ich kann auch nicht mehr sehen als Sie. Das ist

Ihre Aufgabe, nicht meine.« Er lief hastig weiter über den Friedhof.

Runcorn hatte längere Beine und holte ihn ein. »Doch, Sie können mir noch etwas sagen«, sagte er, als er seine Schritte denen Trimbys angepasst hatte. »Sie kannten sie. Erzählen Sie mir mehr von ihr. Wer hätte so etwas tun können?«

»Ein Verrückter!«, schnauzte Trimby zurück, ohne ihn anzusehen, ohne den Schritt zu verlangsamen.

Runcorn fasste ihn am Arm, brachte ihn zum Stehen und drehte ihn zu sich. Das hatte er bei allen gewalttätigen und tragischen Fällen, mit denen er jemals zu tun gehabt hatte, noch nie gemacht. Er war weitaus tiefer von Gefühlen bewegt als er es für möglich gehalten hatte. »Nein, es war kein Verrückter«, sagte er aufgebracht. »Es war jemand, den sie kannte, vor dem sie keine Angst hatte. Das wissen Sie genauso gut wie ich. Sie stand ihm gegenüber, sie lief nicht weg, und sie wehrte sich nicht, weil sie nicht mit einem Angriff rechnete. Warum war sie hierher gekommen? Wen könnte sie nachts alleine auf dem Friedhof getroffen haben?«

Trimby starrte ihn wütend und abweisend an. »Wie kann man einen Menschen, der einer Frau so etwas antut, nicht für verrückt halten? In welcher Welt leben Sie eigentlich?«, fragte er mit bebender Stimme.

Runcorn sah, wie aufgewühlt, wie verwirrt er war, sah, dass er den Verlust offenbar weit tiefer empfand als bei den vorhersehbaren Todesfällen, mit denen er gelegentlich in seiner Praxis zu tun hatte. Vermutlich war Olivia auch seine Patientin gewesen. Er hatte sie womöglich schon von klein auf gekannt. Runcorns Worte waren ernst: »Wenn wir von einem ›Verrückten‹ reden, meinen wir einen Fremden, der ohne Sinn und Verstand handelt, der einfach so angreift, jemanden, der sich außerhalb der uns vertrauten Welt bewegt. So jemand war das aber nicht, und das wissen Sie, glaube ich, ganz genau.«

Trimby blickte zu Boden. »Wenn ich könnte, würde ich Ihnen gerne mehr sagen«, antwortete er. »Ich habe keine Ahnung, wer es gewesen sein könnte, oder warum jemand es getan hat. Es ist Ihre Aufgabe, das herauszufinden. Gott stehe Ihnen bei.« Er drehte sich um, entfernte sich über den Friedhof und ließ Runcorn unter den ersten dicken Regentropfen frierend und alleine zurück.

Es war ein langer, unglückseliger Tag, an dem Runcorn kleinere Aufgaben erledigte, bevor er schließlich Warner berichtete, was Trimby gesagt hatte, und dass dies seine eigenen Schlussfolgerungen bestätigte. Die medizinischen Ergebnisse ergaben bei dem jetzigen Stand keinen weiteren Aufschluss. Olivia Costain war mit einem breiten Messer in den Unterleib gestochen worden. Dieser Messerstich hatte die Arterie durchtrennt, sie war nach hinten gestürzt und sofort verblutet. Wie Runcorn schon vermutet hatte, wurden keinerlei Verletzungen an Armen oder Händen oder sonst irgendwo am Körper gefunden, die besagt hätten, dass sie sich gewehrt hatte.

»Vermutlich ist sie vor Mitternacht gestorben«, schloss er seinen Bericht.

Warner sah an diesem nicht enden wollenden Tag müde aus, und die Augen hatten rote Ränder, als ob er länger nicht geschlafen hätte. Sie saßen mit einer Kanne Tee am selben Tisch wie am Morgen.

»Ich habe den Pfarrer verständigt«, sagte Warner traurig. »Der Arme war völlig am Boden zerstört. Ich glaube, Mrs. Costain hat es noch schlechter aufgenommen. Die beiden Frauen standen sich sehr nahe.«

»Haben Sie herausgefunden, wer Miss Costain als Letzter gesehen hat?« Runcorn holte ihn wieder zu den Tatsachen zurück. Er hatte schon junge Polizisten erlebt, die durch einen Toten sehr mitgenommen waren. Die ersten Male waren die schlimmsten, besonders wenn das Opfer, ob jung oder alt, wehrlos oder sonst irgendwie schutzbedürftig war. Am besten konzentrierte man sich auf das wenige, was getan werden konnte.

Warner blickte auf. »Oh ja, natürlich. Die Haushälterin sah sie um ungefähr zehn Uhr oder etwas später das Haus verlassen. Sie wollte einen Spaziergang machen. Anscheinend tat sie das häufig, auch alleine und auch abends. Ging aber nie sehr weit.«

»Es bleiben also zwei Stunden, in denen sie getötet werden konnte?«

»Scheint so«, stimmte ihm Warner zu. »Habe alle gefragt, wo sie sich zu der Zeit aufgehalten hatten. Das bringt uns aber auch nicht weiter. Der Pfarrer war in seinem Arbeitszimmer, Mrs. Costain las in der Bibliothek, bis sie so um elf Uhr ins Bett ging. Die Nachbarn in dem großen Haus gegenüber – Mr. John Barclay und seine Schwester, Mrs. Ewart, anscheinend eine Witwe –, also er hatte einen Freund besucht, aber er war alleine zurückgekehrt und hatte die Dienstboten nicht mehr in Anspruch genommen. Er hat also nach etwa halb elf Uhr kein Alibi. Seine Schwester war schon schlafen gegangen, hatte aber ihr Dienstmädchen bereits weggeschickt. Wir haben also nur ihr Wort.« Warner blickte immer unglücklicher drein. »Und der Kurat, Kelsall, wohnt in einem kleinen Cottage eine halbe Meile entfernt. Mr. Newbridge, der Miss Costain bis vor Kurzem den Hof gemacht hatte, wohnt ungefähr zwei Meilen weg und hat bis elf Uhr in seinem Arbeitszimmer gearbeitet. Aber er hat seinen Diener nach dem Abendessen entlassen. Wir haben hier auch nur sein Wort.«

»Durchaus verständlich«, gab Runcorn widerwillig zu. »Ich hätte auch kein Alibi. Ein Spaziergang an einem klaren Winterabend ist das Natürlichste auf der Welt. Die Sterne beobachten. Man kann sie hier sehr gut sehen. Und die meisten Leute geben ihrem Personal frei, wenn es nicht mehr gebraucht wird. Hat jemand sie danach noch gesehen? Ist jemand anderes gesehen worden, oder hat jemand was gehört? Was ist mit den Dienstboten? Waren die vielleicht mit ihren Liebsten verabredet? Sind noch irgendwelche Nachbarn wach gewesen?«

Warner schüttelte den Kopf. »Hab überall rumgefragt, Mr. Runcorn. Überhaupt nichts gefunden, was uns helfen könnte. Alle Nachbarn konnten angeben, wo sie waren, weil sie alle Familie haben oder Dienstboten, die sie gesehen haben. Haben Miss Costain, außer vom Sehen her, auch nicht so gut gekannt. Waren alle furchtbar erschüttert. So was ist hier noch nie passiert. Es ist …« Ihm fehlten die Worte.

Er schüttelte langsam den Kopf und vermied es, Runcorn anzusehen. »Ich habe noch eine Nachricht: Der Chief Constable wird morgen, später am Tag, hier sein. Übernimmt dann den Fall. Bin nicht gerade traurig darüber. Mit so was hier kenn ich mich nicht aus, Mr. Runcorn. Ab und zu mal einen Diebstahl oder einen brennenden Schober oder eine ordentliche Schlägerei. Ja, damit komme ich zurecht. Aber das hier ist was anderes. Alle haben jetzt Angst, sind ganz krank vor Schmerz. Ja, so ist das. Bin wirklich froh, dass Sir Alan sich darum kümmert. Bin Ihnen auch dankbar für Ihre Hilfe. Wir können eine saubere Ermittlung abliefern, klare Beweislage, alles ordentlich gemacht, dank Ihrer Unterstützung.«

Er lächelte kaum merklich, seine Schultern entspannten sich etwas, als ob er einen Teil der schweren Last, die er heute hatte tragen müssen, endlich ablegen könnte. »Sir Alan wird Ihnen sicher noch persönlich danken wollen, aber ich bin Ihnen schon mal sehr dankbar, Mr. Runcorn.«

Runcorn wusste, dass es so kommen würde. Anglesey lag nicht in seinem Zuständigkeitsbereich, und seine Position unterschied sich nicht von der anderer verantwortungsvoller Bürger. Und doch war er merkwürdigerweise enttäuscht. Nicht etwa, dass er auf Arbeit erpicht war. Es war ein tragischer Fall, bei dem nichts eindeutig war, und er hatte keine Ahnung, wer aus welchem Motiv auch immer Olivia Costain ermordet haben könnte. Aber er wollte den Fall abschließen, er wollte herausfinden, wer diese junge Frau voller Leben und Anmut zerstört hatte. Und vielleicht wollte er sich hier, in der Nähe von Melisande, als nützlich erweisen und nicht nur einer der Außenstehenden sein. Mit Gewalt und Ängsten umzugehen, war wirklich etwas, was er konnte. Da kamen seine Fähigkeiten zum Tragen.

Aber natürlich musste der Chief Constable kommen. Der schwierige Fall machte das erforderlich. Der Mord lag nicht mal vierundzwanzig Stunden zurück. Die Panik wurde immer größer, und die kalte, dunkle Angst war geweckt worden, wie wenn der Wind an den Fenstern rüttelt. Den Wind konnte man aussperren, die Angst aber drang durch alle Ritzen.

»Ich helfe gerne«, sagte Runcorn leise. »Schade, dass ich nicht mehr tun konnte.«

Warner streckte ihm spontan die Hand entgegen. »Ich bin froh, dass Sie hier waren, Mr. Runcorn. Wirklich.«

Runcorn ließ es dabei bewenden. Es gab wohl nichts mehr hinzuzufügen. Er würde jetzt gehen, wieder alleine sein und der Tatsache ins Auge sehen, dass er hier nicht dazugehörte. Er ging den Abhang zu dem Haus von Mrs. Owen hinunter, wo wieder eine Nacht vor einem ereignislosen Tag auf ihn wartete.

Entgegen seinem eigenen Entschluss suchte Runcorn am Nachmittag Warner wieder auf. Er ging an dem Feld vorbei, wo die Rotdrosseln sich tummelten. Es war ein stürmischer Tag. Hoch oben jagten die Wolken einander, gelegentlich kam ein eisiger Regenguss herunter, und das Licht glitzerte hell. Runcorn war begierig, Neues zu erfahren. Er wusste, es war dumm von ihm, weil der Sergeant ihm nichts berichten konnte. Es ging ihn eigentlich nichts mehr an; er gehörte nicht mehr dazu. Der Gedanke daran war schmerzlich. Er zwang ihn nur umso lebhafter, eine innere Leere zur Kenntnis zu nehmen, ein zunehmendes Bedürfnis, mehr zu wollen, als ihm möglich war.

Als er in den Kirchhof trat, packten ihn erneut die Erinnerung und die Trauer, und ihm wurde noch kälter. Er war überrascht, John Barclay zu sehen, der neben einem Mann ging, der fast genauso groß war wie er selbst. Trotz des Windes trug er keine Kopfbedeckung, und man sah sein blondes, dichtes Haar. Er schritt mit fast militärischer Präzision und selbst von Weitem konnte Runcorn den eleganten Schnitt seiner Kleidung erkennen. Das war bestimmt Sir Alan Faraday, der Chief Constable. Aber warum unterhielt er sich so vertraut mit Barclay, so als wären sie Freunde?

Runcorn blieb stehen. Vielleicht war es diese unerwartete Bewegung, die Barclay registrierte, denn er berührte Faraday mit dem Arm und sagte etwas, worauf sich beide nach Runcorn umdrehten. Barclay machte einen Schritt nach vorne. Irgendwie wirkte diese Bewegung bedrohlich.

Runcorn wich nicht von der Stelle.

»Guten Tag«, sagte Barclay ziemlich laut, als sie noch ein paar Meter voneinander entfernt waren. »Sie sind doch Runcorn, oder?«

»Guten Tag, Mr. Barclay«, antwortete Runcorn und blieb immer noch stehen.

Von Nahem sah der andere Mann gut aus. Er hatte einen festen Blick und bemerkenswert blaue Augen.

»Das ist der Mann aus London, von dem ich Ihnen erzählt habe«, klärte Barclay ihn auf. »Runcorn half uns, bevor Sie kamen.« Er sah Runcorn an. »Sir Alan Faraday, Chief Constable der Grafschaft. Er hat den Fall jetzt übernommen. Ein wirklich schweres Verbrechen. Ich glaube, es verdient größte Aufmerksamkeit, damit dieses schreckliche Ereignis nicht Angst und Unruhe unter den Leuten schürt. Aber wir sind Ihnen für Ihre anfängliche Hilfe sehr dankbar.«

»In der Tat«, stimmte ihm Faraday zu. Er beobachtete ihn vorsichtig. »Gut, dass Sie so professionell einschreiten konnten. Sie haben uns das ganze Beweismaterial säuberlich geordnet hinterlassen. Wirklich ein übles Verbrechen. Natürlich hat es die Leute in Angst und Schrecken versetzt. Es sieht ganz so aus, als ob da ein Verrückter sein Unwesen auf der Insel treibt. Wir müssen alles tun, um die Leute zu beschwichtigen, damit sie nicht in Panik ausbrechen.«

Runcorn wusste nicht, wie er höflich antworten konnte, ohne seine Gefühle preiszugeben. In solchen Augenblicken wünschte er sich verzweifelt, dass er bessere Umgangsformen hätte, das Selbstvertrauen eines Gentleman besäße, der automatisch davon ausging, dass er im Recht wäre, und alle anderen es deshalb auch glaubten. Stattdessen kam er sich wie ein treuer Dienstbote vor, dessen Dienste man nachts nicht mehr brauchte. Er würde sich sogar lächerlich machen, wenn er sich darüber ärgerte.

Aber so war es nun mal. Es schmerzte, es war erniedrigend. Monk hätte das Gefühl sicher so abgewendet, dass *die anderen* sich dumm vorgekommen wären. Aber er war nun mal nicht Monk, er war nicht schlagfertig, und vor allem hatte er keinen Stil, keine Eleganz.

»Gern geschehen, Sir Alan. Ich bin gerne zu Diensten«, erwiderte er stattdessen. Es klang, als wäre er wirklich der Diener, der um Anerkennung rang.

Faraday nickte. »Nett von Ihnen«, gab er kurz zurück. »Wir werden den Kerl sicher bald finden. Der Ort hier ist ja ziemlich klein, und die Leute sind alle achtbare Bürger. Schreckliche Tragödie, und das auch noch kurz vor Weihnachten.«

Barclay sah Faraday an. »Wenn Sie gestatten, würde ich gerne kurz mit Runcorn reden. Ich treffe Sie dann gleich im Pfarrhaus.«

Faraday blickte Runcorn an, nickte zustimmend und war auch schon fünfzig Meter entfernt. Er ging so leichtfüßig, als ob ihm Meilen nichts bedeuteten.

»Fähiger Mann«, stellte Barclay zufrieden fest. »Natürlich war er bei der Armee. Der wird das hier in Ordnung bringen, die Angst der Leute beschwichtigen und uns wieder zur Normalität zurückführen. Er kann allerdings die Erinnerung nicht auslöschen oder den Verlust wiedergutmachen, aber wer könnte das schon? Sie brauchen uns jetzt nicht weiter zu helfen, Runcorn. Die Leute hier gehören einer anderen Schicht an als die, mit der Sie sich normalerweise befassen. Sicher meinen Sie es gut, aber Sie können sie in ihrer Art nicht verstehen.«

Runcorn wollte noch etwas sagen, aber alles, was ihm einfiel, klang, als ob er versuchte, sich zu verteidigen. Er blieb schweigend im Wind stehen. Er war überwältigt von der traurigen Stimmung auf dem Kirchhof, von der Gegenwärtigkeit des Todes und des Verlustes. Er sollte jegliche, auch noch so flüchtige Gedanken an seine eigenen Gefühle unterdrücken. »Es kommt darauf an, denjenigen zu finden, der Miss Costain getötet hat. *Wer* das tut, ist von untergeordneter Bedeutung«, konterte er.

»Mein lieber Freund, natürlich ist es von Bedeutung!«, sagte Barclay aufgebracht, immer noch mit einem Lächeln, das allerdings wirkte, als ob er die Lippen hochzöge, um seine perfekten Zähne zu zeigen. »Wir können zwar den Toten nicht helfen, aber wir können die Gefühle der Lebenden achten. Unsere Vorgehensweise kann einen großen Einfluss auf ihre Angst, ihr Gefühl der Bedrohung und ihre Verwirrung ausüben. Aber was ich Ihnen eigentlich sagen wollte, ganz privat, ohne dass Faraday es hört, ist, dass er ein herausragender Mensch ist und sich sehr bald mit meiner Schwester, Mrs. Ewart, verloben wird, die ja, wie Sie sicher noch wissen, verwitwet ist.« Sein Blick blieb fest auf Runcorns Gesicht gerichtet. »Er ist eine außerordentlich gute Partie und wird ihr alles bieten können. Ich muss hoffentlich nicht weiter ausführen, wie ungünstig es wäre, wenn Sie Ihren letzten beruflichen Einsatz in London erwähnten, auch wenn Sie sich nichts Böses dabei denken. Das würde nur Fragen aufwerfen und Erklärungen erfordern, die lieber nicht auf den Tisch kommen sollten. Also drängen Sie sich ihr bitte nicht auf, indem Sie offenlegen, dass Sie, wie oberflächlich auch immer, schon ihre Bekanntschaft gemacht haben.«

Runcorn hatte das Gefühl, so fest geschlagen worden zu sein, dass ihm für einen Augenblick der Atem stockte. Er zog die Luft ein. Ihm fiel nichts ein, was er hätte erwidern können, nicht ein Wort, das seine Verletztheit hätte ausdrücken können.

»Ich wusste, Sie verstehen das«, sagte Barclay ungeniert. »Ich hoffe, diese verflixte Geschichte ist schneller beendet, als die Angelegenheit, mit der Sie zu tun hatten. Schöner Schlamassel war das! Na ja, der Fall hier scheint klarer zu sein. Ich bin Ihnen sehr dankbar. Auf Wiedersehen.« Ohne auf Runcorns Antwort zu warten, kehrte er ihm den Rücken und ging in die Richtung, in die Faraday zuvor gegangen war.

Die nächsten beiden Tage, als Faraday Runcorns Ermittlungen übernahm, vergingen in chaotischer Unzufriedenheit. Natürlich half ihm Warners, der in dieser Angelegenheit keine andere Wahl hatte. Runcorn fühlte sich an vergangene Zeiten erinnert, als er mit Monk bei der Metropolitan Police gewesen war. Das war schon Jahre her. Monk war immer geschickter, sich seiner Sache immer so sicher gewesen, zumindest oberflächlich. Damals hatte Runcorn natürlich noch nicht gewusst, welche inneren Geister und Dämonen Monk verfolgten. Seine eigene Blindheit hatte nur die eiserne Maske seiner Umgangsformen wahrgenommen, mit der Monk sich schützte. Jedoch, wenn Faraday etwas von Monks kompliziertem Wesen hatte, so fand er in dessen aalglattem Gesicht keinen Hinweis darauf, entdeckte keine Verletzlichkeit in seinen Augen, keine Beweglichkeit im Denken, die ihn befähigen könnte, tieferes Verständnis aufzubringen als andere.

Runcorn wäre froh, wenn Faraday Monks Fähigkeiten besäße. Wichtiger als jede Rivalität, jede persönliche Bedeutung, war es jetzt, Olivia Costains Mörder zu finden. Mit zunehmender Sorge und mit Unbehagen stellte er fest, dass man verhindern musste, dass der Täter noch einmal zuschlug, noch einmal eine einzigartige und wunderschöne Frau – wie Melisande –, so verletzbar, so reizvoll und doch im Inneren so einsam, tötete. Das war der Kern seiner Befürchtungen, dafür würde er jede Würde, jeden persönlichen Stolz, jeden Ehrgeiz opfern.

Zwei Tage verstrichen und, soweit er das sagen, beziehungsweise von der ängstlichen Mrs. Owen erfahren konnte, es wurden keinerlei Fortschritte erzielt. Wenn möglich blieben die Leute zu Hause. Obwohl noch kein

Schnee lag und der Wind auch nicht stärker oder kälter als vorher war, blieben die Straßen nach Einbruch der Dunkelheit menschenleer. Man sprach tuschelnd von einem Verrückten, ja selbst von einem frei umherlaufenden Wesen, das nicht wirklich Mensch war, einem Geschöpf der Nacht, das sein zerstörerisches Unwesen trieb, bevor das Weihnachtslicht wieder Hoffnung für die Menschheit brachte.

Unterwegs begegnete er Trimby, der immer noch so zerzaust aussah. Er schritt weit aus, seine Rockschöße wirbelten in der Luft. Er trug keinen Hut, und seine Haare wehten wie eine Fahne im Wind. Ganz in seine Gedanken vertieft ging Trimby grußlos an ihm vorbei.

Runcorn konnte sich nicht länger zurückhalten. Er ging zum Pfarrhaus, wo, wie er wusste, Faraday sich aufhielt. Er sprach gerade mit Zeitungsreportern von der Insel und vom Festland Wales. Sie waren sogar von so weit wie Denbigh und Harlech gekommen.

Niemand nahm Notiz davon, dass sich noch jemand in den überfüllten Salon drängte. Er wurde gebeten, hinten stehen zu bleiben und zuzuhören, während Faraday sich bemühte, die Ängste, die mit jeder weiteren Frage aufkamen, zu zerstreuen. Was für ein Irrer trieb da sein Unwesen? Wurde er schon einmal gesichtet? Wann? Wo? Von wem? Hatte jemand diesem Wesen vielleicht Unterschlupf gewährt? Was sagte der Pfarrer dazu? Warum war ausgerechnet Olivia Costain das Opfer?

Faraday versuchte immer wieder, die Angst zu beschwichtigen, und auf die letzte Frage antwortete er vehement, dass Olivia eine außergewöhnliche junge Frau gewesen war, die sich im Ort großer Beliebtheit erfreute und einen tadellosen Ruf genoss. Aber gerade die Vehemenz dieser Aussage schien Zweifel zu schüren.

Als Runcorn sich später alleine mit Faraday unterhielt, bestätigten seine Worte diesen Eindruck. Sie befanden sich im Frühstückszimmer, das Costain Faraday zur Verfügung gestellt hatte, einem ruhigen Raum mit einem knisternden Feuer. Die Wände waren entweder mit Büchern vollgestellt oder mit einem Durcheinander von Bildern, Karikaturen und Zeichnungen behängt. Auf dem Tisch lagen verstreut Papierbögen und in einigem Abstand eine Feder und ein Tintenfass.

»Es war kein Verrückter«, sagte Runcorn grimmig. »Das wissen Sie auch, Sir. Die Beweise sprechen dafür, dass es jemand war, den sie kannte.« Er blieb stehen, weil er zu wütend war, um sich zu setzen, wozu er allerdings auch nicht aufgefordert worden war.

»Ja«, stimmte ihm Faraday bedauernd zu. »Wenigstens bin ich mir bewusst, dass sie ihn kannte, aber es wäre nicht klug, das öffentlich zu machen.« Er blickte konzentriert zu Runcorn auf. »Ich hoffe, Sie werden den Anstand haben, sich nur zurückhaltend dazu zu äußern. Das würde die Ängste nur noch weiter schüren. Solange die Leute meinen, es war ein Unbekannter, werden sie sich wenigstens nicht gegenseitig beschuldigen.« Es schien ihm wichtig zu sein, dass Runcorn ihn genau verstand. »Die Leute halten zusammen und sind bereit zu helfen. Deshalb spreche ich auch nicht davon, dass sie eine schwierige junge Frau mit ein paar äußerst ungewöhnlichen, ja sogar gefährlichen Ansichten war. Der arme Costain hatte so seine Probleme mit ihr. Sie schien sich nicht binden zu wollen. Mehrere sehr gute Heiratsanträge schlug sie aus. Es sah ganz danach aus, als wollte sie nicht erwachsen werden und ihre Rolle in der Gesellschaft nicht einnehmen. Sie erwartete von ihrem Bruder, dass er sie immer weiter unterstützte, während sie sich von einer dummen Träumerei in die nächste treiben ließ. Ihre Tugendhaftigkeit ist bisher noch nicht öffentlich angezweifelt worden, aber das ist lediglich eine Frage der Zeit. Für jeden ist so etwas schwierig, aber besonders natürlich für jemanden in Costains Position.«

Die Gedanken rasten ihm durch den Kopf. Die Erinnerung daran, wie Olivia mit der gleichen nachlässigen Anmut durch das Seitenschiff der Kirche geschritten war, als wäre sie am Strand entlanggelaufen, mit der Meeresbrise und der Gischt im Gesicht. Warum sollte sie heiraten, nur um sich dem gesellschaftlichen und religiösen Leben ihres Bruders anzupassen? Er merkte plötzlich, dass er in Gedanken bei Melisande war, die Faraday heiraten sollte, um Barclays Ehrgeiz zu befriedigen und um ihn von der Verantwortung für sie zu entbinden.

Er beobachtete Faraday, wie er dasaß: sein gutes Aussehen, die aufrechte Haltung, phantasielos, selbstzufrieden. Liebte er Melisande wirklich? Bewunderte er sie? Sah er ihren einzigartigen Mut und ihre Würde, ihre Hilfsbereitschaft, die so stark ausgeprägt war, dass sie entgegen der Konvention und selbst unter Lebensgefahr eine Zeugenaussage in einem Mordfall machte? So wie sie es für Monk und Runcorn getan hatte, als diese in London den Mörder der Schneider verfolgten. Würde er sich mit aller Kraft um ihr Glück bemühen? Würde er dafür sorgen, dass sie nicht gewaltsam in reine Pflichterfüllung gedrängt würde, statt ihrer Überzeugung zu folgen? Oder war sie etwa nur die schöne, schickliche Ehefrau, um die er sich nie Sorgen machen oder sich schämen müsste, eine, die genau zu seinem gesellschaftlichen und politischen Ehrgeiz passte?

Das war es, was Barclay für sie wollte: Sie sollte in traditionellem Sinn niemals etwas entbehren, sie sollte respektiert werden, ja sogar beneidet, sie sollte ihr Leben in Sicherheit verbringen. In vielerlei Hinsicht war das sogar mehr als die meisten Frauen erwarten konnten. Und doch machte das Runcorn, der ihr nur Bewunderung bieten konnte, wütend. Er wünschte ihr noch viel mehr als das.

Das war anmaßend und arrogant von ihm. Vielleicht war sie ja realistisch und begnügte sich damit.

Er beendete sein Gespräch mit Faraday, hörte kaum mehr zu, und am Schluss hatte er wenig mehr in Erfahrung gebracht als am Anfang. Überall herrschte Angst und Unklarheit, und Faraday wusste auch nicht, wie er jetzt weiter vorgehen sollte. Seine Kenntnisse von den Menschen und den Ereignissen, seine Fähigkeit, Anordnungen zu erteilen, reichten für einen solchen Fall nicht aus.

Runcorn machte sich alleine zu einem Spaziergang auf, die Südküste der Insel entlang, über Felsen und Sand, immer die Flut im Auge, immer der Gefahr bewusst. Das Meer war gleichzeitig Erzeuger und Zerstörer; es kannte keine Gnade. Irgendwo hatte er das einmal gelesen. Wenn er die ständig sich verändernde Oberfläche betrachtete, die Kraft, die Schönheit und die Täuschung, die darin steckten, konnte er sich das sehr gut vorstellen.

Er lief, bis er die Türme von Caernarfon auf der anderen Seite sehen konnte. Er ruhte sich kurz aus und ging dann teilweise im Regen wieder zurück. Zwar blies der Wind von hinten, aber trotzdem war er erschöpft, als er, ohne zu denken, einfach nur von seinen Füßen getragen, kurz vor Einbruch der Dunkelheit den Weg zum Kirchhof einschlug. Er wusste auch warum. Barclay und Melisande wohnten in dem Herrenhaus auf der anderen Seite des Angers, und Sir Alan Faraday war ihr Gast. Wenn er Melisande irgendwo zu Gesicht bekäme, dann hier.

Eine Viertelstunde später, als er zusah, wie die Sonne im Meer verschwand, hörte er plötzlich Melisandes Stimme hinter sich. Er hatte sie nicht kommen gehört.

»Mr. Runcorn?«

Er fuhr herum, und es verschlug ihm die Sprache. Er konnte nur mühsam antworten. Sie trug ein dunkles Gewand und einen Mantel mit Kapuze, die den Wind abhielt. Das bernsteinfarbene Licht der untergehenden Sonne beschien sanft ihr Gesicht und hob die Gesichtszüge besonders hervor. Noch nie hatte er jemanden gesehen, der so schön, so zuversichtlich, so liebevoll und so verletzlich aussah.

»Guten Abend, Mrs. Ewart«, sagte er mit dunkler Stimme.

»Ich bin froh, dass Sie hier sind«, antwortete sie. »Sir Alan ist ein fähiger Mann und wahrscheinlich hatte John recht, als er ihn kommen ließ …« Sie zögerte. »Aber ich glaube nicht, dass er die Erfahrung für solch … ein schreckliches Verbrechen mitbringt und schnell genug erfasst, was geschehen, und wer der Verantwortliche ist.«

Sollte er sie beruhigen? Er bemerkte die Angst in ihren Augen. Sie hatte recht. Faraday hatte keine Ahnung, wie man einen Mordfall aufklärte. Das war eigentlich auch nicht die Aufgabe von einem Chief Constable. Er machte das nur Melisande zuliebe und vielleicht, weil das Verbrechen solch Entsetzen auf der Insel ausgelöst hatte, dass die Leute kurz vor der Panik standen. Eine derartige Brutalität hatten sie noch nie erlebt.

Sollte er sie anlügen?

»Schnell genug?«, fragte er nach. »Befürchten Sie denn, dass so etwas noch einmal geschehen könnte?« Warum hatte er sie das gefragt? Das war alles andere als ein Trost.

»Wäre das denn möglich?«, fragte sie leise. »Sie kennen sich ja mit solchen Dingen aus. Schlägt jemand einmal zu und dann nicht mehr? Wird der Täter sich verteidigen, wenn man ihm zu nahekommt, wenn wir kurz davorstehen, seine Maske zu lüften und ihn zu entlarven?«

Es lief ihm kalt den Rücken hinunter. Ihre Angst berührte ihn grausamer als der Wind in der Dunkelheit. Sie hatte recht. Nur schnelles Handeln konnte Sicherheit schaffen. Man musste zuschlagen, und zwar endgültig, bevor der Täter auch nur erahnte, aus welcher Richtung der Schlag kommen würde. Wie gerne würde er sie beschützen! Aber er war nicht im Dienst und hatte hier keine Befugnisse.

»Wird es so kommen?«, wollte sie wissen. »Habe ich Sie in eine schwierige Situation gebracht?« Sie wandte ihren Blick ab. »Ich befürchte, wir haben den Boden unter den Füßen verloren. Sir Alan tut so, als wäre der Mörder eine dahergelaufene Bestie aus der wilden Inselmitte, aus den Bergen, die wir nicht besteigen können.« Sie hielt inne und biss sich auf die Lippe, als hätte sie Angst, das auszusprechen, was ihr durch den Kopf ging.

Runcorn sagte es an ihrer Stelle. »Sie aber glauben, die Bestie ist eine von uns, kommt aus den Häusern und Straßen, die uns anscheinend vertraut sind?«

Sie sah ihn mit weit geöffneten Augen an. Sie strahlten Wärme, ja Erleichterung aus. »Sie etwa nicht? Bitte seien Sie ehrlich, Mr. Runcorn. Es ist alles viel zu schrecklich, um uns etwas vorzumachen, nur weil das leichter wäre. Olivia verdient Besseres. Und auch um unserer selbst willen sollten wir nicht wegschauen.«

Wie kam sie nur darauf. Anders als er hatte sie die Leiche nicht gesehen. Was bewegte sie? Was war ihr zu Ohren gekommen, dass sie die Situation so gut verstand? Um wen hatte sie Angst? Wusste sie etwa, wer es war, oder vermutete sie es zumindest? Sie kannte Costain und seine Frau, und natürlich kannte sie ihren Bruder. Sie hatte Olivia sehr gern gehabt. Es war also möglich, dass sie von ihr etwas über Newsbridge erfahren hatte, oder auch über den Kuraten, Kelsall. Befürchtete sie, die Ermittlungen könnten etwas Schlimmes über diese Leute zu Tage fördern?

Jeder von uns ist verletzbar, hat einmal etwas getan, für das er sich später schämt. Geheimnisse, die man mit aller Kraft verbergen möchte. Jemand könnte sogar zum Schlag ausgeholt haben, um die Erinnerung an Olivia zu schützen. Tiefer Schmerz war oft die Ursache für so manche unvorhersehbare Gewalttat, selbst bei den am meisten Betroffenen. Manchmal vertiefte dieser Schmerz die Liebe, manchmal aber zerstörte er sie auch.

»Haben Sie Sir Alan Ihre Befürchtungen mitgeteilt?« Allein den Namen dieses Mannes auszusprechen war ihm zuwider.

Melisande schüttelte leicht den Kopf. »Nein, er macht sich schon genug Sorgen wegen der Aufregung der Leute, wegen ihrem Bedürfnis nach Unterstützung, nach einer Lösung. Doch niemand kann diese so einfach liefern. Wir sind ja keine Kinder, deren Ängste man besänftigen kann. Es ist etwas Schreckliches passiert, und Alan kann das auch nicht ungeschehen machen oder die Antworten herzaubern.« Sorge und eine Art Mitleid verdüsterten ihre Miene. »Das kann wohl niemand.«

Meinte sie es genauso wie sie es sagte – dass sie es alle

ertragen müssten, weil es keinen Ausweg gab, und es ungerecht wäre, das zu erwarten? Verteidigte sie Faraday? Oder wollte sie sagen, dass er der Sache nicht gewachsen war? Oder beides? Runcorn bemühte sich, in ihren Augen, in ihren Mundwinkeln zu lesen, aber dafür war es schon zu dunkel, und er würde sowieso nicht verstehen.

Er wusste, sie hatte Angst. Nur ein Dummkopf hätte das nicht. Was auch immer die Wahrheit war, sie würde auf jeden Fall schmerzlich sein. Das Leben könnte die Dinge, die man voneinander erfahren würde, niemals heilen, die Fehler, die Geheimnisse, die das Alltagsleben gütig verdeckt hatte. Ein Mord konnte all das zunichte machen.

Liebte sie Faraday? Es war ein Segen, dass man nicht perfekt sein musste, um geliebt zu werden, man musste nicht einmal besonders gut sein. Liebe war ein Geschenk, eine Gnade. Ihm war so etwas noch nie widerfahren. Er war unbeholfen, kleinlich und oftmals um eine Antwort verlegen.

Wie gerne hätte er sie jetzt getröstet, ihr in den nächsten, schmerzvollen Tagen beigestanden. Er aber konnte nur die Wahrheit sagen. Er wollte sie davor bewahren, vor allem aber vor der aktuellen Gefahr. Diese Fähigkeit besaß er wirklich, konnte sie aber nicht nutzen, weil er sich nicht in seinem Zuständigkeitsbereich befand. Er hatte hier nicht mehr zu sagen, als der Postbote oder der Fischhändler – ja weniger noch, weil er nicht von hier war.

»Mr. Runcorn …«, sagte sie zögernd.

»Ja?«

»Sie haben doch Olivias Leiche entdeckt, oder?« Eigentlich war das gar keine Frage. Sie wollte auf etwas anderes hinaus.

»Ja.« Seine Stimme verriet seinen Kummer.

»Glauben Sie, sie wurde von einem Verrückten umgebracht, von jemandem, den keiner von uns kennt?«

Er zögerte.

»Bitte«, drängte sie ihn. »Jetzt ist nicht die Zeit für bequeme Lügen. Behandeln Sie mich nicht wie einen Dummkopf. Olivia war meine Freundin. Ich habe sie wirklich sehr gemocht, auch wenn ich sie erst seit Kurzem richtig gut kannte. Wir … wir hatten vieles gemeinsam. Ich möchte die Wahrheit wissen, und von Alan werde ich sie nicht erfahren.«

»Nun …«, begann er und unterbrach sich wieder. Sie bat ihn darum, ihr etwas mitzuteilen, das der Mann, der sie ehelichen wollte, ihr verschwieg.

»Ihr Schweigen ist Antwort genug.« Sie wandte sich von ihm ab. In ihrer Stimme schwang Enttäuschung mit.

Das konnte er nicht ertragen. »Nein, es war jemand, den sie kannte«, gab er zu. »Sie stand der Person gegenüber und lief nicht weg.«

Sie blickte ihn mit sorgenvollen Augen an. »Die arme Olivia. Können Sie sich etwas Schrecklicheres vorstellen? Ich möchte wissen, ob sie sehr gelitten hat, aber ich weiß nicht, ob ich die Antwort ertragen kann.«

»Nein«, gab er schnell zurück. »Nur einen ganz kurzen Augenblick. Höchstens.«

»Danke«, sagte sie sanft. »Es tut mir leid, wenn … Mr. Runcorn, bitte helfen Sie uns. Ich glaube, wir werden das nicht schaffen. Wir sind nicht an solche … seelischen Verletzungen gewöhnt, an solch schmerzliche Gefühle und Ängste, die entstehen, wenn man nicht mehr weiter weiß.«

Er war sprachlos, und doch war es genau das, was er gewollt hatte: helfen! War sie sich bewusst, was sie von ihm verlangte? Er hatte keine Befugnisse, keinerlei Rechte. Faraday würde es ihm sehr übel nehmen. Barclay wäre wütend. Er sollte ihr das sagen, ihr erklären, aus welchen Gründen er das nicht tun könnte. Stattdessen sagte er einfach: »Ja, natürlich.«

»Danke.« Ein leichtes Lächeln umspielte ihren Mund. »Ich bin Ihnen sehr dankbar. Ich hätte Sie nicht so lange hier in der Kälte aufhalten dürfen. Gute Nacht, Mr. Runcorn.« Langsam, mit großer Anmut, drehte sie sich um und ging davon.

Er war zu überwältigt, um zu antworten. Er blieb im eiskalten Wind stehen, bis er ihre Gestalt in der Dunkelheit nicht mehr ausmachen konnte. Dann schließlich machte er sich auf den Weg zu Mrs. Owen.

Es war klar, dass Runcorn mit Sergeant Warner anfangen musste. Schon um acht Uhr saß er an Warners Küchentisch. Er war aufgestanden, als es noch dunkel war, und den Hang hinaufgegangen, sodass er hineingehen konnte, sobald die Lichter angingen.

»Wir tun alles, was in unserer Macht steht«, sagte Warner und bot ihm eine Tasse frischen, heißen Tee an, die Runcorn gerne annahm. Es war ein bitterkalter Tag. Ein rauer Wind blies aus Osten und brachte Schneeregen. »Schwer zu sagen, was wir als Nächstes tun können«, fuhr er fort. Er bückte sich, um den Küchenofen aufzumachen, damit die Hitze sich im Raum verteilen konnte. Er sah Runcorn nicht an. »Etwas Haferbrei?«, fragte er.

»Danke.« Er war so früh bei Mrs. Owen weggegangen, dass er nicht gefrühstückt hatte, und, um ehrlich zu sein, auch noch gar nicht daran gedacht hatte.

»Ich komm mir ziemlich machtlos vor«, fügte Warner mit trauriger Stimme hinzu.

Runcorn nahm das als indirekten Hinweis darauf, dass Faraday keinerlei Fortschritte machte und wahrscheinlich auch nicht weiterwusste. Mit seiner Behauptung, dass es sich bei dem Mörder um einen Verrückten handelte, hatte er sich in eine Sackgasse manövriert. Man konnte seine Beweggründe angesichts der Brutalität des Verbrechens und des Entsetzens, das es bei der Familie und auch bei den anderen Leuten ausgelöst hatte, gut verstehen. Der ganze Ort litt unter dem Schock, als hätte sich das Leben plötzlich für alle verdunkelt. Etwas war zerstört worden und konnte auch nicht mehr wiedergutgemacht werden.

Warner war zu loyal, um klar und deutlich zu sagen, dass Faraday ins Schwimmen kam. Ja, er konnte Runcorn nicht einmal in die Augen schauen, als er sich herausredete.

»Er wird wohl oder übel zugeben müssen, dass sie den Mörder kannte«, räumte er ein, während er den Haferbrei zubereitete. »Niemand möchte das glauben, aber es bleibt einem nichts anderes übrig.« Er rührte ein letztes Mal den Brei im Topf um. »Erst dann können wir die eigentlichen Fragen stellen, die zur Wahrheitsfindung führen werden.« Er versuchte zuversichtlicher zu klingen, als er in Wirklichkeit war.

Warner schöpfte den Brei in zwei Schalen und stellte sie mit der Milch und den Löffeln auf den Tisch. Runcorn bat noch um Zucker und Salz. »Aber was könnten das für Fragen sein?« Jetzt, als die Peinlichkeit, so zu tun, als bräuchte er keine Hilfe, angesprochen worden war, blickte er Runcorn direkt in die Augen.

Sie fingen beide zu essen an. Runcorn überlegte sich genau, was er antworten sollte. Der Haferbrei war fest und weich zugleich, und je mehr er aß, umso besser schmeckte er ihm.

Was konnte er sagen, um ehrlich zu sein und doch ein gewisses Maß an Takt zu wahren? Kam es jetzt überhaupt noch auf Taktgefühl an? Sicher, die Situation war so ernst und gefährlich, dass vielleicht nur noch die Wahrheit helfen konnte. Wenn er diesen Fall von jemand anderem übernahm, was konnte er dann tun? Hätte er die Kontrolle über die Sache?

Warner wartete auf seine Antwort. Er wirkte erschöpft und war ganz blass vor Angst.

»Ich wäre ganz offen«, sagte Runcorn leise. »Es macht

keinen Sinn, noch einmal zu fragen, wo jeder gewesen war, weil da schon Aussagen vorliegen und keiner zugeben würde, dass er gelogen hat. Sie haben das Messer wahrscheinlich noch nicht gefunden?«

Warner schüttelte den Kopf.

»Es war wohl ein Küchenmesser«, stellte Runcorn fest.

»Wir könnten nachsehen, ob jemand eins vermisst«, schlug Warner unsicher vor. »Das würde aber bedeuten, dass wir schon jemand verdächtigen, sonst könnten wir ja gar nicht nachschauen.«

»Außerdem könnte es schon wieder gereinigt und zurückgelegt worden sein«, fügte Runcorn hinzu.

Warner zuckte zusammen. In seinem Gesicht spiegelte sich seine rege Phantasie: Er stellte sich vor, wie der Sonntagsbraten mit der Mordwaffe aufgeschnitten wurde.

Runcorn biss die Zähne zusammen. Es war eine schwierige Situation, aber er hatte Melisande seine Hilfe versprochen, und er würde sein Wort halten, egal wohin die Wahrheit ihn führen würde, auch wenn er damit Faraday verärgerte und ihn womöglich zu seinem Feind machen würde. Auch sonst würde niemand die notwendigen Fragen willkommen heißen, aber man musste ja die Ermittlungen offen und ehrlich führen. Die Wahrheit über Olivias Mörder musste herausgefunden werden, egal wie schmerzlich sie war. Nebenbei würden unvermeidlich auch noch weitere Geheimnisse, Torheiten und andere peinliche Dinge ans Tageslicht kommen. Vielleicht müsste Melisande notgedrungen Tatsachen ins Auge sehen, die sie bisher lieber nicht wahrgenommen hatte. Danach wäre kaum noch etwas wie zuvor.

Hätte er sie warnen sollen? Sollte er es jetzt tun? In seinem Innersten kannte er die Antwort schon. Früher hatte er manchmal gesagt und getan, was von ihm erwartet wurde, und gelegentlich hatte er mal ein Auge zugedrückt. Das hatte ihm die Beförderung eingebracht, die Monk nie erhalten hatte. Das hatte ihm allerdings auch Monks Verachtung beschert und, um ehrlich zu sein, auch Selbstverachtung. Nie könnte er Melisandes Liebe gewinnen – es tat weh, sich das einzugestehen; es war eine tiefe, schmerzhafte Wunde, die ihm ein Leben lang zu schaffen machen würde –, aber er würde die Integrität bewahren, die es ihm ermöglichte, ihr ohne Scham zu begegnen.

»Ich weiß nicht, ob sich Sir Alan der Frage nach der Tatwaffe genauer widmen wird«, sagte er laut zu Warner. »Aber was ich jetzt unbedingt täte, wäre, mehr über Miss Costain herauszufinden, bis ich ganz genau wüsste, wer sie ehrlich liebte und wer sie hasste. Wer sie als Bedrohung oder als Rivalin empfunden hatte. Und um das herauszufinden, müsste ich mehr erfahren über ihre Familie und alle anderen, die Teil ihres Lebens gewesen waren.«

»Verstehe«, sagte Warner langsam und überlegte, was das bedeutete. Er sah Runcorn ins Gesicht. Keine Spur von Unaufrichtigkeit und keine Absicht, der Wahrheit auszuweichen. »Dann bleibt uns wohl nichts anderes übrig, oder?« Er sagte es, als wäre es eine beschlossene Sache. »Bisher hatte ich nur mit Raufereien und Diebstählen zu tun und manchmal mit Unterschlagung, einmal mit Brandstiftung. Ziemlich übel. Ich denke, das hier wird viel schlimmer. Wir brauchen Ihre Hilfe, Mr. Runcorn.« Seine Stimme klang unsicher. Direkter hatte er nicht zu fragen gewagt.

Aber für Runcorn waren die Würfel schon gefallen: Er hatte Melisande sein Versprechen gegeben. Dem konnte Warner nichts hinzufügen. Aber ihm war auch bewusst, dass er, wollte er seine Ermittlungen offen durchführen, Faraday aufsuchen müsste und ihn um Erlaubnis bitten, die er völlig zu Recht verweigern könnte. Allein der Gedanke, ihm gegenüberzutreten und ihn zu bitten, an der Lösung des Falls teilhaben zu dürfen, verursachte ihm Magenkrämpfe. Aber ohne seine Genehmigung wäre er machtlos. Natürlich wäre es ein Leichtes, ihn einfach zu fragen und dann abgewiesen zu werden. Melisande müsste das akzeptieren. Sie würde Faradays abweisendes Verhalten erkennen, es auf seinen Stolz schieben und Runcorn verzeihen.

Aber könnte er es sich selbst verzeihen? Kein Gedanke daran. Es war eine Sache des Anstands, Faraday so geschickt zu fragen, dass dieser nicht abschlagen konnte. Früher hatte er genug Fehler mit seiner ungeschickten Wortwahl, seiner mangelnden Urteilskraft und seinem Egoismus gemacht, sodass er jetzt eigentlich seine Lektion gelernt haben müsste. Wenn er unbedingt wollte, könnte er es Faraday unmöglich machen, sein Hilfsangebot zu verweigern. Jetzt hatte er die Gelegenheit wiedergutzumachen, was er in der Vergangenheit versäumt hatte. Stolz, Wut und Ehrgeiz hatten ihn damals daran gehindert.

»Ich werde Sir Alans Einverständnis einholen müssen«, teilte er Warner mit und merkte, wie sich dessen Miene sogleich verfinsterte. »Auch wenn ich wollte, hinter seinem Rücken könnte ich nichts bewirken.«

Warner schüttelte den Kopf. »Wahrscheinlich wird er nicht nachgeben.«

»Vielleicht doch, wenn ich die richtigen Worte wähle«, erklärte ihm Runcorn. »Wenn Sie und die anderen, die er mit dem Fall betraut hat, und vielleicht sogar der Pfarrer dabei sind, kann er schwerlich Nein sagen. Vielleicht sogar Mrs. Costain. Sie stand Olivia sehr nahe. Man könnte ihr nur schwer klarmachen, warum Faraday auf Hilfe verzichtet.«

Warner bekam vor Respekt große Augen. Er verstand jetzt. »Darauf wäre ich nie gekommen«, sagte er langsam. »Vielleicht rede ich mal mit Mrs. Costain. Mal sehen, wie wir das am besten bewerkstelligen können. Sie sind wirklich klug, Mr. Runcorn. Ich bin sehr dankbar, Sie an unserer Seite zu haben.«

Noch am selben Abend ging Runcorn mit Warner in strömendem Regen den Weg zum Pfarrhaus hinauf. Sie klopften an die Tür, kurz nachdem Sir Alan Faraday, in der Absicht Mr. und Mrs. Costain über die Fortschritte in dem Fall zu informieren, ins Haus gegangen war. Warner sollte auch Bericht erstatten, deshalb zögerte das Hausmädchen nicht, die nassen Mäntel entgegenzunehmen und sie beide ins Wohnzimmer zu führen, wo sich die anderen neben dem Kamin versammelt hatten.

Naomi Costain sah im Vergleich zu der Woche davor um Jahre gealtert aus. Ihre markanten Züge waren vom Schmerz tief gezeichnet. Sie war sehr blass und wirkte verfroren, obwohl es im Zimmer warm war. Sie trug Schwarz, ohne jeglichen Schmuck. Nicht etwa, weil sie ihre Trauer demonstrativ zeigen wollte, vielmehr weil sie ihn einfach vergessen hatte. Das Haar war hochgesteckt, damit es ihr nicht im Weg war, was nicht gerade vorteilhaft aussah.

Costain saß mit gesenkten Schultern und schiefem Priesterkragen auf einem der anderen Stühle. Faraday stand in militärisch steifer Haltung vor dem Kamin und hielt so, anscheinend ohne es zu merken, die Wärme erfolgreich von den anderen ab. Sicher war er, wie Runcorn und Warner auch, durchnässt und fror. Er blickte Warner hoffnungsvoll an. Dann sah er Runcorn hinter ihm, und sein Gesichtsausdruck verhärtete sich.

»Guten Abend«, sagte er kurz angebunden. »Was können wir für Sie tun, Mr. Runcorn?« Er sprach Runcorn nicht mit dem Dienstgrad an, obwohl er ihn kannte.

Ein Ausweichmanöver wäre jetzt sinnlos. Runcorn musste entweder sein Anliegen vorbringen oder gehen. Jetzt kam er sich dumm vor, weil er Warner gebeten hatte, es vor Costain und seiner Frau zu erklären. Seine Demütigung würde dadurch umso offensichtlicher sein. Faraday konnte vor den anderen nicht das Gesicht verlieren. Es war ein strategischer Fehler, aber nun war es zu spät. Entgegen seiner Gewohnheit wählte er seine Worte so vorsichtig wie möglich.

»Der Fall scheint weitaus schwieriger zu sein, als es zunächst aussah«, begann er. »Vermutlich fehlt es Ihnen so kurz vor Weihnachten an Leuten, insbesondere an solchen, die sich mit Verbrechen auskennen.«

Eisiges Schweigen. Alle starrten ihn an: Costain verwundert, Naomi hoffnungsvoll und Faraday voller Argwohn.

»Auf dieser Insel passieren sehr wenig Verbrechen«, antwortete Faraday. »Und wenn, dann handelt es sich meistens um irgendeinen Diebstahl oder eine Rauferei, weil jemand die Beherrschung verloren hat. Jedenfalls nicht um einen kaltblütigen Mord.«

»Genau«, stimmte ihm Costain eilig zu. »Wir … wir haben es noch nie mit einem Mord zu tun gehabt … solange ich hier bin. Was … was schlagen Sie vor?«

Faraday warf ihm einen wütenden Blick zu. Das war eine besondere Taktlosigkeit gewesen.

Runcorn wusste, wie er sich zurückziehen konnte. Ein einziges Wort des Stolzes oder die kleinste Andeutung seiner professionellen Überlegenheit würden ihn für immer ausschließen, sodass Faraday sich nicht mehr eines Besseren besinnen und ihn zurückbitten könnte.

»Ich kann sicher keine Ratschläge geben«, sagte er hastig. »Ich wollte lediglich meine Hilfe anbieten, sozusagen als zusätzlicher Helfer.«

Faraday trat von einem Bein auf das andere. Er stand immer noch vor dem Feuer.

»Danke«, sagte Naomi aufrichtig.

»Um was genau zu tun?«, fragte Faraday spitz.

Runcorn zögerte. Wollte er ihn auffordern, sich genauer zu erklären, oder war es eine indirekte und zurückhaltende Bitte um Rat? Er sah Faraday an. Er war tadellos gekleidet und hatte dichtes, gepflegtes Haar. Aber unter den Augen lagen tiefe Schatten, und seine Haltung war, nicht etwa wegen der Kälte, angespannt. Seine Lage war nicht beneidenswert, und, in einem plötzlichen Anflug von Mitleid, der ihn überraschte und beunruhigte, wurde Runcorn sich bewusst, wie sehr Faraday den Boden unter den Füßen verloren hatte. Er hatte es noch nie mit Mord zu tun gehabt, und die Leute, die Angst hatten und ganz durcheinander waren, erwarteten Hilfe von ihm, und er hatte keine Ahnung, wie er sie geben sollte.

»Ich könnte ein paar Fragen stellen, die uns helfen herauszufinden, wer Miss Costain angegriffen hat«, antwortete er. Er sagte bewusst ›angegriffen‹, weil es weniger brutal klang als ›ermordet‹. Aber jeder im Raum war sich der Realität bewusst.

»Wen wollen Sie fragen?« Faraday zog die Augenbrauen hoch. »Wir haben schon mit allen, die in der Nähe des Friedhofs wohnen, gesprochen. Jeder in Beaumaris ist entsetzt über die Ereignisse. Sie würden alle helfen, wenn sie könnten.«

»Nein, Sir.« Runcorn sprach, ohne nachgedacht zu haben. »Zumindest einer nicht, vielleicht viele andere auch nicht.« Er ignorierte Faradays finsteren Blick und Costains protestierende Handbewegung. »Nicht etwa, weil sie den Schuldigen kennen«, erklärte er. »Aus ganz anderen Gründen. Für jeden gibt es Dinge im Leben, die man nicht mit anderen teilen will: Fehler, Peinlichkeiten, ganz Persönliches oder Ereignisse, die einen Nahestehenden oder einen, dem sie Loyalität schulden, kompromittieren könnten. Es ist ganz natürlich, seine Privatsphäre zu verteidigen. Jeder tut das.«

Costain sank tief in den Sessel. Als Pfarrer verstand er das sicher.

Faraday starrte ihn an. »Was wollen Sie damit sagen, Runcorn? Etwa, dass wir im Privatleben der Leute rumschnüffeln sollen?« Er sagte es mit unermesslichem Widerwillen.

Wieder zögerte Runcorn. Wie nur konnte er antworten, ohne Costain und seine Frau zu beleidigen und ohne den Rückzug anzutreten und somit jegliche Chance, erfolgreich zu ermitteln, zu verspielen? Ihm war klar, dass er hart bleiben musste, auch wenn ihm das zuwider war. Nur der Gedanke an Olivia, wie sie blutüberströmt im Kirchhof gelegen hatte, und sein Versprechen an Melisande gaben ihm die Kraft.

»Ja, genau das. Solange bis Sie das Motiv dieses Verbrechens herausgefunden haben.« Er blickte fest in Faradays blaue Augen. »Ein Mord ist gewalttätig, hässlich und tragisch. Es hat keinen Sinn so zu tun, als handele es sich um den Diebstahl von Kaminholz oder Silberbesteck. Ein Mord ist die Folge von Hass oder panischer Angst und nicht das Ergebnis törichter Habgier«.

Costain fuhr zusammen, als wäre er geschlagen worden.

»Also wirklich!«, protestierte Faraday.

»Mr. Runcorn hat völlig recht«, sagte Naomi beschwichtigend. Ihre Stimme klang klar und deutlich durch die Stille. »Um der Wahrheit auf die Spur zu kommen, müssen wir uns alle mit unangenehmen oder peinlichen Situationen abfinden. Alles andere wäre ausgesprochen egoistisch. Es ist sehr lieb von Ihnen, Alan, uns alle beschützen zu wollen, und ich weiß Ihre Rücksichtsnahme durchaus zu schätzen, aber wir müssen der Wahrheit ins Auge sehen.«

Faraday wartete nur kurz und wandte sich sogleich wieder an Runcorn. Es blieb ihm nichts anderes übrig, als klein beizugeben. Er brachte es schnell hinter sich. »Ja, ja. ich bedauere das sehr, aber so scheint die Situation nun mal zu sein. Vielleicht wäre es ganz hilfreich, wenn Sie uns etwas von Ihrer Zeit zur Verfügung stellten. Wirklich sehr ehrenwert, wenn man bedenkt, dass Sie im Urlaub sind. Selbstverständlich müssten Sie mir regelmäßig Bericht erstatten. Nicht nur über Dinge, die Sie glauben, erfahren zu haben, sondern natürlich auch über die nächsten Schritte, die Sie zu unternehmen gedenken. Ich sollte Ihnen jetzt vielleicht mitteilen, was wir bisher erreicht haben und wo Sie weitermachen sollten.«

»Ja, Sir«, antwortete Runcorn ruhig. Er hatte keinerlei Absicht, Anweisungen von Faraday entgegenzunehmen, den offensichtlich Befehle und sicheres Auftreten mehr interessierten als die dunklen Seiten der Wahrheit.

Faraday wandte sich an Costain. »Wenn Sie erlauben,

möchte ich gerne einen Moment mit Runcorn alleine sprechen ...«, bat er. »Wo könnte ich das am besten tun?«

»Oh ... ja, ja natürlich.« Costain stand beschwerlich auf. Obwohl er kaum über fünfzig war, sah er wie ein alter verwirrter Mann aus, der nicht mehr sicher auf den Beinen war und dessen Gedanken stockten. »Bitte, hier entlang ...«

Runcorn entschuldigte sich bei Naomi und dankte ihr für ihre Unterstützung, nickte Warner zu und folgte Faraday und Costain durch den Flur in ein kleines Arbeitszimmer. Das Feuer war zwar gerade am Ausgehen, gab aber noch genügend Wärme an den Raum ab. Die schweren Samtvorhänge waren zugezogen, und man konnte das Klatschen des Regens auf die Fenster fast nicht hören. Überall an den Wänden standen Bücherregale, und auf die Schnelle sah Runcorn nur, dass es sich vorwiegend um theologische Bücher handelte, einige befassten sich mit der Geschichte oder der Geographie von biblischen Ländern einschließlich Ägypten und Mesopotamien.

Kaum hatte Costain die Türe hinter sich zugemacht, wandte sich Faraday Runcorn zu.

Draußen krachte der Donner.

»Ich weiß Ihre Hilfe zu schätzen, Runcorn, aber lassen Sie mich eines klarstellen. Ich werde nicht dulden, dass Sie die Ermittlungen führen, als wären Sie in irgendeinem Armenviertel in London. Sie werden diese guten, anständigen Leute bezüglich ihres Privatlebens nicht wie Kriminelle ins Kreuzverhör nehmen. Sie sind Opfer einer abscheulichen Tragödie, und sie verdienen unser ganzes Mitgefühl. Haben Sie mich verstanden?« Er sah Runcorn zweifelnd an, so als ob er jetzt schon nach einem Weg suchte, seine Entscheidung rückgängig zu machen.

»Auch in London haben die Leute ein Ehrgefühl und trauern um eine geliebte Person, die ermordet wurde«, entgegnete Runcorn wütend. Seine guten Absichten waren von seiner Wut wie weggefegt. Er wollte die Menschen in Schutz nehmen, die er selbst gekannt hatte, und all die anderen Unbekannten, die von einem Verlust betroffen waren. Die Armen liebten nicht weniger als alle anderen und waren auch nicht weniger gegen Schmerz gefeit.

Faraday wurde rot. »Es tut mir leid«, sagte er barsch. »Das wollte ich damit nicht sagen. Aber die Menschen hier unterstehen meiner Verantwortung. Sie werden so diskret wie möglich vorgehen und mir gleich berichten, wenn Sie etwas herausgefunden haben, das für den Tod von Miss Costain von Bedeutung sein könnte. Womit wollen Sie anfangen?«

»Mit der Familie«, antwortete Runcorn. »Ich möchte erst einmal mehr über Miss Costain erfahren. Auch wenn es abscheulich ist, so wurde sie doch von jemandem getötet, der direkt vor ihr stand. Und sie ist nicht davongelaufen, was eindeutig bedeutet, dass sie den Mörder kannte. Hätte ein Fremder sie nachts alleine im Kirchhof belästigt, wäre sie weggerannt oder hätte sich wenigstens gewehrt. Beides hat sie nicht getan.«

»Um Gottes willen, was wollen Sie damit sagen?«, fragte Faraday heiser. »Dass sie einer von der Familie niedergemetzelt hat? Das ist ja unerhört, und ich werde nicht dulden …«

»Ich stelle lediglich die Fakten fest«, unterbrach ihn Runcorn. »Natürlich werde ich es der Familie gegenüber anders ausdrücken. Was schlagen Sie denn vor, Sir? Dass wir den Mörder, wer auch immer das sein mag, davonkommen lassen, nur weil es uns peinlich oder unbequem ist, ihn zu suchen?«

Faraday wurde ganz bleich.

Runcorn hatte plötzlich einen Geistesblitz. »Wenn Sie mir erlauben, die unangenehmen Fragen zu stellen, Sir Alan, wird Sie wenigstens keine Schuld treffen. Sie könnten die Leute danach sogar wieder beruhigen.« Er sagte nicht ausdrücklich, dass er Runcorn dann für die Verletzung der Privatsphäre verantwortlich machen könnte, aber die Botschaft war eindeutig.

Faraday ergriff die Chance. »Ja, ja, so ist das wohl. Dann machen Sie sich mal an die Arbeit. Aber seien Sie um Gottes willen taktvoll. Bringen Sie Ihr ganzes Einfühlungsvermögen zum Einsatz.«

Runcorn verkniff sich die Antwort. »Ja Sir«, zischte er zwischen den Zähnen hervor. »Ich werde mit Mr. Costain anfangen, sobald Sie mit ihm geredet haben.«

»Um Himmels willen!«, explodierte Faraday. »Es ist ja schon fast acht Uhr abends. Gönnen Sie dem Armen etwas Ruhe. Haben Sie denn …«

»Keine Zeit zu verlieren«, beendete Runcorn den Satz. »Morgen ist es auch nicht weniger störend.«

Faraday blickte ihn äußerst missbilligend an, versuchte aber nicht, weiter zu verhandeln.

Nach nicht mal einer Viertelstunde kam Costain alleine ins Zimmer.

»Sir, bitte nehmen Sie doch Platz.« Runcorn wies auf den Sessel gegenüber dem Schreibtisch.

Costain tat wie ihm geheißen. Das Licht der Gaslampe an der Wand ließ sein schwer gezeichnetes Gesicht umso deutlicher hervortreten.

»Es tut mir leid, wenn ich noch einmal nachhake, Mr. Costain«, sagte Runcorn aufrichtig. Costains aufgebrachte Gefühle erfüllten den Raum. »Ich werde mich so kurz wie möglich fassen.«

»Danke. Ich wäre Ihnen dankbar, wenn Sie meiner Frau nicht damit zur Last fallen würden. Sie und Olivia waren …« Costains Stimme stockte, und er brauchte einen Augenblick, um sich wieder zu fangen. »… waren sich so nahe wie Schwestern, trotz des Altersunterschieds«, fuhr er fort.

In Costains Gesicht kam plötzlich etwas Leben, als die Erinnerung daran wieder aufflackerte. »Beide liebten die Insel. Sie gingen stundenlang spazieren, besonders im Sommer. Sie nahmen ein Picknick mit und, wenn es die Pflichten erlaubten, verbrachten sie den ganzen Tag im Freien. Meine Frau mag Wildblumen besonders gern. Hier gibt es welche, die man sonst nirgends findet. Und natürlich Vögel. Olivia liebte Vögel. Sie schaute ihnen zu, wie sie mit dem Wind flogen.«

Einen Augenblick lang erinnerte sich Runcorn ganz lebhaft an ihr Gesicht, als sie im Seitenflügel der Kirche an ihm vorbeigeschritten war, und er konnte sich sehr gut vorstellen, dass ihr Herz mit den Vögeln flog, ihre Phantasie oben im Licht des Himmels davonschwebte. Kein Wunder, dass sie im Affekt getötet worden war. Sie gehörte zu den Frauen, die unkontrollierbare Reaktionen hervorrufen: unangemessenes Verhalten, Versagen, Blindheit, Frustration und vielleicht auch Neid. Aber keine Liebe; Liebe, selbst unerwidert, kann nicht in dem Maße zerstören, in dem Olivias Leben zerstört wurde. Costain hatte seine Gefühle wieder im Griff, zumindest so weit, dass er fortfahren konnte. »Ich weiß wirklich nicht, wie Sie das weiterbringen kann, Mr. Runcorn. Olivia war … gutherzig, aber … es tut mir leid, wenn ich das so sagen muss, auch undiszipliniert. Sie war voller Mitgefühl – keiner kümmerte sich großzügiger oder mit größerem Eifer um die Bedürftigen in der Gemeinde, ob nun mit Geschenken oder mit ihrer Freundschaft – aber sie hatte kein echtes Pflichtgefühl.«

Runcorn war verwirrt. »Pflichtgefühl?«, hakte er nach.

»Ja, für das, was sich gehörte, für …« Costain suchte nach dem richtigen Begriff. In seinem Gesicht konnte man ablesen, wie bewusst ihm der soziale Unterschied zwischen ihnen war und wie sehr er sich bemühte, sich so auszudrücken, dass es nicht beleidigend war. »Sie war immer noch nicht verheiratet«, sagte er etwas errötend. »Sie schlug viele sehr gute Anträge aus, ohne ersichtlichen Grund, nur wegen ihres … Eigensinns. Ich hatte gehofft, dass sie Newbridge akzeptieren würde, aber sie zeigte sich unwillig. Sie erwartete etwas ziemlich Unrealistisches von ihm, und ich konnte sie nicht eines Besseren belehren.« Aus seiner Stimme klang der Schmerz wie aus einer offenen Wunde. »Ich habe bei ihr ganz und gar versagt«, sagte er leise.

»Ich glaube, Barclay hat ihr auch den Hof gemacht?« Er wollte unbedingt das Schweigen brechen, aber kein Mitleid zeigen.

»Oh, ja. Er wäre eine ausgezeichnete Partie gewesen, aber sie machte keinerlei Anstalten, ihn zu erhören.« Costain saß mit gebeugten Schultern da, ganz durcheinander und niedergeschlagen.

Runcorn sah in Olivia eine wunderschöne Frau, die sich nicht durch zu enge Konventionen oder durch das, was andere als ihre Pflicht erachteten, einschränken lassen wollte. Er erinnerte sich, wie Melisande in Barclays Haus in London an der Türe gestanden und ihre Hilfe angeboten und wie Barclay sie ins Haus zurückbeordert hatte, weil er nicht in so was Abscheuliches wie einen Mord hineingezogen werden wollte. Ihm war es gleichgültig gewesen, dass ihr Gewissen vielleicht Schaden genommen hätte. Das wäre ihm wahrscheinlich gar nicht in den Sinn gekommen. Hatte er ihr Wohlergehen eher unter praktischen Gesichtspunkten gesehen und versucht, sie vor Gefahren zu schützen, die sie nicht erkannte? Oder wollte er nur sich selbst schützen?

Wie Costain ihm im Lampenlicht mit eingezogenen

Schultern gegenübersaß, sah er in ihm einen Menschen, der in seinem Beruf und in seiner sozialen Stellung gefangen war, seinen Pflichten ergeben, denen er nicht gewachsen war. Das war vielleicht auch gar nicht möglich. Costain war zu sehr mit seinem Kummer beschäftigt, um Runcorn noch weiterzuhelfen.

»Danke, Sir«, sagte Runcorn so behutsam wie er konnte. »Könnten Sie Mrs. Costain jetzt bitten, mir ein paar Minuten zu opfern?«

Costain blickte erbost auf. »Ich bat Sie, meine Frau nicht weiter zu beunruhigen, Mr. Runcorn. Ich dachte, Sie hätten mich verstanden.«

»Ich wünschte, ich könnte Ihrer Bitte nachkommen, aber das geht nicht. Möglicherweise kann Ihre Frau mir Dinge erzählen, die ihr Miss Costain anvertraut hat, einen Streit, jemand, der sie belästigte oder verfolgte …«

»Ja, glauben Sie denn, es war jemand, den meine Schwester kannte! Das ist ja absurd.« Er erhob sich.

Runcorn kam sich ziemlich brutal vor. »Es war jemand, den sie kannte, Mr. Costain. Es gibt klare Anhaltspunkte für diese Annahme.«

»Welche Anhaltspunkte? Davon hat Faraday nichts gesagt!«

»Wenn Sie unbedingt wollen, kann ich Ihnen das erklären, aber ich glaube, es wäre besser, wenn Sie es sich nicht anhören müssten.«

Costain schloss die Augen und schien zu schwanken. Vielleicht war es auch nur das Flackern der Lampe. »Bitte, sagen Sie meiner Frau nichts davon.« Er konnte nur noch flüstern. »Ist das der Grund, warum Sie Faraday für die Ermittlungen ungeeignet finden?«

Darauf war Runcorn nicht gefasst. Es war ihm überhaupt nicht klar gewesen, dass er seine Meinung so deutlich kundgetan hatte. Das war sicher nicht seine Absicht gewesen. Sollte er jetzt lügen? Das hatte Costain nicht verdient, und er kannte ja die Wahrheit schon.

»Ja, Sir.«

»Dann tun Sie Ihre Pflicht.« Costain drehte sich um und ging zur Tür. In seiner Erregung gelang es ihm nicht gleich, sie zu öffnen.

Naomi kam kurz darauf hinein, machte die Türe hinter sich zu und setzte sich. Sie sah blass aus, und im Licht der Lampe konnte man sehen, dass sie vor Kurzem erst geweint haben musste, auch wenn sie sich bemüht hatte, die Spuren zu verwischen. Sie strahlte eine Hoffnungslosigkeit aus, die mehr besagte als alle Worte der Trauer.

»Ich werde mich so kurz wie möglich fassen, Madam.« Runcorn fühlte sich wie ein Eindringling.

»Das ist nicht nötig«, gab sie zur Antwort. »Zeit spielt für mich keine Rolle. Was möchten Sie von mir hören?«

»Mr. Costain sagte, Sie und Ihre Schwägerin standen sich sehr nahe.« Er hasste seine eigenen Worte. Sie klangen so banal. »Wenn ich mehr von ihr erfahren könnte, wüsste ich vielleicht, welcher Mensch ihr Schaden zufügen wollte.«

Sie starrte lange ins Leere, und er dachte schon, sie

würde gar nicht antworten oder hätte womöglich nicht gemerkt, dass er eine Frage an sie gerichtet hatte. Er holte Luft, um es anders zu versuchen, als sie schließlich das Schweigen brach.

»Sie hatte Phantasie«, sagte sie langsam und sprach jedes Wort bedächtig aus, um sicherzugehen, dass sie genau das sagte, was sie auch meinte. »Man konnte ihr nichts vorschreiben, und mein Mann fand sie … eigensinnig, als würde sie absichtlich nicht gehorchen. Das glaube ich aber nicht. Ich denke, es war eher eine Art Ehrlichkeit. Dadurch war sie bisweilen recht schwierig.«

Runcorn kannte sich mit den gesellschaftlichen Gepflogenheiten, insbesondere auf der Insel hier, nicht gut aus. Er musste die Eifersüchteleien, die ehrgeizigen Ziele und die Gefühle der Menschen besser verstehen, die zu einer derartigen Grausamkeit geführt haben konnten.

»Gab es jemanden, den sie herausforderte?« Er bemühte sich, die Fragen so zu formulieren, dass sie nicht noch mehr verletzt würde. »Sie war eine schöne Frau. Gab es irgendwelche Verehrer oder Rivalinnen?«

Naomi lächelte. »Haben Sie sie denn gekannt?«

Es kam ihm vor, als hätte er eine Gelegenheit verpasst. »Nein. Ich habe sie nur einmal gesehen, in der Kirche.«

Ihr Lächeln verblasste.

»Oh, ja natürlich. Vermutlich waren die Leute schon neidisch. Das kommt öfter vor, besonders Menschen gegenüber, die sich nicht so angepasst verhalten, wie man es von ihnen erwartet. Sie hatte nicht viele Freunde. Manchmal war sie sehr ungeduldig. Das ist keine gute Eigenschaft. Ich hoffte immer, sie würde rechtzeitig lernen, sich im Zaum zu halten.« Sie seufzte. »Sie mochte Mrs. Ewart. Zuerst dachte ich, das läge daran, dass sie aus London kam und den Glanz der Großstadt mit sich brachte. Mrs. Ewart konnte über die neuesten Theaterstücke und Bücher, über Musik und so was reden. Aber dann merkte ich, es ging tiefer. Sie hatten etwas gemeinsam, was ich nicht kannte.« Traurigkeit bedeckte wieder ihr Gesicht, eine Art Einsamkeit, die, wie Runcorn erstaunt feststellte, ihm nicht fremd war. Es war das Gefühl ausgeschlossen zu sein, als ob jemand einen alleine im Dunkeln stehen lässt.

»War sie glücklich?«, fragte er spontan.

Naomi sah ihn erstaunt an. »Nein.« Dann bereute sie ihre Antwort. »Ich wollte sagen, sie war ruhelos, immer auf der Suche. Ich … nein, also, bitte, achten Sie nicht auf das, was ich sage. Ich rede dummes Zeug. Ich habe keine Ahnung, wen Neid oder Angst so durcheinandergebracht haben könnten, dass so etwas geschehen konnte.«

Runcorn drängte sich das Gefühl auf, dass sie nicht die Wahrheit sagte – nicht unbedingt mit ihren Worten, aber bestimmt dem Sinn nach. Sie wusste etwas, das sie ihm nicht bereitwillig sagen wollte. »Das Beste, was Sie noch für sie tun können, Mrs. Costain, ist, uns bei der Suche nach dem Mörder zu helfen«, sagte er eindringlich.

Sie stand mit müdem Gesichtsausdruck auf, wich seinem Blick aber nicht aus. »Glauben Sie das wirklich, Mr. Runcorn? Wie wenig Sie uns, oder vielleicht alle hier, kennen. Sie sind ein guter Mensch, aber Sie kennen die stürmischen Bewegungen des Herzens nicht. Sie leben nicht auf der Insel«, fügte sie noch hinzu, als sie zur Tür ging. »Sie sind alle Festlandbewohner.«

Für Runcorn war es an diesem Abend zu spät, um noch mit jemanden zu sprechen. In seinem Kopf gingen alle möglichen Gefühle und Eindrücke durcheinander. Er konnte nichts mehr aufnehmen. Er bedankte sich bei Costain und trat hinaus in die Dunkelheit, um sich auf den Weg zu Mrs. Owens Gästehaus zu machen. Es hatte aufgehört zu regnen, und es wehte ein eisiger Wind, aber er war dankbar, am Leben zu sein. Er mochte den Geruch der reinen Luft von der tobenden See und die Abwesenheit menschlicher Geräusche. Keine Stimmen, kein Klappern von Pferdehufen, kein Rattern von Wagenrädern, nur der Schrei einer goldbraunen Eule.

Es erwies sich als äußerst schwierig, eine Unterredung mit Newsbridge zu verabreden. Runcorn brauchte fast den ganzen Vormittag, bis er ihm schließlich im Salon gegenüberstand. Es war ein altes, komfortables Haus. Wahrscheinlich stand es schon zwei Jahrhunderte lang oder noch länger an dieser Stelle, immer im Familienbesitz, und hatte fette und magere Jahre erlebt. Die Ähnlichkeit in den Gesichtszügen der Porträts an den Wänden ließ sich bis in die Bürgerkriegszeit zurückverfolgen. Sie trugen die Rüschen und Spitzen der Royalisten. Auf keinem Bild waren grimmig schauende Puritaner mit weißen Krägen zu sehen.

Ein Teil der Einrichtung war einmal prachtvoll gewesen, wies jetzt aber Spuren von häufigem Gebrauch auf. Stuhlbeine waren nicht mehr gerade, ein oder zwei Tische waren voller Flecken und müssten aufpoliert werden. Mehr konnte Runcorn auf die Schnelle nicht wahrnehmen, weil er merkte, wie Newbridge ungeduldig wurde.

»Was wollen Sie, Mr. Runcorn?« Seine Stimme war bewegt, und er verlagerte ständig das Gewicht von einem Fuß auf den anderen, als wäre er am liebsten weggegangen. »Es gibt absolut nichts, was ich Ihnen über den Tod der armen Olivia sagen könnte. Wenn, dann hätte ich es um Gottes willen schon Faraday gesagt! Es ist schlimm genug, dass wir mit dieser Tragödie leben müssen. Da sollte man uns nicht auch noch zwingen, unsere Erinnerung und unsere Trauer immer wieder vor Fremden auszubreiten!«

Er stand an den Kaminsims gelehnt. Ein eleganter Mann, groß und etwas dünn, gewelltes, volles Haar über der Stirn. Die tief liegenden Augen waren haselnussfarben und um den Mund war ein leicht verärgerter Zug.

Runcorn fand, dass seine Geduld schon übermäßig strapaziert worden war. Der Verlust eines Menschen hatte unterschiedliche Auswirkungen auf die Leute, und oft war das nicht zu ihrem Vorteil. Männer wurden häufig wütend, ein Ausdruck unterdrückten Zorns darüber, dass ihnen ein Schlag versetzt worden war.

Runcorn hielt seine eigenen Gefühle zurück. »Sir, um eine bessere Einschätzung davon zu bekommen, wer sie getötet haben könnte, muss ich mehr über sie erfahren. Ihre Familie ist jetzt vom Schmerz überwältigt, und natürlich sehen sie nur die eine Seite von ihr. Es ist überaus schwierig, nicht so wohlwollend über eine Tote, die man sehr geliebt hat, zu sprechen, und doch war sie genauso menschlich wie alle anderen auch. Sie wurde nicht zufällig ermordet. Jemand muss von einer unseligen Wut zerfressen gewesen sein und war ihr von Angesicht zu Angesicht gegenübergestanden. Und bis zuletzt ist sie nicht weggelaufen. Dafür müssen wir eine Erklärung finden.«

Newbridge war sehr blass. Sein Brustkorb hob und senkte sich, als hätte er einen Berg bestiegen und müsste nun um Luft ringen.

»Wollen Sie damit sagen, dass sie durch ihre Art die Tat herausgefordert hat?«, fragte er schließlich.

»Halten Sie das für so unmöglich?« Runcorn sprach sehr leise, so als ob sie sehr vertraulich miteinander umgehen würden.

»Nun … es ist … Sie bringen mich in eine schreckliche Situation«, sagte Newbridge abwehrend. »Wie kann ich den Anstand wahren und gleichzeitig auf so eine Frage antworten?«

»Der Mord war auch in keinster Weise anständig, überhaupt die Tatsache, dass sie umgebracht wurde«, bemerkte Runcorn.

Newbridge seufzte. Jetzt war er noch bleicher im Gesicht. »Sie zwingen mich bei meinem Ehrgefühl, offener zu sprechen, als mir das lieb ist. Aber wenn Sie es ihrer Familie gegenüber erwähnen, werde ich es leugnen.«

Runcorn nickte kaum merklich.

»Sie war bezaubernd.« Newbridge wandte den Blick ab, blickte in eine Ferne, die nur er selbst sehen konnte. »Und sehr schön, aber das wissen Sie ja. Sie war aber auch kindisch. Schon sechsundzwanzig, in einem Alter, in dem die meisten Frauen verheiratet sind und Kinder haben. Sie aber wollte nicht erwachsen werden.« Sein Körper spannte sich an. »Sie wollte keine Verantwortung für sich übernehmen, was ihren Bruder auf eine sehr unfaire Weise belastete. Ich glaube, sie nutzte die Tatsache aus, dass er keine Kinder hat, und ließ es bewusst an der nötigen Reife fehlen. Sie lag ihm immer noch auf der Tasche, wo sie doch schon lange für sich selbst hätte sorgen müssen.«

»Glauben Sie, Costain nahm ihr das übel?«

»Er ist zu gutmütig, um ihr das zu verweigern. Um ehrlich zu sein, glaube ich, dass er zu nachsichtig mit ihr war. Sein Pflichtgefühl als Geistlicher ging über jedes Maß hinaus. Sie wusste das und nutzte es aus.«

So ein strenges Urteil über Olivia hatte er bisher noch nicht gehört, und er war verwundert, wie sehr ihn das verletzte. Seines Wissens nach könnte das sogar stimmen, aber es schmerzte, als ob jemand das über Melisande gesagt hätte. Er wusste nicht, was er antworten sollte. Er hielt seine Gefühle streng unter Kontrolle und merkte nicht, wie seine Muskeln sich anspannten und seine Fingernägel sich in die Handflächen bohrten.

»Wirklich?« Er sprach mit zusammengebissenen Zähnen. »Hat sie sonst noch die Gutmütigkeit anderer Leute ausgenutzt?«

Einige Augenblicke lang war der Raum mit Schweigen erfüllt. Draußen bellte irgendwo ein Hund, und der Regen schlug an die Fenster. Die Eindringlichkeit von Runcorns Frage brachte Newbridge aus seinen Träumereien wieder in die Gegenwart zurück. Er brachte seine innere Wut unter Kontrolle, oder war es der Schmerz? Runcorn konnte das beim besten Willen nicht sagen, auch wenn er Newbridge genau beobachtete. Er fühlte sich wie ein Eindringling. Dieser Mann hatte Olivia heiraten wollen. Wie schwer es wohl für ihn war, seiner Gefühle Herr zu werden, angesichts eines neugierigen Fremden, der Olivia nur als Opfer einer abscheulichen Tat kannte und nicht als liebenswerten Menschen.

»Soweit ich weiß, nicht«, sagte Newbridge schließlich. »Sie hatte Mrs. Costain sehr gern, und sie hatte auch noch andere Freunde. Mrs. Ewart. Und Barclay machte ihr den Hof. Aber das wissen Sie ja sicher schon. Sie war mit dem Kuraten, Kelsall, befreundet und kannte verschiedene Frauen im Ort, zumindest flüchtig. Die meisten waren natürlich verheiratet und hatten nicht wie sie die Zeit, sich in Träumereien zu ergehen.« Er wandte seinen Blick wieder von Runcorn ab, so als versuchte er sich vorzustellen, dass Runcorn gar nicht anwesend wäre. »Oder sie verbrachte Stunden mit Lesen«, fuhr er fort. »Durch ihre Wohltätigkeitsarbeit hat sie Leute kennengelernt, hat immer gerne den weniger Glücklichen geholfen, ob sie es nun verdienten oder nicht. Sie besaß eine solche Großzügigkeit –« Er hielt abrupt inne, immer noch mit abgewandtem Blick. »Sehen Sie, ich kann Ihnen wirklich nicht helfen. Ich habe keine Ahnung, wer ihr hätte wehtun wollen, oder warum. Das Einzige, was ich vorzuschlagen habe, ist, dass Sie sich Barclay einmal genauer ansehen. Er ist erst vor Kurzem auf die Insel gekommen. Er kommt aus London. Vielleicht ist ihm wegen ihrer Unentschiedenheit der Kragen geplatzt. Andererseits ist es durchaus möglich, dass ich Barclay nur nicht ausstehen kann.« Endlich sah er Runcorn ins Gesicht. »Wenn Sie mich jetzt bitte entschuldigen wollen, ich habe nichts mehr hinzuzufügen. Mein Butler bringt Sie zur Tür.«

Nun blieb Runcorn nichts anderes übrig, als Barclay als Nächsten aufzusuchen. Auf diese unvermeidliche Unterredung hatte er sich nicht gerade gefreut. Könnte es denn wirklich sein, dass er wegen Olivia die Beherrschung verloren hatte und ihr im Kirchhof mit einem Messer entgegengetreten war? Runcorn konnte diesen Mann zwar nicht leiden, das aber traute er ihm nicht zu. Ja, dass er in einem Wutanfall etwas Böses sagte, das konnte er sich gut vorstellen, selbst eine Handgreiflichkeit mit einem anderen Mann, aber einen vorsätzlichen Mord von solch abscheulicher Brutalität, das hielt er ganz und gar für unmöglich.

Er ging die mit Lorbeerbüschen umsäumte Auffahrt zum Herrenhaus hinauf. Der Kies knirschte unter seinen Füßen. Plötzlich spürte er einen Anflug von Angst im Bauch. Nicht eine Sekunde hatte er daran gedacht, dass Barclay ihn angreifen könnte, aber selbst wenn, in tätlichen Auseinandersetzungen war Runcorn noch nie ein Feigling gewesen. Er war groß und kräftig und hatte sich in seiner Jugend auf den Straßen im Londoner East End in so mancher Prügelei behauptet.

Ihm machten die erbärmliche Abscheulichkeit und der Hass Angst, die Grausamkeit, wenn Melisande erführe, dass ihr Bruder zu einer solchen Tat fähig wäre, und sie mit der öffentlichen Schande konfrontiert würde. Die Schmach würde sie ihr ganzes Leben lang verfolgen, nicht etwa weil sie irgendwelche Schuld träfe, sondern weil sie immer daran denken würde.

Aber wenn Runcorn dem Gespräch jetzt auswiche, um sie zu schonen, würde er sich selbst betrügen und den Grundsätzen, an die er glaubte und auf die er einen Eid abgelegt hatte, untreu werden. Jetzt, wo er vor dem wunderschönen Haus auf der Isle of Anglesey und zugleich vor einer Gewissensentscheidung stand, war es wichtiger, dem Gesetz und dem Volk zu dienen, als jemandem einen Gefallen zu tun. Wenn er seiner Pflicht abschwöre, hätte er, wenn er sich von Melisande und Anglesey getrennt hätte, alles verloren.

Der Butler öffnete die Tür, und zu Runcorns Erstaunen bat er ihn, gleich mit ins Frühstückszimmer zu kommen. Er werde Mr. Barclay seine Anwesenheit melden.

Runcorn bedankte sich, und der Butler ging in steifer

Haltung über das Parkett voraus in einen etwas abgewohnten, aber gemütlichen Raum, der sich zur Gartenseite hin öffnete. Im Kamin brannte ein Feuer, und mehrere Sessel waren kreisförmig darum platziert. In zwei Regalen standen Bücher, denen man den häufigen Gebrauch ansah. Auf einem niedrigen Tisch befand sich eine Schale mit Stechpalmen – und Beerenzweigen. Runcorn wusste, dass das Haus nicht das ganze Jahr bewohnt war. Dennoch strahlte es Behaglichkeit und eine gewisse Vertrautheit aus.

Barclay ließ sich fast eine Viertelstunde Zeit, aber er war in guter Stimmung und beschwerte sich nicht, dass Runcorn ohne vorherige Anmeldung gekommen war.

»Schon was herausgefunden?«, fragte er im Plauderton, als er hereinkam und die Tür hinter sich zumachte.

Runcorn entspannte sich etwas. Melisande hatte ihm wohl so gut sie konnte den Weg geebnet. Ihr zuliebe wollte er mit Taktgefühl vorgehen.

»Es scheint so, als ob Miss Costain eine weit kompliziertere Person war, als wir zunächst dachten«, antwortete er.

Barclay zuckte mit den Achseln. »Man will immer nur Gutes über die Toten sagen, besonders wenn sie gewaltsam und noch so jung ums Leben gekommen sind. Das ist ganz natürlich. Der Anstand erfordert das, genau so, wie Blumen aufs Grab zu legen.« Er hatte sich nicht hingesetzt und auch Runcorn nicht dazu aufgefordert. Sie standen sich also am Kamin gegenüber.

Jetzt musste Runcorn etwas sagen. Er versuchte, die

Fragen so zu formulieren, dass es klang, als ob er Barclay um Unterstützung bitten würde. »Ich bin dabei, so viel wie möglich darüber herauszufinden, wo sich jeder Einzelne aufhielt, bevor Miss Costain getötet wurde. Irgendetwas muss ja der Grund für …«

Barclay verstand sofort. »Sie meinen einen Streit oder eine Entdeckung, etwas in der Art?«

»Genau.« Runcorn war froh, dass er ihm zustimmen konnte. »Sergeant Warner hat schon viel in dieser Richtung in Erfahrung gebracht, aber vielleicht können Sie noch weiterhelfen. Sie kannten Miss Costain ja. Wussten Sie, was sich an diesem Tag ereignet hatte, wen sie getroffen hatte, oder wer wütend auf sie war oder wer sich wegen ihr Sorgen machte?«

Runcorn war sich nicht sicher, was er genau erwartete. Erst einmal war es gut, einfach nur zu reden. Er würde sich langsam von kleinen Tatsachen zu größeren Gefühlsäußerungen vorarbeiten.

Barclay dachte eine Weile nach. »Sie konnte schwierig sein«, sagte er schließlich. »Eher eine Träumerin als eine Realistin. Wissen Sie, was ich meine?« Er blickte Runcorn in die Augen. »Es gibt Frauen, die ein klein wenig unpraktisch sind, besonders wenn sich der Vater oder der ältere Bruder um sie kümmert, und die die reale Welt nie kennenlernen mussten. Olivia … Olivia war sehr verwöhnt. Sie war charmant und großzügig. Sie konnte eine sehr gute Freundin sein. Aber in ihr steckte auch eine Spur Eigensinn. Sie klammerte sich an die Träume und Phantasien ihrer Kindheit. Mit der Zeit wurde das langweilig. Ich habe Costain nicht beneidet.« Er zuckte leicht mit den Achseln, um sein Verständnis lieber so als mit Worten auszudrücken.

»Haben sie sich gestritten?«, wollte Runcorn wissen.

»Um Gottes willen! Sicher nicht bis zu dem Punkt, wo er ihr mit einem Messer in den Friedhof gefolgt wäre und sie umgebracht hätte!« Barclay war entsetzt. »Aber ich glaube, sie stellte seine Geduld ganz schön auf die Probe. Es ist nicht so einfach, sich um eine Schwester kümmern zu müssen. Man hat die Sorgen und die Verpflichtung eines Vaters, aber nicht dessen Autorität.« Er spreizte die Finger, um zu zeigen, wie ohnmächtig man in einer solchen Situation ist. »Ich zweifle keine Sekunde daran, dass er sein Bestes gab, aber sie war flatterhaft, lebensfremd, und anscheinend war sie sich ihrer eigenen Verantwortung ihm gegenüber nicht bewusst.«

Er lächelte kaum merklich. »Jedenfalls bin ich dankbar, dass meine eigene Schwester viel vernünftiger ist. Faraday wird einen hervorragenden Ehemann für sie abgeben. Er besitzt alle Qualitäten, die man sich nur wünschen kann. Er kommt aus guter Familie; er kann sich finanziell und auch gesellschaftlich um sie kümmern. Er hat einen makellosen Ruf, einen guten Charakter; alles in allem ist er ein durch und durch anständiger Mensch. Dann sieht er auch noch gut aus, was zwar nicht notwendig wäre, aber sehr angenehm ist. Melisande ist sehr schön und hätte die Auswahl zwischen mehreren Verehrern gehabt. Ich bin froh, dass sie viel vernünftiger ist, als Olivia es war, und nicht solch absurde Vorstellungen hat.« Mit kühlem Lächeln blickte er immer noch in Runcorns Augen.

Runcorn schwirrte der Kopf. Ein Wust von Gedanken und Gefühlen, rationale und irrationale, machte ihm zu schaffen. Er suchte verzweifelt nach einer vernünftigen. pragmatischen Antwort, die Barclays Grinsen verschwinden ließe.

»Sicher haben Sie recht.« Die Worte kamen ihm nur schwer über die Lippen. »Niemand bei klarem Verstand würde seine Schwester umbringen, weil sie es ablehnt, den Mann zu heiraten, den er für sie bestimmt hat. Oder wollen Sie etwa sagen, dass Costain nicht bei klarem Verstand ist?«

Barclays Grinsen verschwand sofort. »Nein, natürlich nicht. Ich meinte nur, dass Olivia manchmal selbst die Geduld eines guten Menschen auf die Probe stellte. Jemand, der nicht so viel Anstand besitzt oder nicht die Zuneigung eines Bruders empfindet, also ein Liebhaber zum Beispiel, oder einer, der gerne ein solcher wäre, ja … der könnte jemand mit weniger klarem Verstand sein.« Er hob kaum merklich die Schultern. »Jemand hat sie getötet. Gott sei Dank ist es weder mein Beruf noch meine Pflicht herauszufinden, wer das war. Ich kann mir gar nichts Unerfreulicheres vorstellen, als die Sünden und den Kummer im Leben anderer Leute aufzustöbern, um endlich die verderbliche Tat aufzuklären, aber ich erkenne durchaus an, dass es jemand tun muss, um die Gesetze zu schützen.

Wenn ich Ihnen helfen kann, werde ich Sie natürlich mit aller Kraft unterstützen.«

»Danke«, sagte Runcorn kühl.

Barclay tat die Antwort mit einer Handbewegung ab, und bevor Runcorn die nächste Frage stellen konnte, fuhr er fort. »Ich wäre Ihnen dankbar, wenn Sie meine Schwester damit nicht mehr als absolut notwendig belasten würden. Sie mochte Miss Costain sehr. Gewisse Situationen im Leben teilten sie, und Melisande ist eine sehr weichherzige Frau, manchmal sogar etwas naiv. Sie neigte dazu, alles, was Olivia ihr erzählte, für bare Münze zu nehmen. Ich befürchte aber, dass es sich dabei nicht immer um die Wahrheit handelte. Olivia hatte keinen guten Einfluss auf sie.« Sein Lächeln stellte sich wieder ein.

»Ich bin froh, dass Melisande mit Faraday verlobt ist und bald in festen Händen sein wird. Wäre Olivia noch am Leben, hätte sie vielleicht Einfluss auf sie ausüben können. Unter diesen tragischen Umständen ist das wohl nicht mehr von Bedeutung. Wenn mir noch etwas einfällt, werde ich Sie selbstverständlich informieren.« Er zog die Mundwinkel nach unten. »Kein schönes Wort ›informieren‹. Klingt so, als ob es sich um etwas Heimliches handelt, etwas Betrügerisches. Aber es wäre noch schlimmer, jemanden einer solchen Tat anzuklagen, finden Sie nicht auch?« Es war keine wirkliche Frage, die Antwort steckte schon darin.

Runcorn konnte das Gesagte nur schwer verdauen, zwang sich aber, ihm zuzustimmen. »Ja, Sir. Ich bedauere zutiefst, dass ein Mord oftmals kleine Sünden aufdeckt, die unser Leben grundsätzlich verändern können.«

Barclay sah ihn mit starrem Blick an. In seinen Augen lag ein Ausdruck, den man unmöglich deuten konnte: war es Wut. Triumph, das Wissen um seine Macht, oder war es Unsicherheit?

»Vielen Dank, Mr. Barclay«, sagte Runcorn leise. »Ich weiß Ihre Unterstützung zu schätzen. Ich wünschte, jeder würde seine Pflicht so ehrenvoll erfüllen.«

Falls Barclay darin einen gewissen Sarkasmus erkannte, ließ er sich das nicht im Geringsten anmerken.

Der Kurat Kelsall war ein völlig anderer Mensch als Barclay. Runcorn holte ihn ein, als dieser vom strömenden Regen nicht abgeschreckt auf dem Weg zu den Alten und Bedürftigen der Gemeinde war. Einige dieser Besuche wären normalerweise Costains Aufgabe gewesen, aber unter den gegebenen Umständen hatte Kelsall sie übernommen. »Vielleicht denken Sie, das wäre überheblich von mir«, sagte er, als sie nebeneinander hergingen. »Sicher hätten es einige Leute lieber, der Pfarrer würde persönlich kommen. Aber im Augenblick verbringt er nicht nur viel Zeit mit der armen Mrs. Costain, sondern er weiß auch nicht, wie er die Leute trösten kann. Und was sollen sie ihm sagen? Dass es ihnen leid tut? Sie war der liebenswerteste, der lebensfrohste Mensch, den sie kannten, und ihr Tod ist, als ob Gott etwas von dem Licht im Leben dieser Leute genommen hätte.« Er blickte entschlossen nach vorne.

»Und was soll der Pfarrer dann antworten? Er kann dem ja nur zustimmen. Soll er sie auch noch mit seinem Schmerz in Verlegenheit bringen? Besser *ich* gehe zu ihnen. Zumindest brauchen sie mir gegenüber nicht so viel Mitgefühl auszudrücken. Ich kann ihre Nöte ansprechen. Dazu bin ich ja da.«

»Sie kannten sie gut. Für Sie war ihr Tod ein harter Schlag.«

Runcorn war sich der Direktheit seiner Worte bewusst. Aber sollte er beschönigend um den heißen Brei herumreden? Das wäre, als würde man ein Pflaster ganz langsam abziehen. Und obendrein war es auch nicht ehrlich.

»Wir waren befreundet«, sagte Kelsall nur. »Wir konnten über alles sprechen, ohne uns etwas vorzumachen. Wenn etwas lustig war, lachten wir, auch wenn die Leute das manchmal unangebracht fanden. Wenn wir uns ansahen, wusste jeder genau, dass der andere das Gleiche dachte. Wir wussten beide, was es bedeutete, Träume zu haben und… Schmerz zu empfinden.« Seine Stimme bebte. »Ich kann mir gar nicht vorstellen, wie ich jemals wieder einen Menschen so gern haben kann, so bedingungslos.«

Runcorn blickte ihn von der Seite an, wie er sich durch Wind und Wetter kämpfte. Er war sich nicht sicher, ob ihm Tränen über die Wangen liefen, oder ob es der Regen war. Er glaubte, ja hoffte, dass es Tränen waren.

Sie erreichten das Haus eines älteren Gemeindemitglieds, und Runcorn wartete draußen im Schutze des Vordachs vor Kälte zitternd, bis Kelsall wieder herauskam. Sie gingen gemeinsam weiter.

»Stimmt es, dass Miss Costain Mr. Newbridges Heiratsantrag abgelehnt hat?«, wollte Runcorn nach einigen Schritten wissen.

Kelsall zog die Schultern hoch und ging noch entschlossener vorwärts. In der Ferne donnerte es. »Sie war jemand mit tiefen Gefühlen.« Er schüttelte leicht den Kopf und suchte nach den richtigen Worten. »Sie hatte eine rege Phantasie. Auf belanglose Dinge ließ sie sich nicht ein. Das hätte sie kaputt gemacht. Newbridge konnte das nicht verstehen. Er liebte sie nicht, er mochte nur sein Bild von ihr und merkte nicht einmal, dass er sich ganz und gar täuschte. Ich glaube, er hörte ihr nicht einmal zu.« Plötzlich blickte er Runcorn ins Gesicht. »Warum wollen die Leute jemanden heiraten, dem sie noch nicht einmal zuhören? Wie ertragen sie es nur, so einsam zu sein?« Er schüttelte sich und fuchtelte mit den Händen, als er weiterging. »Natürlich hat sie den Antrag abgelehnt. Was hätte sie denn sonst tun sollen?«

Runcorn antwortete nicht. Vor seinem inneren Auge erschien das Gesicht der jungen Frau in Grün, wie sie in der Kirche an ihm vorbeigegangen war. Dann sah er Melisande und die glatten, gefälligen Züge Faradays, und ihn überkam die gleiche hilflose Verzweiflung, die er aus Kelsall herausgehört hatte. Hatte er Olivia geliebt? Wäre aus ihrer Beziehung unendlich viel mehr als Freundschaft geworden, wenn er die Wahl gehabt hätte? Lag unter dem

Schmerz auf seinem jungen, verletzlichen Gesicht vielleicht eine völlig andere Sehnsucht? Runcorn glaubte das nicht.

Sie schritten schweigend nebeneinander her, und er verabschiedete sich von Kelsall bei dem Haus, das dieser als Nächstes aufsuchte.

Auf seinem Weg zu Warner hinauf blieb Runcorn bei seiner Meinung. Er glaubte immer noch, dass Kelsall nur ein Freund gewesen war, aber vielleicht ein engerer, wachsamerer Vertrauter als er zunächst angenommen hatte.

Die Rotdrosseln waren nicht mehr auf dem Feld. Nach dem Regen würden sie hoffentlich wiederkommen.

Den Nachmittag verbrachte er bei Warner. Das Einzige, was aus ihren Bemühungen herauskam, war, dass Kelsall in der Mordnacht einen zerstreuten alten Herrn besucht hatte, der sich nun endlich daran erinnerte, was an welchem Abend gewesen war.

Am späten Nachmittag, kurz vor Anbruch der Dunkelheit, lösten die Wolken sich plötzlich auf, und das weiche, warme Licht der untergehenden Sonne tauchte die Hügel in goldenen Glanz. Auf einmal war das Meer blau und die Meeresenge von Menai ein leuchtender Spiegel, vom Wind leicht gekräuselt, und ein eisiges Lüftchen zog flüsternd darüber hinweg und verschwand.

Runcorn machte sich wieder auf den Weg. Es zog ihn an die Küste. Die Kälte machte ihm nichts aus. Merkwürdig, die Frische dort, die Weite weckten seinen Geist.

Er reckte den Hals, beobachtete die Möwen, die mit unsichtbaren Luftströmen aufstiegen, zur Seite schwebten, wieder nach unten glitten, ohne Anstrengung wieder hoch in den Himmel stiegen und aus dem Blickfeld verschwanden.

Es war still, bis auf ein leises Flüstern des Wassers hinter ihm. London hatte ihm diesen grenzenlosen Frieden nie geben können. Immer Geräusche, irgendein Klappern von den verschiedenen Tätigkeiten, ein begrenzter Blick, begrenzte Möglichkeiten.

Er ging weiter bergauf. Vielleicht täuschte er sich, hatte zugelassen, an Grenzen zu glauben, die es aber nur für ihn gab. Er dachte jetzt ganz anders über seine Vergangenheit, so als würde er sie von außen betrachten. Er sah einen Mann mit gesundem Menschenverstand, genauer Menschenkenntnis, aber ohne Einfühlungsvermögen. Es fehlte ihm an Gefühlen, an Träumen. Hatte er sich da selbst in Schutz genommen? Hatte er Angst, mit seiner Bedeutungslosigkeit konfrontiert zu werden? Er hatte Monks Gefühlsausbrüche und seine hitzige Art gehasst, seine Ungeduld im Umgang mit Dummheit, seine Überheblichkeit. Oder hatte er gar Angst vor diesen Eigenschaften, weil sie die Angepasstheit, die weitaus weniger gefährlich war, herausforderten?

Hatte Olivia mit ihrem Verhalten vielleicht auch das angepasste Leben in Frage gestellt? Sie hatte diese Berge auch bestiegen – Naomi Costain hatte ihm das gesagt. Vielleicht war sie auch hier auf dem Stück ebenen Pfades gestanden, hatte wie er das Feuer der untergehenden

Sonne betrachtet und in die Ferne geschaut, wo Himmel und Meer eins wurden.

Kleinmütige Menschen, die sich sicher fühlen möchten, die keine treibende Kraft in sich spüren, die lieber Ausreden für ihre Feigheit finden, haben vor denen Angst, die ihre Welt durcheinanderbringen könnten, weil sie einengende Grenzen überschreiten. Dafür hatte er Monk gehasst. Aber wer hatte Olivia gehasst? Naomi jedenfalls nicht. Aber Costain vielleicht? Hatte sie sein Glaubensgefüge, die tägliche Rechtfertigung seines sozialen Status, sein Einkommen, seine Daseinsberechtigung in Frage gestellt? Könnte er ihr das verzeihen?

Oder war er einfach nur ein guter Mensch, der seine schwierige Schwester, die er kleiden und ernähren musste, nicht verstand, und die er zu ihrem eigenen Wohl in gesellschaftliche Schranken weisen musste?

Am Horizont stand die Sonne wie ein scharlachroter Ball, und Runcorn konnte zusehen, wie sie im Meer verschwand und ihr Feuer versprühte. Er verweilte noch, als es zunehmend dunkler wurde und die Nacht hereinbrach. Er fragte sich, was Olivia empfunden hatte. Welche Träume hatte sie gehabt? War sie wegen ihrer Visionen gestorben? War Melisande ihr wirklich ähnlich oder bildete er sich das nur ein? Aber er war praktisch veranlagt, hatte sich jahrelang den Notwendigkeiten angepasst, und das Einzige, was er jetzt tun konnte, war, die Wahrheit herauszufinden. Womöglich half es niemandem, den Schuldigen zu benennen, aber es war auf jeden Fall seine unabdingbare Pflicht, die Unschuldigen von Schuld freizusprechen.

Am nächsten Morgen stand Runcorn früh auf und aß das üppige Frühstück, das Mrs. Owen für ihn zubereitet hatte. Sie genoss es anscheinend, den Teller mit Eiern, Speck und Kartoffelpuffern vollzuladen und ihm dann zuzuschauen, wie er sich da durchkämpfte. Eigentlich wollte er nicht so viel, und ursprünglich aß er nur auf, um ihre Gastfreundlichkeit nicht zu verletzen. Aber in den darauffolgenden Tagen hatte er sich mit ihr unterhalten und mit wachsendem Interesse ihre Meinung über verschiedene Leute im Dorf erfahren, die in den Fall verwickelt waren. Ihre Wahrnehmungsgabe war zwar etwas hausbacken, aber manchmal erstaunlich scharf.

»Genau der Richtige für die Pfarrei hier. Ja, das ist unser Mr. Costain«, sagte sie. »Aber seine Frau, die Ärmste. Ich glaube, sie ist einsam. Keine Kinder. Kann nicht einfach so drauflosplaudern, wenn Sie wissen was ich meine? Die Leute wollen nicht immer nachdenken. Sie war genau wie Miss Olivia.«

Runcorn hatte gerade den Mund voll und konnte sie nicht bitten, das weiter zu erläutern. Auch war er sich nicht sicher, ob sie dann nicht vielleicht denken würde, sie hätte schon zu viel gesagt, und später viel diskreter sein würde.

»Noch was Tee, Mr. Runcorn?«, bot sie ihm an, die Teekanne schon in der Hand. »Tee hilft bei so vielen Dingen, bei Kopfschmerzen bis hin zu Kummer und Leid. Wunderbare junge Frau war die Miss Olivia. Schnell traurig, aber dann auch gleich wieder fröhlich. Gott hab sie selig. Hat so viel ich weiß nie den passenden Mann gefunden, egal, was die anderen sagen.«

Runcorn schluckte den Bissen komplett runter und wäre beinahe daran erstickt. »Was haben die Leute denn gesagt?«, fragte er heiser und griff nach der Teetasse, um den Brocken hinunterzuspülen.

»Ach, dummes Gerede. Nichts dahinter. Möchten Sie noch eine Scheibe Toast, Mr. Runcorn?«

Er lehnte dankend ab, trank seinen Tee aus und machte sich auf den Weg, um Kelsall zu suchen. Diesmal wurde er in der Kirche fündig. Sobald er Runcorn durch das Seitenschiff kommen sah, hörte Kelsall mit dem Aufräumen und den allgemeinen Vorbereitungen auf.

»Wissen Sie schon mehr?«, fragte er, als er mit schwingendem Talar auf Runcorn zuging.

Runcorn hatte ein wenig das Gefühl, versagt zu haben. »Noch nicht.«

»Vielleicht gehen wir lieber nach draußen. Dann sind wir ungestört«, schlug Kelsall vor. »Hier bin ich sozusagen immer ›im Dienst‹. Es ist zwar kalt, aber im Augenblick regnet es nicht.« Seinen Worten ließ er sogleich die Tat folgen, ohne abzuwarten, ob Runcorn damit einverstanden war. Auf dem Friedhof passte er seine Schritte denen Runcorns an und gleichzeitig führte er sie durch das Tor auf die Straße, die aus dem Ort den Hang hinauf in offenes Gelände führte.

»Mr. Runcorn, warum töten Leute andere Menschen? Darüber habe ich die ganze Nacht nachgedacht. Wenn überhaupt, können nur Sie das wissen. Es ist so … so eine barbarische und sinnlose Art, Probleme zu lösen.«

Runcorn blickte in sein aufrichtiges Gesicht und merkte, dass er die Frage ganz ernst gemeint hatte. Vielleicht hätte er sich vor ein paar Tagen dasselbe fragen sollen.

»Da gibt es viele Gründe«, sagte er nachdenklich. »Manchmal ist es die Gier nach Geld, nach Macht, nach Besitz, einem Haus zum Beispiel. Manchmal ist es auch etwas ganz Geringfügiges, etwa ein Schmuckstück oder ein Ziergegenstand.«

»Nicht bei Olivia«, erwiderte Kelsall entschieden. »Sie hatte keinerlei Habseligkeiten. Sie war ganz und gar von ihrem Bruder abhängig.«

»Ehrgeiz«, fuhr Runcorn fort. »Er kann die Menschen zu Betrug und Gewalt führen.«

»Niemand profitiert von ihrem Tod. Hier gibt es einfach nichts, wonach man streben könnte. Nur kleine Pöstchen, ohne große Befugnisse. Alles ist voraussehbar.«

Runcorn ließ alle erdenklichen Fälle der letzten Jahre an sich vorbeiziehen. Schließlich kam er zu denen, die aus Leidenschaft verübt worden waren. Heftige Gefühle konnten durchaus die Ursache für die schrecklichen Wunden sein, die er an Olivias Körper gesehen hatte. »Eifersucht«, sagte er mit grimmiger Miene. »Sie war eine schöne Frau, und wenn es stimmt, was die Leute sagen, hatte sie ganz besondere Eigenschaften. Temperament und Mut, wie man es bei Menschen ihres Alters und ihrer gesellschaftlichen Stellung sonst kaum findet. Manche Leute fühlen sich dadurch vielleicht peinlich berührt, ja sogar bedroht. Man kann auch aus Angst töten.«

Sie liefen weiter, ohne dass Kelsall antwortete. »Was für eine Angst meinen Sie?«, fragte er schließlich.

Runcorn merkte die Veränderung in seiner Stimme und wusste sofort, dass sie sich plötzlich auf heiklem Boden befanden, der Wahrheit ganz nahe. Er musste vorsichtig vorgehen; er könnte womöglich eine Wunde aufreißen, die bisher durch Lügen geschützt worden war.

»Angst kann alle möglichen Formen annehmen.« Er beobachtete Kelsall von der Seite. Die Augen und die Mundzüge blieben zur Hälfte versteckt.

»Manchmal ist es die Angst vor körperlichen Schmerzen, aber meistens ist es die Angst vor Verlust.«

»Verlust…«, Kelsall sprach das Wort sehr vorsichtig aus. »Welche Art von Verlust?«

Runcorn antwortete nicht, weil er hoffte, Kelsall würde selbst eine Idee haben.

Sie schritten weiter voran. Der Wind ließ nach, aber im Osten hingen die dunklen Wolken noch tief.

»Meinen Sie vielleicht die Angst vor einem Skandal?«, wollte Kelsall wissen. »Oder dass man sich lächerlich machen könnte?«

»Gewiss. Viele Opfer von Erpressung haben ihre Peiniger getötet.« War das womöglich der Fall gewesen? Hatte Olivia ein Geheimnis gekannt? Hatte jemand Angst gehabt, dass sie es gegen den Betroffenen verwendet? Er betrachtete Kelsall ganz genau, aber er konnte keine Veränderung in seinem Gesichtsausdruck feststellen. Er sah immer noch verletzt und verwirrt aus.

Keine Geräusche, nur der Wind im Gras war zu hören, und in der Ferne das Echo der Wellen, die sich an den Felsen brachen.

»So war Olivia nicht«, sagte Kelsall schließlich. »Nie hätte sie ein Geheimnis preisgegeben und noch weniger hätte sie es gegen jemanden verwendet. Warum auch? Was sie wollte, konnte man nicht kaufen.«

»Was wollte sie denn?«

»Freiheit«, erwiderte er ohne zu zögern. »Sie wollte so sein wie sie war, nicht so, wie die gesellschaftlichen Konventionen es vorschrieben. Vielleicht wünschen wir uns das alle, oder glauben es zumindest, aber nur wenige sind bereit, den Preis dafür zu zahlen. Es schmerzt, anders zu sein.« Er blieb stehen und sah Runcorn an. »Wurde sie deshalb ermordet? Weil sie anderen Menschen zeigte, wie gewöhnlich sie waren, wie leicht sie ihre Träume unterdrückten?«

»Das glaube ich nicht«, sagte Runcorn sanft. »Würde derjenige, der das in ihr erkennen könnte, nicht auch wissen, dass ihr Tod an seiner eigenen … Bedeutungslosigkeit überhaupt nichts änderte?«

»Nicht, wenn sie ihnen ins Gesicht lachen würde. Manche Menschen können es nicht ertragen, wenn man sich über sie lustig macht. Spott kann für jemanden unerträglich sein, Mr. Runcorn. Er trifft einen ganz tief im Inneren, stellt das, was man zu sein glaubt, ganz und gar in Frage. Man kann viel verzeihen, aber nicht, vor sich selber lächerlich dazustehen, ein Feigling zu sein. Dieser Zorn nagt an der Seele.«

Sprach er von sich selbst? Einen schrecklichen, qualvollen Augenblick lang dachte Runcorn schon, er sei kurz davor, ein Geständnis zu hören. Das täte weh. Er mochte den jungen Mann wirklich gerne. Er hatte miterlebt, wie nett er mit den Alten und Gebrechlichen umgegangen war, wie sehr er ihre Würde respektiert hatte, wie er aus Anstand und nicht aus Pflicht geholfen hatte.

»Was wissen Sie, Mr. Kelsall? Ich glaube, es wird Zeit, dass Sie mit der Wahrheit herausrücken.«

»Ich weiß, dass Newsbridge und Barclay wegen Olivia auf Kriegsfuß miteinander standen. Aber ich bin mir nicht sicher, ob beide sie wirklich wollten, oder ob sie sich nur deshalb hassten, weil der Kampf öffentlich ausgetragen wurde. Nicht alle Leute können mit Anstand verlieren.«

Runcorn bemühte sich den Gedanken zu folgen. »Wenn dem so wäre, hätten sie dann nicht statt Olivia den Rivalen umgebracht?«

Kelsall zuckte mit den Achseln und nahm den Schritt wieder auf. »Vermutlich schon. Oder Faraday. Aber dazu ist es ja jetzt zu spät.«

»Den Chief Constable?«, Runcorn holte ihn ein. »Was hat der denn damit zu tun?«

»Oh, er hatte ihr vor einiger Zeit auch den Hof gemacht«, erwiderte Kelsall. »Der arme Pfarrer hielt das für eine ausgezeichnete Partie, auch wenn Faraday ein paar Jährchen älter war als sie. Er dachte, sie würde dadurch vielleicht zur Ruhe kommen. Aber sie machte ihm keinerlei Hoffnungen, und er wurde der Sache dann bald überdrüssig.«

»Faraday?« Voller Erstaunen, in plötzlicher blinder Wut, stieß Runcorn den Namen aus. Faraday hatte um Olivia geworben und war jetzt drauf und dran, Melisande zu ehelichen. Er konnte jetzt nicht bedächtig reagieren, es gab keine leise, vernünftige Stimme, die ihm zuflüsterte, dass doch die meisten Männer nicht ihre erste Liebe heirateten, auch nicht unbedingt die zweite. Olivia hatte Faraday abgewiesen. Und Melisande hatte sich verpflichtet gefühlt, ihn zu akzeptieren.

Ihm war klar, wie lächerlich seine Gedanken waren, aber sie rasten immerzu weiter. Vielleicht hatte Faraday das Interesse an Olivia verloren, weil sie zu unbeständig, zu wenig verantwortungsvoll, eine Träumerin war. Vielleicht liebte er Melisande, weil sie sanfter war, Phantasie besaß, aber auch fähig war, die Wirklichkeit und die Fehlbarkeit der Menschen anzuerkennen. Sie war nicht nur eine schöne Frau, sie hatte auch den Mut, einen durchschnittlichen Mann zu ehelichen und mit der Zeit vielleicht sogar etwas Bedeutenderes aus ihm zu machen.

Kelsall redete immer noch, aber Runcorn hatte nicht zugehört. Er musste ihn nun bitten, alles noch einmal zu wiederholen. Er musste seine Aufmerksamkeit wieder auf das lenken, was er gut konnte, auf die Fähigkeiten, die seine Identität ausmachten.

»Sie sprachen gerade von Mr. Barclay?«, fragte er schnell.

Kelsall schüttelte leicht den Kopf. »Ich glaube, der Pfarrer beneidet ihn«, wiederholte er.

»Warum?« Runcorn fürchtete, die Antwort schon zu kennen.

Kelsall lächelte freudlos. »Seine Schwester hat sich seinem Wunsch nicht widersetzt. Er hat ihr unmissverständlich zu verstehen gegeben, was sich gehörte, was das Leben von uns fordert, wenn wir nicht untergehen wollen. Ich glaube, Barclay hätte Olivia auch überzeugen können, aber, kurz bevor sie starb, strebte er das gar nicht mehr an. Ich weiß wirklich nicht warum, sonst würde ich es Ihnen bestimmt sagen. Der Pfarrer fand jedenfalls, dass Barclay eine gute Partie wäre. Nur Mrs. Costain hat er nicht so zugesagt.« Er zuckte mit den Achseln. »Aber, soweit ich das verfolgen konnte, hatte sie auch nichts für Newbridge übrig. Der Pfarrer warf ihr vor, sie wolle gar nicht, dass Olivia heiratete, weil sie sich so gut mit ihr verstand. Aber das wäre natürlich nicht gut für Olivia gewesen. Sie sollte heiraten, Kinder und ihr eigenes Zuhause haben, wie andere auch. Und um ganz ehrlich zu sein, beim Einkommen eines Pfarrers ist es zu kostspielig, zwei Frauen ernähren zu müssen.« Er sah sehr unglücklich aus. »Angst vor der Armut ist nicht dasselbe wie Habgier, Mr. Runcorn, wirklich nicht.«

»Ja«, sagte Runcorn leise. »Ja, die Angst, arm zu sein,

ist etwas ganz Natürliches, Menschliches. Vielleicht war sich Miss Costain gar nicht bewusst, welch finanzielle Belastung Olivia für ihn darstellte.«

»Ja, ich glaube, sie war nicht sehr praktisch veranlagt«, stimmte ihm Kelsall zu. »Es dauert lange, bis ein Geistlicher so viel verdient, dass er eine Ehefrau ernähren kann, ganz zu schweigen von einer zusätzlichen Person, einer Schwester.« Er blickte zur Seite, und in seiner Stimme lagen Einsamkeit und Hohn.

»Oder einen Polizisten«, fügte Runcorn noch hinzu. »Allerdings würde die Frau eines Polizisten nicht so viel erwarten.« Auch in diesen Worten lag Hohn. Mit seinem Verdienst könnte er Melisande keinen Monat lang unterhalten und schon gar nicht ein Leben lang. Nicht nur die soziale Stellung, die Lebenserfahrung und die Ansichten trennten sie, nein in erster Linie war es das Geld und alles, was man dafür kaufen konnte, die Annehmlichkeiten, die eine Frau von Melisandes Herkunft selbstverständlich voraussetzen würde.

Kelsall nahm Runcorns Gefühle ganz genau wahr, auch den Hauch von Schmerz. Er sah ihn plötzlich mit neuem Interesse, mit sanftem Blick an. Er war taktvoll genug, nichts zu sagen.

Wie von Faraday angeordnet, stattete Runcorn ihm Bericht ab. Es war ein unangenehmes Gespräch, bei dem im Großen und Ganzen auch nichts herauskam. Nun kam er gerade aus dem Pfarrhaus und ging über den Kirchhof, als Melisande plötzlich neben ihm stand. Sie war eilig aus dem Haus gekommen und hatte nicht mal einen Mantel an. Der Wind blies ihr das Haar aus dem Gesicht und löste einige Strähnen aus den Haarnadeln. Ihre von dem dunklen zerzausten Haar umrahmten Gesichtszüge wirkten dadurch weich und unterstrichen die blasse Haut. Sie hatte Angst. Das konnte er in ihren Augen ablesen. Aber er wusste nicht, ob es Angst um sich selbst war, oder Angst vor den abscheulichen Dingen, die zu Tage gefördert würden, wenn der gewaltsame Tod den Schleier vor den Geheimnissen der Leute mit seinen Klauen zerriss.

Wie gerne hätte er sie getröstet. Nun aber stand er wortlos im Wind.

»Mr. Runcorn«, beeilte sie sich zu sagen. »Entschuldigen Sie bitte, dass ich hinter Ihnen herlaufe, aber ich wollte unbedingt mit Ihnen sprechen, ohne dass mein Bruder davon erfährt. Können wir vielleicht im Windschatten der Kirche sprechen?«

»Natürlich.« Er überlegte, ob er ihr wegen des unebenen Geländes den Arm anbieten sollte. Er hätte gerne ihren Griff gespürt, wenn auch nur durch die dicke Jacke. Er konnte sich das gut vorstellen. Wenn sie nun aber sein Angebot ablehnte? Es womöglich unverschämt fand, oder als eine unangemessene Vertraulichkeit betrachtete, weil sie ihn um Hilfe gebeten hatte? Es wäre demütigend, mehr dahinter zu vermuten. Er unterließ es also und ging steifen Schrittes in den Schutz der Kirchenmauer.

Das Schweigen schmerzte, und er fing sogleich zu sprechen an.

»Ich erfahre immer mehr über Miss Costain.« Er erzählte ihr fast alles, was Kelsall ihm gesagt hatte, nur mit gemäßigteren Worten. Er erwähnte nicht, dass Faraday Olivia ebenfalls den Hof gemacht hatte, auch wenn Melisande das vielleicht schon wusste. »Es hat den Anschein, als wollte sie keine von ihrem Bruder empfohlenen Heiratsangebote akzeptieren. Dadurch ist einiges an bösem Blut aufgekommen und auch eine gewisse finanzielle Belastung.«

»Meinen Sie Mr. Newbridge?«, fragte Melisande eilig.

Runcorn wusste nicht, was er antworten sollte. Er hatte sich ungeschickt verhalten. Er hatte versucht, sie mit einzubeziehen, und sich dabei in eine Situation gebracht, in der er entweder lügen oder zugeben musste, dass es sich auch um ihren Bruder oder ihren zukünftigen Ehemann handeln könnte.

Sie verstand viel zu schnell. Sie lächelte spöttisch. »Oder John«, fügte sie hinzu. »Es ist kein Geheimnis, dass auch er ihr den Hof machte, obwohl ich glaube, dass er kurz vor ihrem Tod ein wenig desillusioniert war. Vermutlich verlangt er von einer Frau mehr Sinn fürs Praktische, als sie besaß.« Sie wandte ihren Blick von ihm und seufzte verzweifelt. »Es tut mir leid, das ist wirklich eine dumme Umschreibung. Olivia war sehr eigen. Wenigstens hatte sie den Mut zu versuchen, ihre Träume zu leben. Die waren gar nicht so unvernünftig. Sie wollte reisen, aber dazu hätte sie Geld verdienen müssen. Natürlich sollte die Schwester eines Pfarrers eigentlich überhaupt nicht arbeiten. Was kann eine ehrbare Frau schon tun?« Ihre Stimme klang fast sehnsüchtig, so als spräche sie von sich selbst und nicht von einer Freundin, die sie nur allzu gut verstand.

»Sie hatte keine ausgeprägten Fähigkeiten und kaum konkretes Wissen über die Welt«, fuhr sie fort. »Ohne etwas Geld kann man nicht überleben. Wenn man arm auf die Welt gekommen wäre, hätte man wenigstens etwas Nützliches lernen können. Ich frage mich manchmal, ob Notwendigkeit nicht ein besserer Ansporn ist als Träume. Was meinen Sie?« Ohne Vorwarnung wandte sie sich ihm wieder zu und blickte ihn mit entschlossener Offenheit an. »Machen Sie ihre Arbeit gerne, Mr. Runcorn?«

Er wusste wirklich nicht, was er antworten sollte. Er merkte, wie sein Gesicht glühte, so als könnte sie sehen, wie ihn seine Gefühle übermannten. »Ich … nicht immer. Ich … es …« Jetzt hatte er die Gelegenheit, ihr gegenüber ehrlich zu sein. »Manchmal ist es schrecklich, schmerzvoll. Man sieht furchtbare Dinge und kann nicht helfen.«

»Ist das nicht besser, als gar nichts zu sehen?«, wollte sie wissen. »Und Sie können immerhin versuchen zu helfen!«

In der Kälte hatte er fast das Gefühl, er würde sie berühren, so lebendig war sie. Die Worte kamen leicht von seinen Lippen.

»Ja. Und manchmal gelingt mir das auch. Ich kann die Toten nicht mehr auferstehen lassen, und es ist nicht immer sinnvoll, die Schuldigen zu finden oder Gerechtigkeit auszuüben. Aber man kann eine Erklärung finden. Das richtige Verständnis sorgt zumindest dafür, dass die Unklarheit, das hilflose Gefühl aufhören, wenn man erfährt, was passiert ist und warum.«

Sie lächelte. »Sie haben Glück. Sie machen etwas, das sich lohnt. Auch wenn es Ihnen nicht immer gelingt, alles zu klären, so versuchen Sie es doch wenigstens.«

Von dieser Seite hatte er seine Arbeit noch nie betrachtet. Barclay hatte gesagt, er räume nur den Abfall von den Torheiten und den Verbrechen anderer Leute weg, so eine Art Müllabfuhr. »Sehen Sie das wirklich so?«, fragte er unsicher.

Sie schüttelte den Kopf. »Oh, hören Sie nicht auf John. Manchmal macht es ihm regelrecht Spaß, jemanden zu beleidigen. Was er nicht versteht, macht er nieder. Es ist so eine Art… Angst. Seien wir ehrlich, wir haben doch alle Angst vor etwas.«

»Was fürchtete Olivia?« Er wagte kaum zu fragen. Über wen sprachen sie eigentlich? Über Olivia oder über Melisande?

Wieder blickte sie zur Seite. »Einsamkeit«, erwiderte sie. »Versagen. Am Ende des Lebens dazustehen und zu merken, dass man nicht versucht hatte, all die leidenschaftlichen, schönen Dinge zu leben, dass man den Mut dazu einfach nicht aufgebracht hatte. Und plötzlich ist es dann zu spät…« Sie hielt inne, nicht etwa, weil ihre Gedanken hier endeten, nein, eher weil sie es nicht ertrug, sie auszusprechen.

Vielleicht hätte er sich jetzt zu der kahlen Silhouette der Kirche wenden sollen oder zu den Grabsteinen mit den gemeißelten Ornamenten, aber er tat es nicht. Ihr Schmerz erfüllte ihn. Es war nicht nur das Mitleid mit Olivia und das Dunkel, das sich vor ihr aufgetan hatte. Melisandes Gefühl war so gegenwärtig, weil sie sich selbst darin sah und die gleiche Leere fürchtete. Noch nie hatte er solchen Drang gespürt, jemanden zu berühren, wenigstens ihre kalte, ungeschützte Hand, aber er wusste, das war unmöglich. Er konnte ihr keinerlei Trost spenden, konnte ihr nur seine professionelle Hilfe anbieten. Und jetzt befürchtete er zunehmend, dass weitere Informationen über Barclay sich als schlimmer und unausweichlicher erweisen könnten, als er gedacht hatte.

Aber auch er musste der Wahrheit folgen, wo auch immer sie hinführte. Diese offene, reine Landschaft, die unendliche Weite hatten in ihm ein irritierendes Bewusstsein von seinem beschränkten Denken geweckt, von seiner Engstirnigkeit, die Monk so gehasst hatte. Plötzlich wollte er anders sein, um seiner selbst willen, nicht etwa wegen Melisandes Träumen, so süß oder hoffnungslos sie auch sein mochten. Er spürte etwas Ungeheuerliches in sich, einen Verlust, den er fühlte, aber nicht benennen konnte. Die Stille wirkte wie ein Balsam, aber in ihm sehnte sich etwas nach Erfüllung.

»Ich werde den Mörder finden«, sagte er entschlossen. »Aber es wird nicht angenehm werden. Hass wird zu Tage kommen, von dem Sie nichts ahnen, und Schwäche, die Sie zuvor nicht erblicken mussten. Ich bedauere das sehr.«

»Ich weiß.« Sie akzeptierte seine Worte. »Es wäre eine dumme, kindliche Vorstellung, dass dieses schreckliche Verbrechen aus dem Nichts gekommen, die Tat eines Wahnsinnigen gewesen wäre, die uns zufällig getroffen hätte. Die Beweggründe kommen aus dem Inneren. Danke für Ihre Ehrlichkeit.« Sie zögerte einen Augenblick, als ob sie noch etwas hinzufügen wollte, wünschte dann aber nur eine gute Nacht und verschwand mit einem kurzen Lächeln.

Runcorn machte einen Schritt in ihre Richtung und war sich nicht sicher, ob er sie wenigstens bis zum Tor des Herrenhauses begleiten sollte. Dann merkte er, wie dumm das wäre. Sie hatte ihn im Gewirr der Grabsteine aufgesucht und sich dann in den Windschatten der Kirche zurückgezogen, eben weil sie nicht gesehen werden wollte.

Er drehte sich um und machte sich auf den Weg zu Mrs. Owen, wo ihn eine warme Mahlzeit und etwas zu trinken erwarteten.

Am nächsten Morgen erstattete er Faraday wieder Bericht.

Faraday empfing ihn mit der Hoffnung, dass er endlich einen konkreten Beweis gefunden hätte, aber Runcorns Gesichtsausdruck verriet ihm, dass das nicht der Fall war.

»Sie haben mich wohl missverstanden, Runcorn«, sagte er scharf. »Wenn Sie nichts Neues erfahren haben, brauchen Sie auch nicht herzukommen.«

Runcorn nahm den frostigen Unterton wahr. Für einen

kurzen Augenblick spürte er Wut in sich hochsteigen, die er vor einem Jahr noch herausgelassen hätte. Jetzt unterdrückte er sie.

»Sir, ich habe lange mit Kelsall gesprochen, und er hat mir einiges klargemacht.«

Faraday sah ihn ungläubig und griesgrämig an, unterbrach ihn aber nicht. Sein Gesicht brachte lebhaft zum Ausdruck, was er von Runcorns Überlegungen hielt, wenn schon ein Kurat erhellend darauf einwirken konnte.

Runcorn merkte, wie er rot wurde. Ihm war bewusst, dass seine Stimme schroff klang, aber er konnte sie einfach nicht kontrollieren. »Er hatte über die Beweggründe, die zu einem Mord führen können, nachgedacht. Sie sind normalerweise ganz einfach: Habsucht, Angst, Ehrgeiz, Rache, Zorn …«

»Kommen Sie zur Sache, Runcorn. Welche neuen Erkenntnisse haben Sie? Miss Costain stellte wohl kaum für irgendjemanden eine Bedrohung dar.«

»Nicht im physischen Sinne, Sir. Aber durch ihren Ruf oder ihre Einstellungen. Sie forderte die Autorität heraus. Es bestand die Gefahr, dass Privates, Intimes, Peinliches aufgedeckt würden.«

»Oh. Sie glauben wohl, Miss Costain war in Geheimnisse eingeweiht? Sie hätte sie niemals preisgegeben. Hätten Sie sie gekannt, würden Sie nicht einmal auf so eine Idee kommen «

»Auch nicht, wenn es sich um etwas Unrechtmäßiges handelte?«

Faraday runzelte die Stirn. Plötzlich zeigte sein Blick, dass er verstanden hatte. »Wen meinen Sie? Wessen Geheimnisse konnte sie gekannt haben? Ich werde Costain fragen müssen.«

»Nein, Sir!«

»Er ist sicherlich derjenige, der am wahrscheinlichsten weiß, wer… Großer Gott!« Faraday riss die Augen weit auf. »Sie glauben doch nicht etwa…«

»Ich weiß es nicht«, unterbrach ihn Runcorn. »Das ist auch nicht die einzige Bedrohung. Da ist die Angst, gedemütigt oder lächerlich gemacht zu werden. Oder die Befürchtung, dass Unzulänglichkeiten ans Tageslicht kommen könnten.«

»Das erscheint mir reichlich abstrus«, sagte Faraday, aber seine roten Backen schienen seinen Worten zu widersprechen.

»Newbridge machte ihr den Hof, und sie wies ihn zurück«, stellte Runcorn fest. »Anscheinend John Barclay auch.«

Faraday biss sich auf die Lippen. »Halten Sie es denn für möglich, dass Barclay zu einer solchen Gewalttat fähig ist?«

»Hat sie ihn auch zurückgewiesen?«, fuhr Runcorn unbeirrt fort.

»Ja, ich glaube schon. Aber er konnte unmöglich…« Er riss erneut die Augen auf. Er hatte die Frage in Gedanken bereits beantwortet.

Runcorn bemerkte das, und in ihm stieg Wut hoch wegen Melisande. Dieser Mann würde sie heiraten, und doch war er wegen der Aufklärung eines Mordes bereit anzunehmen, dass ihr Bruder schuldig sein könnte. Oder kam ihm dieser Gedanke, weil er Barclay aus einer Zeit, als er noch mit Olivia befreundet war, besser kannte als Runcorn das tat? Oder sah er endlich einem Schmerz ins Gesicht, den er zuvor unterdrückt hatte?

»Sie kennen ihn besser als ich«, sagte Runcorn in milderem Ton. »Wie hat er auf die Zurückweisung reagiert? Hat er Olivia wirklich geliebt?«

Faraday sah bestürzt aus.

Durch Runcorns Kopf raste der Gedanke, dass die Liebe, von der er träumte, eine war, die Faraday nicht einmal in den Sinn käme. Er hatte keinerlei Verständnis für die Leidenschaft, die Sehnsucht, die Zärtlichkeit, die Seelenqualen oder die tiefe Verzweiflung. Für ihn war die Liebe eine Vereinbarung, eine Zuneigung. Runcorn ergriff eine solch unbändige Wut, dass er am liebsten Faraday in sein aalglattes, selbstgefälliges Gesicht geschlagen und seine ganzen Vorstellungen aus ihm herausgeprügelt hätte. Er wollte Blut sehen.

War das jemandem mit Olivia auch so gegangen? Allerdings hatte der Mörder ein Tranchiermesser benutzt. Warum? Konnte es womöglich eine Frau gewesen sein? Jemand, der nicht die Kraft besaß zuzuschlagen, aber dennoch aus dem Affekt handelte?

»Der Täter muss nicht unbedingt ein Mann gewesen sein«, sagte er laut. »Wem hatte Newbridge noch den Hof gemacht? Wem John Barclay? Wer hätte einen der beiden so sehr geliebt, auf eine glühende, besitzergreifende Art begehrt?«

»Eine Frau?« Faraday war sprachlos. »Aber es war doch ein solch … gewalttätiges Verbrechen!«

»Frauen können genau so brutal sein wie Männer«, erwiderte Runcorn scharf.

»Es passiert zwar weniger oft, weil die Gelegenheit fehlt oder die Erziehung vielleicht eine andere ist, aber der Zorn einer Frau ist ebenso gefährlich, und wenn er nach jahrelanger Beherrschung schließlich durchbricht, kann er sogar noch abscheulicher sein.«

»Eifersucht?« Faraday prüfte den Gedanken. Er sah Runcorn mit wachen Augen, ohne auszuweichen an. »Wegen Newbridge? Das kann ich mir nicht vorstellen. Allerdings habe ich, um ehrlich zu sein, noch nicht darüber nachgedacht. Warner soll der Sache mal nachgehen. Wegen John Barclay schon eher. Er kann sehr charmant sein, und er hat eine hohe Meinung von sich selber. Er würde eine Zurückweisung nicht auf die leichte Schulter nehmen. Weder er noch Newbridge.«

Lächelnd zuckte er mit den Achseln. »Sie war eine schwierige junge Frau, Runcorn. Das müssen Sie wissen, wenn Sie den Mord aufklären wollen. Sie war eine Träumerin, hatte keinen Sinn fürs Praktische, war egoistisch und in bestimmten Dingen sehr eigensinnig. Sie ließ es nie zu, von ihrem Bruder, einem wirklich geduldigen und was sie betraf schwer geprüftem Mann, geleitet zu werden, und ich muss leider sagen, dass seine Frau ihn nicht immer unterstützte. Da hat John Barclay schon mehr Glück, und ich wage zu behaupten, dass er vernünftiger ist, auch wenn man ihm eine gewisse Eitelkeit nicht absprechen kann.«

Runcorn spürte, wie sich der eiserne Griff um Melisande zuzog, so als beträfe es ihn selbst. In Gedanken sah er sich mit ihr im Kirchhof stehen, wie sie mit bewegter Stimme von Olivia erzählte. Er wusste, dass sie auch von sich selbst gesprochen hatte. Aber sie gehorchte der Notwendigkeit, verstand, dass sie keine Wahl hatte. Olivia hatte sich aufgelehnt. Hatten sie etwas gemeinsam? Wenn ja, was? Er konnte immer noch kein Muster erkennen, das Licht auf Schuld oder Unschuld eines Menschen warf.

»Danke«, unterbrach Faraday abrupt seine Gedanken. »Die Tatsache, dass es sich auch um eine Frau gehandelt haben könnte, würde erklären, warum Miss Costain sich zunächst nicht bedroht gefühlt hatte. Und dann haben alle, die wir befragt haben, natürlich an einen Mann gedacht.« Seine Schultern entspannten sich, und er lächelte sogar. »Danke Runcorn. Ich bin Ihnen für Ihre fachmännische Meinung dankbar und natürlich auch dafür, dass Sie sich Zeit genommen haben.«

Runcorn war unzufrieden. Er hatte Faraday gegenüber Fragen aufgeworfen und keine Antwort bekommen. Wie deutlich hatte er die Frau, die Olivia Costain gewesen war, sehen können, und inwieweit war sein Bild von ihr durch Kelsalls Gefühle ihr gegenüber gefärbt? Was spielten seine eigenen Gefühle Melisande gegenüber für eine Rolle? Er machte seine Arbeit nicht richtig. Ganz früher hatte er Monk wegen seiner Emotionen, vor allem wegen seiner Ungeduld und seines Zorns, kritisiert. Jetzt machte er sich dessen selbst schuldig. Wie Monk ihn verachten würde!

Voller Überraschung stellte er fest, dass es ihm gleichgültig war. Es war wie ein Befreiungsakt. Die Meinung anderer Leute konnte ihn wohl noch kränken, ihn aber nicht mehr aus der Bahn werfen oder zerstören.

Er könnte von anderen, die Olivia Costain nicht so nahegestanden hatten, mehr über sie erfahren, könnte sie mit klarerem Blick betrachten. Dabei würde er, natürlich ganz diskret, auch mehr über Alan Faraday in Erfahrung bringen. Wenn es wirklich um gewalttätige, schreckliche Missgunst ging, könnte das genauso gut Faraday betreffen. Das wiederum könnte bedeuten, dass Melisande sich auch in Gefahr befand.

Sollte er sie warnen? Wovor? Er hatte keine Ahnung.

Als er die sich steil hinaufwindende Straße zu dem Haus ging, in dem er hoffentlich eine objektivere Meinung über Olivia einholen konnte, merkte er, dass er nicht glaubte, dass der Mörder eine Frau war, die eifersüchtig auf Olivia war, sondern vielmehr Angst vor ihr gehabt haben könnte. Olivia stellte die bestehende Ordnung in Frage. Sie störte das feste Gefüge um sie herum, sie spottete der alten Gepflogenheiten, sie durchbrach die Regeln.

Aber wem war das so wichtig, dass er den Eindringling, die Gotteslästerin tötete? Das könnte eine Frau sein oder ein Mann mit Machtbefugnissen, mit Autorität, ausgestattet mit festen Grundsätzen. So jemand würde sich sogar noch im Recht fühlen, wenn er sie vernichtete, weil sie durch ihre Art so viel mehr zerstörte.

Costain, der Pfarrer? Faraday, der Chief Constable? Oder Newbridge, der Gutsherr, dessen Wurzeln jahrhunderteweit zurückgingen?

Runcorn erreichte das Haus und klopfte an. Die Frau, die die Türe öffnete, hatte weißes Haar und war tief über ihren Stock gebeugt, aber ihr Blick war klar, und sie konnte ihn gut verstehen.

»Miss Mendlicott?«

»Ja. Und wer sind Sie, junger Mann? Sie klingen, als ob Sie aus London kommen. Wenn Sie sich verlaufen haben, brauchen Sie mich erst gar nicht nach dem Weg zu fragen. Ich bin schon lange nicht mehr aus dem Haus gegangen und all die Straßen sind neu.«

»Ich habe mich nicht verlaufen, Miss Mendlicott«, erwiderte Runcorn. »Ich möchte mit Ihnen sprechen. Ja, Sie haben recht. Ich komme aus London. Ich bin von der dortigen Polizei, aber ich möchte mit Ihnen über den Tod von Miss Costain sprechen. Sie waren ihre Lehrerin, nicht wahr?«

»Ja, natürlich. Ich habe sie alle unterrichtet. Aber wenn ich wüsste, wer sie umgebracht hat, hätten Sie mich nicht aufzusuchen brauchen, junger Mann. Ich hätte Sie selbst hergebeten. Lassen Sie mich nicht hier in der Kälte rumstehen. Wie heißen Sie? Ich kann ja nicht immer ›junger

Mann‹ zu Ihnen sagen.« Mit zusammengekniffenen Augen sah sie zu ihm auf. »So jung sind Sie ja auch nicht mehr, oder?«

»Superintendent Runcorn, Miss Mendlicott. Danke, ich würde gerne hineinkommen.« Dass er fünfzig war, sagte er ihr nicht. Somit war er zwanzig Jahre älter als Melisande.

Sie führte ihn in ein kleines Wohnzimmer, wo gerade einmal zwei Sessel Platz hatten, aber es war angenehm warm. Auf dem Kaminsims stand ein kleiner Krug mit frischen Schlüsselblumen und einem Zweig Rosmarin. Er war immer wieder überrascht von der Insel.

Ohne Umschweife sagte er ihr, dass er gerne mehr über die Herren erfahren würde, die Olivia den Hof gemacht hatten und denen sie einen Korb gegeben hatte.

»Das arme Ding«, sagte die alte Dame traurig. »Hat sich in allem ausgekannt und dann wieder nichts gewusst. Mit vierzehn kannte sie schon alle Vögel, merkte aber nicht, dass nur wenige Menschen Vögel überhaupt anschauten. Ja, sie war blind wie ein Maulwurf.«

Runcorn versuchte ihr zu folgen. »Meinen Sie, sie war naiv?«

»Ich denke, sie sah einfach nicht, wo sie langging!«, sagte sie unwirsch. »Natürlich war sie naiv. Ihre Augen waren ja in Ordnung. Sie wollte nur nicht hinsehen.«

»Wissen Sie, ob Sir Alan Faraday ernsthaft um sie warb?«

»Gut aussehender Mann«, sagte sie und blickte an ihm vorbei in den winterlichen Garten mit den kahlen Bäumen. »Wenn ich mich recht erinnere, ein guter Cricketspieler. Jedenfalls hat mir das mal jemand gesagt. Hab ihn nie spielen sehen. Hab nie verstanden, um was es da geht.«

»Hat er Miss Costain den Hof gemacht?«, wiederholte er.

»Natürlich. Aber sie hatte nichts für ihn übrig. Netter Mann, aber langweilig. Sie hat mir damals von ihm erzählt. Jede Woche hat sie mich besucht. Hat mir Marmelade gebracht.« In ihren Augen standen Tränen, und sie ließ sie ohne Scham über die Wangen laufen.

»Sie hat mit Ihnen über Sir Alan gesprochen?«

»Hat es zu was gebracht«, sagte sie mit einem Kopfschütteln. »Ist hier aufgewachsen und ist dann aufs Festland gezogen.«

»Nach England?«

Sie blickte ihn vernichtend an. »Nach Wales, junger Mann! Natürlich nach Wales!«

Er musste unweigerlich lächeln. »Aber Olivia gab ihm einen Korb.«

»Natürlich. Sie mochte ihn schon. Netter Mensch, wenn man ihn erst einmal kennt, sagte sie immer. Ein guter Reiter, geduldig, geschickt. Muss man auch sein, wenn man mit Pferden umgeht. Ein zu fester Griff schadet dem Pferd. Liebte die Insel, die Natur. Das war wohl das Beste an ihm.«

»Aber sie lehnte sein Angebot ab?« Ihm fiel es schwer, Faraday als Teil dieser schönen weiten Insel zu akzeptieren, mit den Winden und dem endlosen Horizont. Er gehörte hierher, während Runcorn weggehen musste, zurück nach London, in den Krach und den Rauch. Aber er war froh, dass es noch eine angenehmere Seite von Faraday gab, von einem Mann, der lieben und geben konnte, der sanftmütig sein und Macht geschickt handhaben konnte.

»War er wütend, dass sie ihn zurückwies?«, hakte er nach.

Miss Mendlicott sah ihn an, als wäre er ein absichtlich begriffsstutziger Schüler. »Natürlich. Wären Sie es denn nicht? Sie bieten einer schönen, besitzlosen, jungen Frau Ihren Namen und Ihre Stellung in der Gesellschaft, Ihren Wohlstand und Ihre Treue, und sie will das alles nicht haben!«

Runcorn versuchte sich die Situation vorzustellen. Hatte Faraday sie geliebt? Jedenfalls hatte er sich, als er nach ihrem Tod von ihr gesprochen hatte, nichts anmerken lassen. Hatte er sie durch seine neue Liebe zu Melisande vergessen? Das kam Runcorn ziemlich grob vor. »Warum hatte Olivia ihn zurückgewiesen? Hatte sie jemand anderem den Vorzug gegeben?«

Miss Mendlicott lächelte. »Nichts Passables. Manchmal war sie einfach unvernünftig. Sie sah die Blumen vor sich, zählte ihre Blätter; sie kannte die Sterne mit Namen. Aber sie war eher vage, was Dinge betraf, die weiter weg waren, so als läge Nebel über der Landschaft.« Wieder füllten sich ihre Augen mit Tränen. Sie wischte sie nicht ab. Sie würde sich vor einem Mann aus London weder verbergen noch sich entschuldigen – wahrscheinlich auch vor niemandem sonst.

»Da hat es wohl einen gegeben, der nicht so passte«, schlussfolgerte er. War es womöglich doch Kelsall gewesen, ein junger Mann, der gerade für sich selbst sorgen konnte, aber nicht auch noch für eine Ehefrau?

»Ein Dichter«, erwiderte sie. »Ein Entdecker.« Sie schnaubte. »Ausgerechnet das Romantischste und Lächerlichste überhaupt. Der wollte das Land der schwarzen Sonne entdecken. So einer war das.«

»Was?« Vor lauter Schreck vergaß Runcorn jegliche Höflichkeit.

»Afrika!«, sagte die alte Dame mit vernichtendem Blick. »Diese Entdecker haben schon seltsame Vorstellungen. Gott weiß, wo die beiden gelandet wären, wenn sie mit ihm gegangen wäre.«

»Hatte sie das denn vor?« Erstaunlicherweise schmerzte ihn diese Frage, weil er sich nur zu gut vorstellen konnte, was es bedeutete, einsam und alleine zurückzubleiben. Er war immer schon praktisch veranlagt gewesen; diese ganzen Ideen und Träume waren ihm neu. Er hatte sich mit einem Leben alleine abgefunden. All seine Freundschaften, sein Handeln und seine Zeit waren in zunehmendem Maße von seiner fordernden Arbeit in Anspruch genommen. Jetzt wurde er von unerfüllbaren Träumen hin und her gerissen. Wie kam er dazu, Olivia zu kritisieren oder ihr kein Verständnis entgegenzubringen?

Die alte Dame sah ihn mit scharfem, amüsiertem Blick

an. Der Altersunterschied zwischen ihnen war so groß, dass sie ihn noch als Schüler gehabt haben könnte, und als solchen sah sie ihn womöglich jetzt.

»Sie hat sich mir nicht anvertraut«, sagte sie nur. Er wusste, dass sie so einer Antwort aus dem Wege ging. Er schloss daraus, dass Olivia den Mann und das Abenteuer geliebt hatte, dass aber einiges die Sache unmöglich gemacht hatte. Vielleicht hatte er sie auch gar nicht gefragt.

Wie also hätte der nette, ehrliche, aber durchschaubare Faraday zu ihren Träumen gepasst? Jetzt spielte das keine Rolle mehr, denn Olivia war nicht mitgegangen, und sie hatte Faraday, Newbridge und John Barclay zurückgewiesen und die Geduld ihres schwer geprüften Bruders auf die Probe gestellt.

Runcorn dankte Miss Mendlicott und verabschiedete sich.

Er ging zum Pfarrhaus zurück und traf Costain dabei an, wie er gerade die Predigt für den nächsten Sonntag vorbereitete. Er sah müde und besorgt aus, so als bräuchte er einen Hoffnungsschimmer dringender als alle anderen.

Runcorn hatte plötzlich ein schlechtes Gewissen, weil er ihn bei dieser sicher unangenehmen Aufgabe stören musste, aber solche Gefühle hatten ihn noch nie an seiner Arbeit gehindert und würden es auch jetzt nicht tun. Seine Pflicht zu erfüllen, hatte sogar etwas Beruhigendes.

»Ich weiß nicht, was ich Ihnen noch sagen kann«, sagte Costain matt. »Olivia konnte einen weiß Gott zur Verzweiflung treiben, aber ich kann mir nicht vorstellen, dass sie jemanden derart gegen sich aufgebracht hatte, dass er ihr so etwas hätte antun können. Das muss ein Verrückter gewesen sein. Ich glaube einfach nicht, dass jemand, den wir kennen, so bösartig sein könnte.«

»Manche Dinge sind immer schwer zu verstehen«, stimmte ihm Runcorn zu. »Aber jemand hat es getan. Dem können wir uns nicht verschließen.« Er durfte seine Zeit nicht damit verschwenden, Bekanntes hervorzukramen. Nichts konnte den Sachverhalt ändern oder wiedergutmachen. »Es gab da wohl einen jungen Dichter und Entdecker, den sie sehr mochte.«

Costain runzelte die Stirn. »Persival? Interessanter Mann, wusste viel, aber für eine Ehe mit Olivia kaum geeignet. Sehr gebildet. Aber das ist alles schon mindestens zwei Jahre her. Und er ging nach Afrika, oder war es Südamerika? Ich erinnere mich nicht mehr so genau.«

»Ins Land der schwarzen Sonne«, half ihm Runcorn weiter.

»Wie bitte?«, fragte Costain scharf, als befürchtete er, Runcorn würde ihn auf den Arm nehmen.

»Nach Afrika.« Runcorn wurde rot. Genau diese Art von Unbeholfenheit hatte ihm Monk immer vorgeworfen. »So ist es mir zumindest zu Ohren gekommen. Könnte ein solches Abenteuer Miss Costains Phantasie angeregt haben? Vielleicht hat sie deshalb realistische Heiratskandidaten mit Unerreichbaren verglichen?«

»Wahrscheinlich!«, Costain fuhr mit der Hand über

seine Augenbraue und strich die Haare nach hinten. »Vielleicht. Aber was hat das mit ihrem Tod zu tun? Ihre Verehrer verloren einfach die Geduld mit ihr. Soweit ich weiß, heiratet Faraday jetzt Mrs. Ewart. Newbridge war wütend, weil sie ihn zurückwies, aber das ist ja wohl kein Grund durchzudrehen. Er ist ein äußerst achtbarer Mensch. Ich kenne ihn fast schon ein Leben lang. Seine Familie lebt hier seit Generationen. Er würde sofort andere geeignete junge Damen finden. Bitte verzeihen Sie mir, wenn ich das so offen sage, Mr. Runcorn, Sie suchen nach einer großen Leidenschaft, dabei gibt es nur Ärger, Unannehmlichkeiten und im schlimmsten Fall Enttäuschung. Mir drängt sich der Gedanke auf, Sie suchen am falschen Ende.«

In seinem Innersten befürchtete Runcorn, dass Costain recht hatte. Er schenkte den Gefühlen oder eben den nicht vorhandenen Gefühlen um Olivia und deren Verlobung große Aufmerksamkeit, weil er glaubte, dass dort die Ursache solcher Gewalttat lag. Vielleicht waren ihm Emotionen auch nur deshalb so wichtig, weil er sich zum ersten Mal im Leben verliebt hatte.

Aber deswegen würde er niemals töten, schon gar nicht Melisande. Er wollte, dass sie glücklich war, dass sie geliebt würde und einen ihr würdigen Mann ehelichte, den er allerdings in Faraday nicht sah. Aber könnte er überhaupt jemanden als ihrer würdig erachten?

Er bedankte sich bei Costain und bat, seine Frau sprechen zu dürfen. Nur sehr widerwillig wurde dem stattgegeben, und nun saß Runcorn Naomi im Wohnzimmer gegenüber.

»Sind Sie der Wahrheit schon näher gekommen, Mr. Runcorn?«, wollte sie wissen, kaum dass die Türe hinter ihnen geschlossen war. Sie sprach sehr leise, als ob sie nicht wollte, dass ihr Mann hörte, was sie oder Runcorn beredeten.

»Ich bin mir nicht sicher«, erwiderte er ehrlich. »Miss Costain hatte bis zuletzt, bis es zu spät war, keine Angst vor der Person gehabt, die sie getötet hat. Daraus schließe ich, dass sie diese Person kannte, vielleicht sogar mochte. Und es handelt sich um ein sehr gewalttätiges Verbrechen, sodass tief gehende Emotionen eine Rolle spielen mussten.« Er beobachtete ihr Gesicht, sah den Schmerz, den er verursacht hatte. Er fühlte sich schuldig. Ihm war klar, dass er in der Vergangenheit oft in derselben Situation gewesen war, allerdings war ihm das weniger bewusst gewesen.

»Sie sagen, es war jemand, der sie gut kannte und der sie hasste.« Naomi blickte in den winterlich kahlen Garten mit dem Wirrwarr an Zweigen und Ästen, die sich gegen den Himmel abzeichneten. »Sie hat merkwürdige Gefühle in einem hervorgerufen, manchmal eine Beklommenheit oder Traurigkeit darüber, das Unerreichbare nicht haben zu können. Sie gab sich nicht damit zufrieden, wie alle anderen zu sein, aber ist das eine Sünde?« Sie wandte sich ihm zu und suchte eine Antwort in seinen Augen. »Sie erinnerte uns an die Möglichkeiten, die anzustreben uns der

Mut fehlte. Wir haben zu viel Angst vor dem Scheitern. Tötet man deshalb?«

»Man kann töten, wenn die eigene Sicherheit bedroht ist«, sagte Runcorn, von seinen eigenen Worten überrascht. »Ist sie diesbezüglich jemandem zu nahe gekommen, Mrs. Costain?«

Sie ging auf die andere Seite des Fensters. »Nein, wirklich nicht. Es war dumm von mir, so etwas zu sagen. Es tut mir leid. Ich weiß nicht einmal, was sie an einem Winterabend zu dieser Stunde draußen gemacht hat. Sie muss sich mit jemandem gestritten haben.«

»Worüber? Wen hätte sie im Kirchhof treffen können? Diese Person kam mit einem Messer, als hätte sie schon etwas Böses geplant.«

Sie zuckte zusammen und hielt schaudernd ihre Arme um den Körper geschlungen. »Ich weiß es wirklich nicht.«

Er hatte das bestimmte Gefühl, dass sie log. Nichts Eindeutiges – die angespannten Schultern, ein leicht veränderter Tonfall. Schützte sie ihren Mann? Oder gar sich selbst? Lag die Bedrohung, die Olivia darstellte, näher im eigenen Zuhause als er vermutet hatte? Hatte Olivia in einem Moment der Verzweiflung ihren Bruder zwingen wollen, sie ihr ganzes Leben lang zu unterstützen? Hatte er die endlosen, belastenden Ausgaben als unerträglich empfunden? War seine auf die Probe gestellte Selbstkontrolle zerbrochen? Hatte er diesen furchtbaren Ausweg ergriffen? Dies alles würde zu all dem, was sie bereits wussten, zu den Tatsachen passen.

Aber welches Geheimnis hatte Olivia das Leben gekostet? Was verbarg sich in diesem ruhigen, traurigen, sehr konventionellem Haus?

»Ich glaube, Sie wissen schon etwas, Mrs. Costain. Sie kannten Ihre Schwägerin wie kein anderer. Sie mochten und verstanden sie. Sie wussten auch über die Unkosten Bescheid, die entstanden, weil sie nicht heiraten wollte, weil sie ein Angebot nach dem anderen ablehnte, ohne dafür einen Grund zu nennen. Es sei denn, Sie kannten ihn?«

Sie drehte sich um und starrte ihn mit wütendem Blick und zusammengepressten Lippen an. »Wenn ich wüsste, wer Olivia getötet hat, würde ich es Ihnen sagen. Ich weiß es aber nicht. Auch weiß ich nichts, was Ihnen weiterhelfen könnte. Ich habe zugegeben, dass sie eine schwierige Person war, die häufig auf Unverständnis stieß. Ich kann Ihnen nichts Neues mitteilen. Bitte verschwenden Sie mit Ihren Fragen nicht Ihre oder auch meine Zeit. Auf Wiedersehen, Mr. Runcorn. Das Mädchen wird Sie hinausbegleiten.«

»Wie können Sie es wagen, solch haarsträubende Gefühllosigkeit an den Tag zu legen«, warf Faraday Runcorn vor, nachdem dieser am Abend ins Herrenhaus zitiert worden war. Sie standen in der Bibliothek. Die Gaslampen brannten, und im Kamin prasselte und zischte das lodernde Feuer.

»Sie werden Mrs. Costain mit diesem Thema nicht mehr behelligen«, fuhr Faraday fort. »Falls nötig werde ich mit ihr reden. Können Sie sich denn gar nicht vorstellen, was die Arme empfindet?« Sein Gesicht war rot, angespannt vor Besorgnis, und vielleicht verspürte er auch eine leichte Panik, weil sich sein Scheitern immer deutlicher abzeichnete. Sie wussten jetzt auch nicht mehr als an dem Morgen, an dem Olivia tot aufgefunden wurde. Alle Fährten hatten in eine Sackgasse geführt. Runcorn befand sich außerhalb seines Zuständigkeitsbereichs; er würde also nicht verantwortlich gemacht werden, wenn der Mord an Olivia nicht aufgeklärt würde. Von ihm wurde ohnehin nicht viel erwartet.

»Mrs. Costain lügt«, sagte er laut. »Sie weiß etwas, das die Ursache für die rasende Wut, die diesem Mord zugrunde liegt, gewesen sein könnte.«

»Großer Gott!«, explodierte Faraday. »Hoffentlich haben Sie ihr das nicht gesagt!« Er schloss die Augen. »Doch! Sie haben es getan! Leugnen Sie es nicht. Ich seh's in Ihrem Gesicht. Sie Trampel!« Plötzlich brach es mit rauer Stimme aus ihm heraus. »So können Sie sich auf der Straße und im Puff benehmen, wo Sie normalerweise im Einsatz sind! Aber hier haben Sie es mit ehrlichen Leuten zu tun, mit Landadel, achtbaren Bürgern mit christlichen Werten. Runcorn, der Mann ist Pfarrer! Haben Sie denn kein …?« Er atmete tief durch und stieß einen Seufzer aus. »Nein, wohl nicht. Es ist einzig und allein mein Fehler, dass ich Sie überhaupt zur Tür hereingelassen habe.«

Runcorn fühlte sich, als ob das Feuer im Kamin ihn verbrannte. Er hatte sich unbeholfen benommen, ihm hatten wieder einmal die Umgangsformen eines so sprachgewandten Menschen wie Monk gefehlt. Er, Runcorn, hatte seinen Rang durch geduldiges Bemühen erworben, durch Entschlossenheit, Ehrgeiz und manchmal auch durch Verständnis dafür, wie die Armen und von Angst Gepeinigten Vergeltung übten. Er hatte immer Wort gehalten, die Leute vertrauten ihm, aber er war kein Gentleman, hatte nie einer werden können.

»Ich habe ihr nicht gesagt, dass sie lügt«, sagte er leise. »Ich sagte nur, dass ich glaube, sie verschweigt etwas Wichtiges. Sie beschwert sich nur deshalb so sehr, weil es stimmt.«

»Machen Sie es nicht noch schlimmer!«, bat ihn Faraday. »Mensch, Sie sind wie ein Elefant im Porzellanladen. Hören Sie doch auf damit. Nur Gott weiß, wer Olivia Costain ermordet hat. Auf Ihre Art werden wir bestimmt nichts herausfinden.« Seine Stimme war ruppig, ablehnend. Er wirkte stark, wie er so mit seinem perfekten Maßjackett neben dem Feuer stand. Sicher war es aus bestem Tweed, von lässiger Eleganz, die zeigte, dass er es nicht nötig hatte, Eindruck zu schinden.

Aber genau das müsste er jetzt tun. Die ganze Insel schaute auf ihn und wartete darauf, dass er die schwere Last der Angst von den Bewohnern nahm und ihnen sagte, dass alles vorbei wäre und Gerechtigkeit ausgeübt würde. Er aber hatte keine Ahnung, wie er das anfangen sollte – da war sich Runcorn sicher, auch wenn es die anderen noch nicht wussten.

Verdrießlich stellte Runcorn fest, dass Faraday ihm leid tat. Von gewöhnlichen Menschen wurde nicht viel erwartet. Man würde ihnen Fehler nachsehen. Dafür zahlte man einen Preis, aber sie gehörten einfach zum Leben dazu. In Faradays privilegierter Stellung jedoch konnten Misserfolge Menschen lähmen. Er könnte damit nicht umgehen. Er war einfach nicht gegen die Enttäuschung oder die Schande einer Niederlage gewappnet. Vielleicht hatte man sein ganzes Leben lang von ihm erwartet, bestimmte Anforderungen zu erfüllen, erfolgreich zu sein, Schmerzen und Verluste klaglos hinzunehmen.

Dachte er womöglich, Melisande würde ihn nur lieben können, wenn er makellos wäre? War diese Vorstellung die Konsequenz aus seiner Liebe zu Olivia? Oder war sie eng mit seinem Leben, seiner Erziehung verbunden, war sie von seinem Vater und dessen Vater übernommen? Dachte er denn, dass jemand, der ihm nahestand, wie zum Beispiel eine Ehefrau, seine Schwächen und Stärken ausnützen, ihn manipulieren, ihn sogar lächerlich machen könnte?

Niemand kann immer recht haben. Jeder macht Fehler, hat Stellen, an denen er sehr verwundbar ist. Immer Leid und Niederlagen aus dem Weg zu gehen, hieße ein Feigling zu sein. Die Tapferen, diejenigen, die das Leben wagen, werden geliebt. Runcorn hatte sogar erlebt, dass Frauen einen Menschen, der Schuld eingestehen musste, inniger und leidenschaftlicher liebten als das Opfer. Lieben heißt beschützen, umsorgen, brauchen und gebraucht werden.

Warum wusste Runcorn das und Faraday nicht?

Das Schweigen dauerte nun schon eine Weile, ohne dass Runcorn versucht hätte, sich zu verteidigen. »Dann nehmen Sie sich die Costains lieber selber vor, Sir«, sagte er schließlich. »Es gibt einiges, was Mrs. Costain weiß, mir aber nicht sagen will.«

»Unsinn«, erwiderte Faraday. »Vielen Dank für Ihre Hilfe, auch wenn sie sich als nutzlos erwiesen hat. Sie können Anglesey jederzeit verlassen. Auf Wiedersehen.«

Runcorn hatte die Auffahrt und das Tor hinter sich gelassen und war schon auf der Straße, als ihn Melisande einholte.

»Mr. Runcorn!«

Er drehte sich um. Sie standen vor der Hecke und konnten vom Haus aus nicht gesehen werden. Vielleicht würde er sie nicht mehr oft sehen, jedenfalls nicht mehr alleine. Er blieb stehen und sah sie an, versuchte, sich die Linie ihrer Augenbrauen, ihre Wangen, ihrer Lippen, die Farbe und die Helligkeit ihrer Augen einzuprägen, sodass sie für immer in seinem Gedächtnis blieben.

»Ich habe gehört, dass Alan Sie fortgeschickt hat«, sagte sie besorgt. »Er merkt nicht, wie laut seine Stimme ist. Bitte, hören Sie nicht auf ihn. Er befürchtet, dass keiner von uns den Mord aufklären und ihm die Schuld dafür gegeben wird. Er nimmt seine Verantwortung sehr ernst.«

»Er möchte nicht, dass ich bleibe«, betonte er.

»Ist das so wichtig? Er braucht Sie; wir alle brauchen Sie. Jemand hat Olivia getötet, und wir können da nicht wegschauen, so als wäre ihr Tod von irgendwelchen Naturgewalten und nicht von einem von uns verursacht worden. Bis wir die Wahrheit kennen, werden wir uns gegenseitig verdächtigen.«

»Wissen Sie etwas über den Abenteurer, den sie vor ungefähr zwei Jahren kennenlernte? Liebte sie ihn vielleicht?«

Melisande dachte eine Weile darüber nach. »Mir hat sie nie von ihm erzählt. Warum sollte sie auch? Wir unterhielten uns oft. Ich habe sie von Anfang an gemocht, aber wir sprachen eher über Bücher, Ideen, Orte als über Bekannte. Wir redeten nie über Männer.«

Runcorn kam noch ein finsterer Gedanke in den Sinn, aber so etwas Ungehöriges konnte er Melisande gegenüber nicht erwähnen, umso weniger als es eine Freundin von ihr betraf. Er spürte, wie es ihm heiß wurde. Obwohl er den Gedanken von sich schob, konnte er ihn nicht ganz loslassen.

»Glauben Sie, es hat etwas mit Mr. Costain zu tun? Haben Sie deshalb so offen mit Naomi gesprochen?« Sie versuchte, ihm die Antwort vom Gesicht abzulesen, vielleicht zu erraten, was er nicht sagen wollte.

»Ich glaube, Mrs. Costain könnte versuchen, beide, ihren Ehemann und Olivia, zu schützen«, erwiderte Runcorn und begab sich damit auf den schmalen Grat zwischen Wahrheit und Lüge. Wenn Olivia zu den wenigen Frauen gehörte, die dem eigenen Geschlecht den Vorzug gab, wäre das ein sehr verständlicher Grund, nicht heiraten zu wollen. Gleichzeitig wäre es unmöglich, ihre Neigung einzugestehen.

Wenn es aber jemand herausbekommen hätte? Jeder Mann würde sich auf unerträgliche Weise betrogen fühlen, wenn er wegen einer anderen Frau zurückgewiesen würde. Es würde seinem Selbstbewusstsein den Todesstoß versetzen. Wenn es dann noch jemand herausfände, wäre das katastrophal. Hatte sie sich deshalb mit John gestritten?

»Oh«, sagte Melisande sanft. »Sie brauchen mich nicht mit Samthandschuhen anzufassen. Ich bin mir durchaus bewusst, dass solche Dinge passieren, bei Frauen und bei Männern. Aber ich hatte keine Ahnung, dass es bei ihr so war.«

Runcorn schoss das Blut heiß ins Gesicht, und er kam sich lächerlich vor. Wenn Faraday, ganz zu schweigen von Barclay, wüsste, dass er in Melisandes Gegenwart einen solchen Gedanken auch nur gehegt hatte, nein, ihn sogar mit ihr diskutiert hatte, wäre er mehr als entsetzt.

Sie musste lächeln. Ihre Augen sprühten regelrecht vor Belustigung. »Ich mochte Olivia. Ich fühlte mich in ihrer Gegenwart wohl, und um ehrlich zu sein, auch frei und gelassen. Und das passiert mir nicht häufig. Wenn ich die Art ihres Todes verkraften kann, die ganze Brutalität und die Leidenschaft, die dazu führte, dann kann ich sicherlich auch eine kleine menschliche Schwäche ertragen, ohne wegzuschauen und nur an mich zu denken. Sie hat Besseres verdient. Glauben Sie nicht auch, dass moralische Abneigung eine ziemlich billige Ausflucht wäre?«

Er sah sie an, und für einen Augenblick kam sie ihm durch das Mitgefühl und die Ehrlichkeit in ihrem Gesicht unendlich schön vor. Faraday mit seiner schwerfälligen Vorstellungskraft und seinen vereinfachten Urteilen war ein Trottel, ihrer absolut unwürdig.

Wusste sie, dass er Olivia auch den Hof gemacht hatte? Sollte er es ihr sagen? Oder wäre das nur ein übler und schrecklich offensichtlicher Versuch, ihr Glück zu zerstören, weil er jeden beneidete, der mit ihr zusammen sein konnte oder sie gar heiraten durfte? Oder aber wäre es das einzig Ehrliche, weil Faraday etwas mit Olivias Tod zu tun gehabt haben könnte?

Er wusste es nicht. Er konnte nur weitere Erkundigungen über Faraday einziehen und dann erst entscheiden, was er sagen könnte. Es müsste die Wahrheit sein, und es müsste gerecht sein. Es ging ausschließlich um Melisande und nicht darum, ob sie Runcorn für seine Arbeit schätzte, und schon gar nicht darum, ob Faraday ihn mochte oder nicht.

Ihm war immer noch heiß. Er versuchte sie anzulächeln. »Ich finde nicht gerne Schwächen bei Menschen, auch nicht, wenn das der Lösung eines Falles dient, aber ich kann es mir nicht leisten, sie zu ignorieren oder mir einzureden, dass es sie gar nicht gibt. Mir wäre es lieber gewesen, ich hätte Sie schonen können.«

»Danke, Mr. Runcorn«, erwiderte sie. »Ich will nicht vor dem Leben geschützt werden. Ich glaube, wir würden dadurch viel Gutes verpassen, und das Schlechte käme ohnehin auf uns zu, zumindest das Gefühl der Leere. Ich würde lieber hin und wieder etwas Unverträgliches essen, als bei Tisch vor Hunger zu sterben, weil ich vor dem Probieren Angst hätte. Bitte, finden Sie heraus, was Olivia wirklich zugestoßen ist.«

Bevor er antworten und sein Versprechen wiederholen konnte, war sie schon weggegangen.

Ihm blieb jetzt nichts anderes übrig, als sich Faradays Leben und seinen Charakter genauer anzusehen. Er fing da an, wo Miss Mendlicott aufgehört hatte: Er konnte mit den herkömmlichen Methoden Faradays Zeit an der Universität von Cambridge beleuchten, wo er mit mittelmäßigem Erfolg einen Abschluss in Geschichte errang, es aber nicht nötig gehabt hatte, seinen Lebensunterhalt damit zu verdienen. Ein oder zwei Jahre lang war er in Europa herumgereist, hatte die üblichen Orte aufgesucht und war dann zur Armee gegangen. Aber er war nicht in Venedig oder auf Capri gewesen. Er war nicht bis Athen gekommen, worüber Runcorn viel gelesen hatte und an seiner Stelle die Chance ergriffen hätte, die Stadt zu besichtigen. Er hatte nicht das schöne Barcelona besucht, das nach Hannibal Barca benannt war, der noch vor der Zeit Julius Caesars die Alpen mit Elefanten überquert hatte, um Rom anzugreifen. Diese Geschichte kannte Runcorn noch aus seiner Schulzeit. Sie hatte seine Phantasie beflügelt, und er würde sich immer an sie erinnern.

Runcorn ging aus der Bibliothek in Bangor hinaus in

den Wind, der vom Meer blies. In seinem Kopf schwirrte alles. Er war in eine andere Welt eingetaucht, hatte gemerkt, dass die Privilegien von Rang und Geld auch nicht die Verlockungen kaufen konnten, die er erwartet hatte. Wenn Faraday überhaupt Träume hatte, handelte es sich dabei jedenfalls nicht um schöne, berühmte Stätten, die den Geist der Vergangenheit ausströmten. Seine Träume schienen aus der hohen Meinung anderer Leute zu bestehen, vielleicht aus einer Familienzugehörigkeit und dem Willen, alles, was er von seinen Vorfahren geerbt hatte, an die nächste Generation weiterzugeben.

Auf dem Weg zum Bahnhof spürte Runcorn eine merkwürdige, traurige Nähe zu ihm. Faraday war Anfang vierzig und strebte nach nichts anderem als Sicherheit, einem Leben in Frieden und danach, dass die Dinge so blieben wie sie waren.

Runcorn nahm den Zug nach Caernarfon und stellte dort weitere Nachforschungen an. Aus langjähriger Erfahrung wusste er, wie man diskret vorging. Er tat so, als frage er etwas anderes, als er wissen wollte. Alles, was er über Faraday erfuhr, bestätigte, dass er ein achtbarer, aber umständlicher Mensch war, jemand mit Vorlieben und Abneigungen, aber ohne Leidenschaften.

Mit einem Schlag erinnerte er sich daran, dass Monk genau dasselbe über ihn, Runcorn, gesagt hatte: Er sei halbherzig, ihm fehle der Antrieb oder der Mut, seine Hand nach mehr auszustrecken, als er sicher erreichen konnte; er sei ein Mensch, der nie Grenzen überschritt oder sich auf ungewisses Gelände begab, wenn die Brücken hinter ihm zusammenbrachen. Für diese Eigenschaften hatte ihn Monk verachtet.

Verachtete er Faraday jetzt genau so? Merkwürdigerweise nicht. Er tat ihm leid. Runcorn kam sich vor, als schaute er in einen verzerrten Spiegel. Er sah jemanden, der Züge von ihm besaß, der gefangen war in den Erwartungen anderer, der Angst davor hatte, dass seine eigenen Visionen nicht akzeptiert würden, der nicht neugierig auf Neues war.

Könnte das Gesicht einer Frau ihn wirklich so tief berühren, dass er das bequeme Leben aufgäbe und für alle Ewigkeit unerfüllbaren Träumen nachhinge? Warum liebte Faraday Melisande nur halbherzig? Warum nicht so absurd und hoffnungslos wie Runcorn?

Am nächsten Tag blieb er in Beaumaris und hörte sich weiter um. Er schien seine Zeit mit Dorftratsch und belanglosen Gesprächen über die Vergangenheit zu vertrödeln.

Er gab vor, sich für Häuser zu interessieren und erfand einen Bruder, der erfolgreich im Handel tätig war. Auf diese Weise erfuhr er mehr über Newbridge, weil sich sein Haus am Hang, auf der anderen Seite des Tals, in Sichtweite zu einem Objekt befand, das er besichtigte.

»Im Sommer kann man es nicht so gut sehen«, sagte der junge Mann, der ihn begleitete.

»Ja, verstehe«, stimmte ihm Runcorn zu. »Sieht sehr herrschaftlich aus. Wird das vielleicht auch verkauft, Mr. Jenkins?«

»Oh, nein, Sir. Das gehört Mr. Newbridge. Alter Familienbesitz.«

»Hat wohl eine große Familie, oder?«, fragte Runcorn unschuldig. »Ich stell mir vor, dass es ein idealer Platz für Kinder ist.«

»Nein, er ist noch nicht verheiratet«, erwiderte Jenkins.

»Sicher aber verlobt?«

»Nicht, dass ich wüsste.« Jenkins wollte unbedingt etwas verkaufen. »Er hat der Schwester des Pfarrers den Hof gemacht. Sie wissen schon, die arme junge Frau, die umgebracht wurde.«

Runcorn blickte ihn skeptisch an. »Glauben Sie, Mr. Newbridge würde verkaufen, wenn er ein entsprechendes Angebot bekäme?«

»Kaum, Sir. Geld ist nicht alles.«

»Ziemlich viel Grund zu bewirtschaften für einen alleinstehenden Mann und auch nicht in so gutem Zustand.« Runcorn blickte über das Tal. Der Wind blies ihm ins Gesicht. »Das bringt sicher Ärger, wenn ein Fremder alteingesessenen Besitz kauft.«

»Ja, bestimmt«, erwiderte Jenkins ehrlich. »Die Newsbridges leben seit dem Bürgerkrieg hier. Eine schwere Aufgabe, das alles zu erhalten, und dann noch der letzte männliche Nachkomme der Familie zu sein. Aber er wird sicher bald eine passende Frau finden, und seine Söhne werden dann weitermachen.«

Runcorn war plötzlich zutiefst erschrocken über diese schwere Verantwortung: die Notwendigkeit zu heiraten, die Bürde der Erwartung. Die Leute sahen nicht gleichgültig zu, was er machte. Sie beobachteten ihn und wollten, dass er Söhne zeugte, um den Anforderungen der Zukunft gerecht zu werden.

War das womöglich ein Grund dafür, dass er so schlecht auf Barclay zu sprechen war und dass er Olivias Zurückweisung mit Wut und Enttäuschung aufgenommen hatte? Hatte sie ihm etwas gesagt, was es ihm weiter erschweren würde, eine Frau zu finden, die bereit und fähig dazu war, seine ungeheuere Verantwortung mitzutragen? Newbridge besaß keinen Titel, kein vererbtes Amt, nicht einmal großen Reichtum. Er hatte nur einen Namen und den Grundbesitz, an den er durch die Familientradition gefesselt war. Versuchte er mit anderen Männern zu konkurrieren, die seiner Ansicht nach mehr zu bieten hatten, mehr Charme und ein größeres Erbe besaßen, mehr Aussichten auf ein zukünftiges Amt hatten?

All das würde ihn zu einem leichten Opfer für Barclays Grausamkeit machen.

»Ich glaube, ich warte erst einmal ab, bis ich mit meinem Bruder gesprochen habe. Vielen Dank«, sagte Runcorn zu Jenkins. »Ich werde Ihnen Bescheid geben.«

Am Abend ließ Faraday Runcorn kommen. Er sah müde und enttäuscht aus. Obwohl er Runcorn bestellt hatte, ging er auf dem Teppich vor dem Feuer auf und ab und schien nur widerwillig ansprechen zu wollen, um was es ging.

Sie unterhielten sich über Belanglosigkeiten. Der Regen

schlug an die Fenster, und der Wind nahm stetig zu, heulte vom rauschenden Atlantik her.

Runcorn wurde langsam ungeduldig. »Wenn Sie etwas Neues erfahren haben, Sir, und ich Ihnen von Nutzen sein kann, sagen Sie bitte, um was es geht.«

Faraday zuckte wegen Runcorns ungehobelter Bemerkung zusammen, und Runcorn kam sich sofort linkisch vor. Er stellte sich vor, dass er etwas entsetzlich Scheußliches getan und das auch noch zu spät gemerkt hätte, sodass Melisande sich für ihn schämen würde. Natürlich war das absurd. Vielleicht wäre sie empört, aber um sich für ihn zu schämen, müsste ihr etwas an ihm liegen, müsste sie sich mit dem, der im Unrecht war, irgendwie verwandt fühlen.

Faraday ging immer noch hin und her, ganz in seinem eigenen Unvermögen versunken.

»Sie meinten, Miss Costain könnte etwas über ihre eigene Familie herausgefunden haben, ein Geheimnis, das beschämend, eine Schande wäre«, begann er. »Und dass sie drohte, es offenzulegen, falls ihr Bruder ihr nicht mehr Freiheit gäbe.«

Runcorn gefiel diese Vorstellung überhaupt nicht, aber dadurch wurde sie nicht weniger abscheulich. Er befürchtete, dass diese Vermutung stimmte, und ihm kam Naomis ausdruckstarkes, müdes Gesicht in den Sinn. »Ich hielt das für unwahrscheinlich, aber nicht für unmöglich«, gab er zu.

Schweren Herzens sagte Faraday: »Ich weiß Ihre Professionalität zu schätzen, und ich bin froh, dass mir die Erfahrungen, die dazu geführt haben, erspart geblieben sind.«

Trotz des offenen Feuers war es Runcorn kalt.

»Sie haben erkannt, dass die Tat aus großem Hass heraus begangen wurde«, fuhr Faraday fort. »Ich dachte immer, dass dies bei jedem Mord der Fall wäre, aber Sie haben mir den Unterschied aufgezeigt. Auch dafür sollte ich Ihnen dankbar sein, aber ich weiß nicht, ob ich es wirklich bin.«

»Haben Sie etwas Neues in Erfahrung gebracht?«, wollte Runcorn wissen. Seine Stimme verriet, wie erregt er war. »Sie haben mich doch nicht bei diesem Wetter herbestellt, um mir dafür zu danken, dass ich Ihnen einen Aspekt Ihrer Arbeit nahegebracht habe, den Sie mit großer Sicherheit nie mehr brauchen werden.«

Faradays Wangen färbten sich langsam rot. »Doch. Aber ich werde noch mehr lernen müssen. Mrs. Costain verheimlicht etwas, dessen sie sich sehr schämt, oder wenn nicht, zumindest schreckliche Angst hat, dass es bekannt werden könnte. Costains Schwester ist wie ein Tier abgeschlachtet worden. Jetzt sieht es so aus, als ob seine Frau eine Ehebrecherin sein könnte und von einem anderen Mann das Kind erwartet, das sie ihrem Mann nicht schenken konnte.« Die Stimme versagte ihm beinahe, so aufgewühlt war er. Eine Weile konnte er nichts sagen. Er konnte seine zusammengeballten Hände nicht ruhig halten. Die Knöchel waren schon weiß.

Runcorn merkte, wie auch ihn Beklommenheit ergriff. War es Olivias Freiheitsbedürfnis gewesen, das sie dazu gebracht hatte, Naomi gegenüberzutreten, oder wollte sie ihren Bruder verteidigen? Ein Mord wird nie ohne eigene Qualen begangen, aber in diesem Fall schien das noch stärker als sonst der Fall zu sein. Es wäre ihm lieber gewesen, wenn er nichts erfahren hätte, aber er war ja kein Feigling, zumindest nicht, was die Realität seiner Arbeit betraf. In einem solchen Augenblick waren seine eigenen Schwächen unwichtig.

Faraday starrte ihn immer noch an.

»Was ist passiert«, wollte Runcorn jetzt wissen.

Faradays Stimme war nur ein Flüstern, am Ende wurde sie immer leiser. »Das Baby ist tot. Es sieht so aus, als ob sie es getötet hat.«

Runcorn war fassungslos, als wäre er mit dem Kopf an die Wand gelaufen, und ihm wurde vor Schmerz ganz schwindlig. Naomi Costain mit ihrem eigenartigen, kräftigem Gesicht und ein spät geborenes, außereheliches Kind, das sie eigenhändig umgebracht hatte. Warum nur? Um den Ehebruch zu verschleiern? Ein naheliegender Gedanke. Vielleicht war das Kind auch missgebildet, anormal? Er blinzelte. Sein Hals zog sich plötzlich zu und fühlte sich rau an. Einem hilflosen Säugling das Leben zu rauben! Konnte man das jemals vergessen? Oder sollte ihm Leid erspart werden? Oder hatte sie sich nur selbst vor der Demütigung gerettet? Und war dann das Opfer einer Erpressung von Olivia geworden?

»Ich kann da nichts unternehmen«, wandte er ein. »Hier muss die hiesige Polizei tätig werden.« Er sagte das nicht aus Feigheit, war aber dennoch erleichtert, dass er hier keine Machtbefugnisse hatte.

»Darum werde ich mich kümmern«, sagte Faraday mit heiserer Stimme. »Bitte, Runcorn, diese Leute gehören zu meinen Freunden, sie sind meine Nachbarn. Ich weiß wirklich nicht, wie ich mich bei diesem Verbrechen verhalten soll.«

Runcorn war drauf und dran Faraday daran zu erinnern, dass er es ja war, der diese tragische Wahrheit herausgefunden hatte, während Runcorn sie nicht einmal geahnt hatte. Olivia hätte es schon eher getan haben können, aber doch nicht Naomi! Er hatte lange mit Naomi gesprochen und nichts Derartiges vermutet, keine unerfüllte Sehnsucht erkannt, die Ehrgefühl und Treuepflichten vernichtet hätten. Er hatte nicht gemerkt, dass der Verlust ihres einzigen Kindes, das so brutal sterben musste, sie quälte. Seine professionellen Fähigkeiten, auf die er sich immer hatte verlassen können, hatten jämmerlich versagt.

Es war Faraday, dessen profundes Urteil er hasste, der die Antwort gefunden hatte. Faraday, der Melisande heiraten würde.

Ihretwillen sollte er jetzt eigentlich dankbar sein, dass Faraday kein Dummkopf war, wie Runcorn ursprünglich gedacht hatte. Das sollte ihn trösten, als er den Hang hinabging, der Wind stärker wurde und Schneeflocken in der Dunkelheit tanzten.

In der Nacht ging Runcorn all das, was er erfahren hatte, im Kopf herum, und er empfand immer mehr sein eigenes Scheitern. Er war als Fremder nach Anglesey gekommen. Er liebte diese Ruhe hier, die nur durch den Wind und das Echo der sich am Ufer brechenden Wellen unterbrochen war. Die Leute auf der Insel sprachen langsamer, mit einem singenden Tonfall. Jetzt aber wusste er, er hatte sich nur eingebildet, sie zu verstehen. Er hätte sich nicht mehr täuschen können, sowohl in Olivia, die nicht davor zurückgeschreckt war, ihre eigene Familie zu erpressen, als auch in Naomi, die er für stark gehalten, die aber ihren Ehemann betrogen, dann ihr Kind und schließlich Olivia getötet hatte. Seine professionelle Kompetenz, die einzige Fähigkeit, die er zu besitzen glaubte, hatte ihn verlassen.

Wie hatte Faraday die Erpressung herausgefunden? Hatte Naomi sie zugegeben? So viele unbeantwortete Fragen, so viele falsche Eindrücke. Damit würde sich Runcorn nicht zufriedengeben.

Gleich nach dem Frühstück machte er sich in der eisigen Kälte auf den Weg. Weiße Streifen Neuschnee leuchteten auf der Windseite des unebenen Bodens. Weit in der Ferne strahlte das schneebedeckte Snowdonia-Bergmassiv.

Im Pfarrhaus wurde er sofort eingelassen, und Naomi kam ins Frühstückszimmer, wo man ihn gebeten hatte, zu warten. Er erhob sich, als sie die Tür hinter sich schloss, und bat ihn, wieder Platz zu nehmen.

»Guten Morgen, Mr. Runcorn«, sagte sie ernst.

Er bemühte sich, seiner Miene und seiner Stimme nicht

anmerken zu lassen, wie bewegt er war. Er wirkte unnatürlich steif, aber so war es nun mal. Ein überwältigendes Gefühl der Einsamkeit und der Niederlage raubte ihm beinahe den Atem.

»Guten Morgen, Mrs. Costain.« Was konnte er ihr schon sagen, das nicht absurd klang? Anscheinend hatte Faraday noch nicht mit ihr gesprochen. Ihr war nicht klar, dass sie praktisch am Ende war. Sie würde innerhalb von wenigen Monaten gehängt werden. Eine grauenhafte Vorstellung, die die gegenwärtige Realität in Frage stellte.

»Was kann ich für Sie tun? Ich kann Ihnen nichts weiter mitteilen.« Ihre ausdruckslose, höfliche, nicht gerade friedvolle Miene wirkte weniger schmerzgepeinigt als zuvor, so als ob sie sich langsam mit der Situation abgefunden hätte. Verdrängte sie ihre Tat, oder war sie nur eine hervorragende Schauspielerin?

»Miss Costain hatte meines Wissens drei Verehrer, Madam: Vor einiger Zeit war es Faraday, dann Mr. Newbridge und erst vor Kurzem Mr. Barclay. Sie wies alle zurück. Hätten Sie sich einen für sie vorstellen können?«

»Nein«, sagte Naomi ohne zu überlegen. »Ich wünschte ihr wirklich keine Heirat ohne Liebe. Einfach nur Zuneigung hätte Olivia nie gereicht. Mit einem guten, aber nicht sehr interessanten Mann wie Alan Faraday wäre sie nur unglücklich gewesen. Es hätte sie beide nicht glücklich gemacht, weil er sein Unvermögen, es ihr recht zu machen, erkannt hätte. Er wäre sowohl verwirrt als auch verletzt gewesen. Sie war nicht klug genug, das zu verstecken.

Melisande Ewart ist sanfter, in sich reifer. Sie wird das Unvermeidliche wahrscheinlich annehmen, und wenn sie Tränen der Verzweiflung hat, wird sie diese zu verbergen wissen. Ich glaube, sie ist auch liebenswürdiger als Olivia. Sie wird Alans beste Seiten zum Vorschein bringen, und er wird nie erfahren, dass das ihr Werk war, und sie wird es ihm nie sagen.«

Runcorn ergriff ein Gefühl des Verlustes, wie wenn sein Körper in die Dunkelheit verbannt worden wäre, weit weg von Licht, Feuer und dem Lachen der Menschen. Er war so benommen, dass er nichts erwidern konnte.

»Soweit ich weiß, ist Newbridge ein guter Mensch«, fuhr sie ernsthaft fort, fast so als spräche sie mit sich selber. »Aber ich kann nicht sagen, dass ich ihn mag. Mein Mann hat mich deswegen gerügt, aber, wie dem auch sei, wollte ich nicht, dass Olivia ihn heiratet, wenn es nicht auch ihr Wunsch war. Er will viele Kinder, um wieder eine Familie aufzubauen. Ich weiß nicht, ob Olivia da die geeignete Frau für ihn gewesen wäre. Wenn man jemanden liebt, ist es ein Vergnügen, ein Privileg, ihn zu unterstützen, aber wenn nicht, dann ist es wie eine Gefangenschaft, eine lebenslange Verleugnung seiner selbst.«

In seiner Vorstellung sah Runcorn die Frau in Grün, die mit hoch erhobenem Haupt an ihm vorbeigegangen war, und er war froh, dass sie diesem Schicksal entronnen war. Dann erst realisierte er, was er da dachte und wer diese Vision verursacht hatte, und er war über sich selbst empört. Was war nur mit seinem Instinkt geschehen?

»Und was John Barclay angeht«, fuhr Naomi fort, »so hat Olivia ihn nicht abgewiesen. Er war es, der Olivia ablehnte, plötzlich und sehr geradeheraus.« Schmerz lag in ihrer Stimme, aber nicht der Zorn, den Runcorn erwartet hätte. Es war, wie wenn eine alte Wunde wieder aufgebrochen wäre, nicht wie das Entsetzen über eine neue. Wieder spürte er die Gewissheit, dass diese Frau ihm, vielleicht sogar allen anderen auch, etwas Wichtiges über Olivia verschwieg.

»Hatte sie Mr. Barclay schon gekannt, bevor er ihr den Hof machte?«, fragte er mit plötzlicher Dringlichkeit.

Eine Sekunde lang blitzte Zorn in ihren Augen auf. »Nein«, sagte sie ohne zu zögern. »Warum fragen Sie?«

»Es kommt mir … brutal vor, wenn nicht sie es gewesen war, die ihm einen Korb gegeben hat.«

»Ja«, stimmte sie ihm mit verzogenen Mundwinkeln zu. »Aber ich finde, John Barclay ist kein liebenswürdiger Mensch. Er liebte Olivia nicht, er begehrte sie, wie ein Sammler einen schönen und seltenen Schmetterling begehrt, um ihn zu besitzen, nicht um seiner Freiheit willen. Er würde sich damit zufriedengeben, den Schmetterling aufzuspießen und die Farben für immer einzufangen.«

Runcorn erinnerte sich an Olivias blutverschmierte Leiche am Grab und dachte einen Augenblick lang, dass er sich übergeben müsste.

»Es tut mir leid«, sagte Naomi leise. »Das war nicht nett von mir. Entschuldigen Sie bitte. Vielleicht habe ich meinen Schmerz nicht so gut im Griff wie ich dachte. Bitte verzeihen Sie mir.«

Faraday musste sich irren. Es musste noch eine andere Erklärung geben. Vielleicht wollte er auch Melisande vor der Tatsache schützen, dass ihr Bruder ein grausamer und manipulierender Mensch war. Aber Runcorn wusste, dass man das nicht tun durfte. Egal, wie sehr man liebte, das Böse zu vertuschen suchte und die Unschuldigen in dem Verdacht der Schuld ließ, diesen Weg konnte er nicht einschlagen. Dieser Weg würde am Ende nicht zum Licht führen.

»Danke, Mrs. Costain«, sagte er sanft. »Zorn ist wie ein Messer: Es kann gefährlich sein und außer Kontrolle geraten, aber manchmal braucht man es, um herauszuschneiden, was herausgeschnitten werden muss.«

Erstaunt riss sie die Augen auf. »Sind Sie noch mit dem Fall betraut, Mr. Runcorn? Ich dachte, Sie hätten ihn aufgegeben. Ich bin froh, dass ich mich geirrt habe.« Über ihrem Gesicht lag immer noch ein Schatten; die Lüge, an der sie festhielt, brach durch die Ehrlichkeit durch.

»Ja, ich arbeite noch daran«, sagte er in der Gewissheit, dass wenigstens das wahr war.

Nur äußerst ungern zog Runcorn Erkundigungen ein über das, was Barclay die letzten Tage vor Olivias Tod getan hatte. In seinem Berufsleben hatte er gelernt, wie man diskret vorging. Es war nicht schwer, herauszufinden, dass Barclay, was Olivia anging, große Neugier an den Tag gelegt hatte. Er hatte ihr den Hof gemacht, wie sein Rivale Newbridge auch. Es war also nur natürlich, dass er möglichst viel über Olivia wissen wollte.

Es wurde zunehmend deutlich, dass er eigentlich Naomis Spuren gefolgt war. Er zeigte außergewöhnliches Interesse an ihren Reisen, an ihren Ausgaben.

Runcorn schwirrte der Kopf. Was hatte Barclay zu finden versucht? Er hatte sich über Naomi erkundigt, hatte nach Uhrzeit und Daten gefragt und nach ihrem Verhalten. Er hatte ein Hotel, ein Krankenhaus, eine Kirche, einen Arzt mit einer kleinen, teuren Praxis aufgesucht. Unter einem Vorwand besuchte nun auch Runcorn diesen Arzt und fand einen gut aussehenden Mann Mitte fünfzig vor, der äußerst höflich, aber ausgesprochen unkommunikativ war.

Hatte Faraday womöglich doch recht? Ein außereheliches Kind würde genau zu diesen Tatsachen passen. Olivia hatte Naomi später auch begleitet.

Warum? War Naomi verzweifelt, vielleicht schwanger und hilfsbedürftig gewesen? Olivia hatte der einzigen Person auf der Welt vertraut, der sie nicht hätte vertrauen dürfen.

Aber wie konnte es sein, dass ihr Mann nichts davon wusste? Hatten sie sich so weit voneinander entfernt, dass dies möglich war? Welch eisiger Frost oder welch Sturm herrschte in diesen Tagen im Pfarrhaus?

Das alles passierte einige Zeit, nachdem Olivia Zuflucht in der Freundschaft mit dem Dichter und Entdecker gesucht und sich danach gesehnt hatte, mit ihm nach Afrika – oder wohin auch immer er wollte – zu gehen. War sie zurückgeblieben, weil es für eine Frau unmöglich war, in solche Länder der Welt zu reisen? Oder hatte er sie einfach nicht gefragt? Oder aber war sie aus Pflichtgefühl geblieben, um sich um ihre Schwägerin, die sich in einer verzweifelten Lage befand, zu kümmern oder wenigstens um das Leben des Kindes?

Und dann hatte Naomi das Kind doch getötet.

Runcorn fragte sich, wie es kam, dass er nichts von alledem in ihren Gesichtern hatte sehen können. Oder sah er die ganze Sache aus einer falschen Perspektive? Die Liebesaffäre hatte Olivia, nicht Naomi gehabt. Das Kind hatte Olivia gehört, und Naomi hatte sie beschützt und schützte auch jetzt noch, nach ihrem Tod, ihren Ruf.

Was war mit dem Kind geschehen? Wäre es nicht eine weit größere Sünde, ein lebendiges Kind zu töten, als abtreiben zu lassen? Eine Abtreibung brachte die Mutter in Gefahr, aber das tat die Geburt auch.

Er drehte sich um und machte sich, den Wind im Gesicht, zu dem Doktor auf. Ein Messingschild sagte ihm, dass er Medway hieß. Rundcorn klopfte trotz der späten Stunde an die Tür. Wenn er den letzten Zug von Bangor verpasste und die Nacht auf dem Festland verbringen musste, spielte das jetzt auch keine Rolle.

»Ja, Mr. Runcorn?«, fragte der Doktor neugierig, nachdem Runcorn hineingebeten und angekündigt worden war.

Runcorn hatte schon einen Plan. »Ich muss Ihnen eine Geschichte erzählen. Es ist wichtig, dass Sie gut zuhören. Ich werde Verständnis dafür haben, wenn Sie sich dazu nicht äußern können, aber Sie kennen die Wahrheit, und vielleicht entscheiden Sie sich dafür, dass auch ich die Wahrheit erfahren muss.«

Der Arzt lächelte. »In dem Fall kommen Sie doch bitte mit.«

Runcorn ließ sich das nicht zweimal sagen. Bei einem ausgezeichneten Abendessen am Kamin erzählte er Dr. Medway von Olivias Tod, was er daraus geschlossen hatte und was gesagt oder vage angedeutet worden war.

»Ich verstehe«, sagte Medway schließlich. Seine Stimme trug die Last des tragischen Geschehens und drückte seinen unmittelbaren Ärger aus. »Mr. Runcorn, Sie werden verstehen, dass ich Vertrauen nicht missbrauchen darf.«

»Ja, natürlich.«

Medway war ganz blass im Gesicht. »Das Kind starb kurz nach der Geburt. Es war eins der erschütterndsten Erlebnisse in meinem Leben als Arzt. Ich tat mein Bestes, um den Jungen zu retten, aber es gelang mir nicht, ich glaube, niemand hätte das geschafft. Keiner hatte Schuld, am wenigsten aber die Mutter.«

Runcorn stellte sich Olivia vor, wie sie um das Baby, für dessen Leben sie so viel auf sich genommen hatte, trauerte. Vielleicht war Percival der Mann gewesen, den sie wahrhaftig geliebt hatte. Sie hatte darauf verzichtet, mit ihm zu gehen, um das Kind auf die Welt zu bringen, und doch war es gestorben. Oder vielleicht war Percival ihrer nicht würdig gewesen, hatte sie nicht wirklich geliebt. Womöglich war es nur ein kurzes Aufflammen gewesen. Runcorn war sein erster Gedanke lieber.

Gott sei Dank war ihr Naomi beigestanden. Und auch jetzt schützte sie noch die Erinnerung an sie, auch wenn engstirnige und gehässige Leute wie John Barclay ihr nur zu gerne schaden wollten.

Natürlich! Das war der Grund, weshalb er sich mit ihr gestritten und theatralisch mit ihr gebrochen hatte! Hasste er sie nun? Sie hatte ihn in gewisser Weise enttäuscht, hatte ihm Hoffnung gemacht. Hätte sie es ihm je gesagt? Hätte er es nicht herausgefunden, wäre sie dann seine Frau geworden? Sicher nicht. Aber konnte er ihr vertrauen, oder hätte er aus Überheblichkeit gedacht, sie wolle ihm eine Falle stellen?

Hatte Newbridge davon gewusst? Hatte er deswegen das Interesse an ihr verloren? Nichts deutete darauf hin, dass er eine Vermutung hatte. Runcorn hatte bei seinen Nachforschungen über Naomi nichts über ihn gehört. Wenn er Bescheid wusste, konnte Barclay es ihm vielleicht gesagt haben? Wenn ja, warum? Er hätte abwarten können, bis Newbridge sie heiratet und ihn dann informieren. Das wäre die perfekte Rache gewesen.

Aber Rache an wem? Newbridge! Es war ja Olivia, die Barclay enttäuscht hatte. Runcorn wusste genug über den Landadel, um zu verstehen, dass durch einen Racheakt Barclay selbst eine gewisse Ächtung erfahren hätte. Newbridges gesellschaftliche Stellung hätte darunter gelitten, zumindest hier in Anglesey. Die Leute hätten darüber geredet. Faraday, der bald Barclays Schwager wäre, hätte es als Verrat empfunden.

Wenn Barclay es Newbridge vorher sagen würde, könnte man das als einen Freundschaftsdienst betrachten.

Was hätte Melisande davon gehalten? Runcorn war sich da nicht sicher. Er sah Barclays Verhalten als einen grausamen, abstoßenden Akt. Aber Runcorn hatte in Olivia so viel von Melisande gesehen: die gleiche Einsamkeit, die gleichen unerfüllbaren Träume, die gleiche Sehnsucht nach mehr als nur die tägliche Fügung in die Erwartungen derjenigen, die sie liebten, beschützten und einsperrten, ohne es selber zu merken.

Vielleicht war auch er derjenige, der nicht wirklich verstand. Er verwechselte Romantisches mit der Wirklichkeit.

Und er konnte immer noch nicht beweisen, wer Olivia aus Hass erstochen hatte, weil er an der Nase herumgeführt worden war, wer sie im Glauben gelassen hatte, sie weiterhin zu begehren, obwohl sie ihn verschmähte. War es Barclay oder Newbridge? Runcorn hatte schreckliche Angst, dass es Barclay war. Diese Offenbarung würde Melisande unerträgliches Leid zufügen. Vielleicht wäre sogar die Heirat mit Faraday, oder jedem anderen, der sie glücklich machen und beschützen konnte, in Frage gestellt.

Wie nur konnte er Barclays Unschuld beweisen, ohne Olivias Ruf zu ruinieren und ohne die Leute, die sie geliebt hatten, für immer zu verletzen? Selbst wenn Barclay des Mordes nicht schuldig war, würde immer noch seine abstoßende, egoistische Grausamkeit ans Tageslicht kommen.

Er würde noch einmal alle Einzelheiten über Barclay

prüfen. Vielleicht konnte er beweisen, dass Barclay das Messer nicht aus der Küche entfernen und Olivia auf den Friedhof folgen konnte. Oder aber, dass er, als er zurückkam, die Kleider nicht wechseln und sie verschwinden lassen konnte, ohne dass es jemand gemerkt hätte. Vielleicht wäre es sogar möglich nachzuweisen, dass keine Kleidungsstücke fehlten. Ein langer, ermüdender Prozess lag vor ihm, aber Melisande zuliebe würde er ihn auf sich nehmen.

Runcorn brauchte zwei unerfreuliche Tage, um festzustellen, dass Barclay genug erfahren hatte, um sich den Rest der Geschichte zusammenreimen zu können. Erwiesenermaßen hatte er mit Newbridge ein Gespräch unter vier Augen gehabt, kurz bevor dieser einen schrecklichen Wutanfall bekommen hatte, kreideweiß geworden war und die Leute um ihn herum gar nicht wahrgenommen hatte. Das war zwei Tage vor Olivias Tod gewesen.

Mit jeder neuen Information fühlte sich Runcorn elender. Es sah so aus, als ob Barclay Olivia getötet haben konnte und vorsichtig den Anschein erwecken wollte, Newbridge wäre der Täter gewesen.

Am Abend des zweiten Tages traf er sich mit Faraday.

Faraday war wütend und beschämt, sein Gesicht war rot, und das nicht nur wegen der Wärme im Raum, sondern vor allem wegen seiner heftigen Emotionen.

»Sie haben über John Barclay Nachforschungen angestellt«, sagte er unmittelbar, nachdem Runcorn die Tür zugemacht hatte. »Wenn Sie das unbedingt tun mussten, konnten Sie dann, Herrgott noch mal, nicht wenigstens etwas diskreter vorgehen? Ich habe Ihnen ja schon gesagt, dass Mrs. Costain etwas verschweigt; auch hatte ich keineswegs von Ihnen erwartet, dass Sie Barclay hinterherschnüffeln und ihn gar verdächtigen, mit der Sache etwas zu tun zu haben! Er ist zu der Zeit gar nicht auf Anglesey gewesen! Was denken Sie sich da eigentlich?«

Runcorn war überrascht. Hatte er sich wirklich so ungeschickt verhalten, dass Barclay schon wusste, dass man ihm nachstellte? Anscheinend. Oder handelte es sich um Befürchtungen eines Schuldigen, der sich nach seinem Verfolger umschaute?

Das einzig Ehrliche war jetzt, Faraday zu berichten, was er alles in Erfahrung gebracht hatte.

Als er damit fertig war, starrte ihn Faraday nur an. Alle Farbe war aus seinem Gesicht gewichen. »Sind Sie sich ganz sicher, Runcorn?«

»Ja, was ich Ihnen erzählt habe, entspricht den Tatsachen. Ich weiß nur noch nicht, wie ich sie deuten soll.«

»Es bedeutet, dass Olivia deswegen getötet wurde«, sagte Faraday schroff.

Runcorn hatte sich immer noch nicht hingesetzt. Er war traurig, und ihm war kalt, weil Faraday, vielleicht ohne es zu merken, zwischen ihm und dem Feuer stand. »Ja, aber von wem? Von Barclay oder von Newbridge?«

»Finden Sie es heraus«, befahl ihm Faraday. »Aber seien Sie um Himmels willen diesmal diskreter.«

Am nächsten Morgen machte sich Runcorn schon früh an die Arbeit. Als er das Haus verließ, war der Boden noch hart vom Frost, und über das Gras hatte sich Raureif gelegt. Trotz der Kälte wartete Melisande am Ende der Straße auf ihn. Sie hatte sich fest in ihren Mantel gehüllt, sodass er sie zunächst kaum erkannte. Man konnte nur ihre Silhouette sehen, und ihr Gesicht war geschützt. Sie schien aufs Meer hinauszuschauen. Als sie seine Stiefel auf dem Eis knirschen hörte, drehte sie sich um.

»Guten Morgen, Mr. Runcorn.« Selbst aus diesen paar Worten konnte man hören, dass Angst in ihrer Stimme lag.

Wieder spürte er, wie ihn seine Gefühle aufwühlten, ja noch stärker als zuvor. Er hätte alles gegeben, um sie vor dem, was nun kommen musste, zu schützen, aber mit der Wahrheit durfte man nicht spielen.

»Guten Morgen, Mrs. Ewart.« Absurd, sie zu fragen, ob sie auf ihn gewartet hatte. Es konnte keinen anderen Grund für ihr Verweilen in dieser Kälte geben. Er blickte in ihre vor Schrecken aufgerissenen dunklen Augen.

Sie redete nicht um den heißen Brei herum. Sie zitterte vor Kälte. »Alan sagte mir, er habe herausgefunden, warum John aufhörte, Olivia den Hof zu machen. Ich denke, er hat es Ihnen auch mitgeteilt.« Es war nicht einmal eine Frage, aber in ihren Worten lag die Enttäuschung wie ein dumpfer Schmerz.

Er war kurz in Versuchung, ihr zu sagen, dass nicht Faraday, sondern er die Wahrheit herausgefunden hatte, aber er wollte ihr dies erst mitteilen, wenn er bewiesen hatte, dass nicht Barclay, sondern Newbridge Olivia umgebracht hatte. Er holte tief Luft, um ihr alles zu erklären, und ihm wurde klar, wie ungeheuer wichtig das auch für ihn war. Er wollte nicht nur ihr Herz erleichtern, sondern auch seines, weil sie wohl annahm, er hätte sie im Stich gelassen. Er wollte, dass sie Gutes über ihn dachte. All das – bloße Eitelkeit und vor allem sein eigenes Begehren.

Das war der ganze Grund, aus dem sich Faraday Runcorns Erkenntnisse als sein eigenes Verdienst angerechnet hatte. Er wollte vor Melisande klüger dastehen, als er war.

Runcorn holte tief Luft und schluckte. »Ja, es war ihr Kind. Es starb unmittelbar nach der Geburt, deshalb brauchte sie auch niemandem etwas zu sagen. Vielleicht war auch der Verlust leichter zu ertragen, wenn die Leute nicht darüber sprächen.«

Melisandes Augen waren voller Tränen. Sie versuchte etwas zu sagen, konnte es aber nicht. Ihr Mitleid mit Olivia war so stark, dass es sogar die Angst um Barclay erstickte. Eine Weile standen sie im zunehmenden Morgenlicht in der Kälte und waren von der gleichen schmerzlichen Trauer überschattet. Der Reif auf den Gräsern funkelte in der Sonne wie Diamanten. In der Ferne lag ruhig das Meer, wie Seide, nur gekräuselt von Strömungen oder durch eine leichte Brise.

»Ich wünschte, ich hätte es gewusst«, sagte Melisande nach einer Weile. »Ich hätte ihr zumindest sagen können, dass es meine Gefühle ihr gegenüber nicht beeinträchtigte. Wie schrecklich einsam muss sie sich gefühlt haben.«

»Sie war nicht alleine«, sagte er sanft. »Naomi war immer bei ihr.«

Sie wandte sich ihm zu. In ihren Augen blitzte Hoffnung auf. »Wirklich? Bitte sagen Sie es nicht nur, um mich zu trösten. Bitte, sagen Sie mir immer die Wahrheit. Mir ist es sehr wichtig, dass jemand da ist, der mir nichts verschweigt, egal, wie gut er es meint.«

»Ich lüge Sie nicht an«, versprach er voreilig. Er hätte ihr alles versprochen. »Naomi ist ihr immer beigestanden.«

Sie lächelte traurig. Für ihn war sie schöner als das Strahlen der Sonne.

»Danke«, sagte sie ernst. »Ich muss gehen, damit man sich nicht wundert, warum der Morgenspaziergang so lange dauert. Bitte … bitte machen Sie weiter mit Ihren Nachforschungen. Jetzt ist es zu spät, um etwas zu verbergen.«

Ohne auf seine Antwort zu warten, ging sie schnellen Schrittes den Hang hinauf zum Herrenhaus.

Runcorn machte sich sogleich an die Arbeit. Er verabscheute Barclay und hasste ihn für das, was er Olivia und anscheinend auch Newbridge angetan hatte, aber er wollte unbedingt beweisen, dass Barclay dem Gesetz nach nicht für den Mord verantwortlich war. Moralisch gesehen wäre er schuldig, aber das war eine andere Sache, und dafür gab es keine Rechtsmittel.

Runcorn kannte ja das Datum der Geburt – es ging nur darum, neun Monate zurückzurechnen. Er war sich bereits sicher, dass Costain nichts von dem Kind wusste. Sein Bemühen, Olivia zuerst mit Faraday, dann mit Newbridge und schließlich mit Barclay zu verheiraten, bedeutete, dass er entweder von dem Kind und dessen Tod nichts ahnte, oder aber dass er unglaublich gefühllos war. Runcorn nahm das Erstere an.

Dennoch sollte er Naomi fragen.

Sie empfing ihn in ihrem Zimmer im Pfarrhaus, einem ruhigen Raum im Erdgeschoss, voller Gartenhandschuhe und Gartenscheren, Kordeln, Gummistiefeln und Körben für Schnittblumen und Zweige. In einer Glasschale arrangierte sie gerade Stechpalmenzweige mit Beeren wie Blut und immergrünen Zweigen einer Pflanze, deren Namen er nicht kannte. In der Schale leuchteten auch andere Beeren, dunkelrot wie Wein, und sorgfältig platzierte lila Zwiebeln sowie schwarze und rote Winterfrüchte.

Er bewunderte sie aufrichtig. Das Gesteck strahlte eine satte Wärme aus, als wolle es in dieser dunklen Jahreszeit Fülle und Hoffnung verkünden.

Um ihr und auch sich keine Zeit zu stehlen, kam er direkt zur Sache. »Mrs. Costain, wissen Sie, wer der Vater des Kindes war?«

»Ja«, erwiderte sie einfach. »Aber es war niemand, den Sie kennen, und mir liegt wirklich nichts daran, seine Gefühle zu erschüttern oder seinen Ruf zu zerstören. Es hat also keinen Zweck, weiter auf einer Antwort zu beharren. Er hat nie erfahren, dass sie ein Kind in sich trug, und er ist viel zu weit weg, um mit ihrem Tod etwas zu tun zu haben.«

»Ich vermute, es war Percival«, schlussfolgerte er. »Ich war mir fast sicher, dass es nicht Newbridge war, aber ich wollte jeglichen Zweifel ausschließen.«

»Newbridge?« Sie sah überrascht, ja fast belustigt aus. »Du lieber Himmel, nein! Was hat Sie denn zu dieser Vermutung veranlasst?«

»Sind Sie sich da ganz sicher?«, hakte er nach.

»Absolut«, sagte sie bewegt. »Aber wenn Sie daran zweifeln, können Sie sich selbst vergewissern. Er war damals in England – ich glaube in Wiltshire. Auf jeden Fall war er Meilen weg von hier. Er hielt sich bei seiner Schwester auf und, ich glaube, er war mit dem Ankauf von Rindern beschäftigt. Zu der Zeit interessierte ihn das Wachstum seiner Viehbestände mehr als eine Frau. Er trägt eine große Verantwortung, aber, um die Wahrheit zu sagen, er tut sich hart damit.«

»Was für ein Mensch war Percival?« In Runcorns Kopf nahm ein anderer Gedanke Form an.

Sie lächelte, als sie die letzte goldene Zwiebel in die Schale legte. Jetzt war das Arrangement mit Licht und Schatten vollständig.

Voller Bewunderung sagte er: »Ich wäre nie auf die Idee gekommen, Zwiebeln so zu verwenden.«

»Man nimmt, was man hat, und Zwiebeln halten sich sehr gut. Nun, was war Percival für ein Mensch? Er war lustig, steckte voller Phantasie und Ideen. Man konnte gleichzeitig darüber lachen und weinen. Er sah nicht besonders gut aus, hatte aber einzigartige Gesichtszüge, und wenn er lächelte, leuchteten seine Augen und gaben einem das Gefühl, man könne alles ertragen, solange er einem seine Zuneigung schenkte.«

»Hat er Olivia gemocht?« Er wollte bestimmt nicht hören, dass es nicht so war; in seinem eigenen Herzen konnte er ihren Schmerz zutiefst nachempfinden. Aber auch wenn er sie nicht geliebt haben sollte, musste Runcorn das wissen.

Naomi blickte zur Seite. »Oh ja, ich glaube genauso wie sie ihn. Aber er war jung und mittellos und voller Träume. Es würde Jahre dauern, bis er sich – wenn überhaupt – eine Ehe leisten könnte. Auch eignete er sich nicht für eine Frau mit Olivias Hintergrund. Meinem Bruder schwebte etwas Besseres für sie vor als ein Wandervogel ohne einen Pfennig Vermögen. Meine Schwiegermutter war eine Lady«, fügte sie hinzu. »Sehr wenig Geld, aber Vorfahren, die man bis in die Normannenzeit zurückverfolgen kann.« Sie seufzte. »Es ist irgendwie absurd, wenn man bedenkt, dass wir alle auf Eva zurückgehen, sonst wären wir gar nicht auf der Welt. Auch wenn wir das nicht zurückverfolgen können. Für mich hat es keinerlei Bedeutung, wer meine Vorfahren sind, nur wer ich bin, interessiert mich, weil ich dazu etwas tun kann. Für mich ist es lange nicht so wichtig, ob ich auf sie stolz bin oder nicht. Was für mich zählt, ist, ob sie stolz auf mich wären.«

Runcorn sah sie erstaunt an.

Ruhig erwiderte sie seinen Blick. »Wollen Sie wissen, ob Olivia ihn hätte heiraten können oder geheiratet hätte?

Ja, sie hätte ihn geheiratet, aber er war vernünftig genug, sie erst gar nicht zu fragen. Newbridge fragte sie, und sie hat ihn abgewiesen. Ich hoffe, auf freundliche Art und Weise.«

Jetzt war es heraus, so eindeutig wie es nur sein konnte. Newbridge hatte ihr alles, was er besaß, angeboten, und sie hatte abgelehnt. Und John Barclay hatte ihm erzählt, dass sie sich mit einem Entdecker eingelassen hatte, der weder Boden noch Familie besaß, und dass sie bereit gewesen sei, sein uneheliches Kind zu tragen. Das musste für Newbridge der blanke Hohn gewesen sein, nicht nur, was seine Liebe, sondern auch was seine Herkunft, seine Werte und seine Männlichkeit betraf. Runcorn brauchte jetzt nur noch herauszufinden, was Newbridge in der Mordnacht genau gemacht hatte. Vielleicht würde er sogar das Messer finden oder nachweisen können, wo es fehlte, oder er würde aufklären, welche Kleidung er getragen und danach wahrscheinlich vernichtet hatte.

Die Machtbefugnisse dazu besaß Faraday. Runcorn dankte Naomi und ging in den eisigen Tag hinaus. Die kalte Luft stach auf seiner Haut, und der eisige Wind drang durch die Falten seines Schals.

Faraday leitete die Untersuchungen, und, wie Runcorn schon vermutet hatte, fand er die letzten Beweisstücke. Das Messer war in einer der Scheunen versteckt. Es bedurfte einiger Mühe, aber es wurden Blutspuren gefunden, und Trimby bestätigte, dass die Klinge mit den Wunden übereinstimmte. Was ihn noch mehr belastete, war, dass sie die Asche der Kleidungsstücke fanden, die er in der Nacht getragen hatte. Zwar war nicht genug übrig, um sie genau zu identifizieren, aber der Anzug war nicht mehr da, und Newbridge konnte sein Fehlen nicht erklären. Vielleicht wollte er behaupten, dass er ihn jemandem geschenkt habe, aber niemand hätte das bestätigen können. So schrecklich und qualvoll es war, die Wahrheit war eindeutig.

Newbridge wurde festgenommen und in eine Zelle in Bangor gebracht. Den wartenden Journalisten und der Öffentlichkeit teilte Faraday kurz und würdevoll mit, dass der Fall abgeschlossen sei und nun die Gerechtigkeit ihren Lauf nähme. Die Wahrheit würde bei Zeiten im Laufe der Gerichtsverhandlung dargelegt werden. Im Augenblick sei der Fall geklärt. Er sprach für Olivia und ihre Familie und für alle Bewohner Angleseys, als er daran erinnerte, dass am nächsten Tag Heiligabend war. Er bat darum, das Geschehene für diese Zeit zu vergessen, sich auf Weihnachten zu besinnen und dem Herrn für die Geburt Christi zu danken, für die Hoffnung auf Vergebung und Erlösung auf der Welt.

Runcorn stand in der Menge und merkte, wie Dankbarkeit in ihm aufstieg, weil der Fall gelöst war und Gerechtigkeit und Sühne kommen würden. Die Bewunderung für Faraday lag in der Luft, man brachte ihm neuen Respekt entgegen: nicht nur für sein Amt, auch für seine Person, für die Geduld und das Geschick, die er bewiesen hatte. Sie glaubten ihm. Bei Gott, diesen schrecklichen Fall, den schrecklichsten, den Anglesey jemals erlebt hatte, würden sie niemals vergessen.

Faraday erwähnte Runcorn nicht ein einziges Mal, und selbstverständlich wurde die Tatsache, dass es ja eigentlich Runcorn gewesen war, der den Fall aufgeklärt hatte, nicht erwähnt.

Runcorn entfernte sich von den Leuten und ging auf das weite Meer zu. Durch die tief stehende Sonne im Westen sah der riesige Brückenbogen wie ein schwarzer Scherenschnitt am Himmel aus, der sich, glutrot vom Sonnenuntergang, über dem Wasser bot.

Er würde jetzt abreisen. Er hatte, so gut er konnte, dafür gesorgt, dass Melisande sicher war. Barclay war oberflächlich und manipulierend, ein Mann von angeborener Grausamkeit, aber Faraday würde sie vor dem Gröbsten bewahren. Mehr konnte er nicht erhoffen. Faraday müsste sich zumindest jetzt nicht mehr beweisen. Er hatte die Gewissheit, erfolgreich gewesen zu sein, und selbst Barclay würde sich mit Einwänden zurückhalten. Ihm blieb praktisch nichts anderes übrig, als der Heirat zuzustimmen.

Der Wind brannte ihm in den Augen, und er blinzelte heftig. Er weigerte sich zuzugeben, auch vor sich selber, dass er Tränen in den Augen hatte. Aber gleichzeitig lächelte er. Er war es gewesen, der den Fall gelöst hatte, er hatte Olivia Gerechtigkeit widerfahren lassen, und er hatte Melisande eine gewisse Sicherheit gegeben. Sie würde nie erfahren, dass Faraday nicht immer so anständig und bescheiden gewesen war, wie er die Leute hatte glauben lassen.

Runcorn hatte immer nur die zweite Geige gespielt, aber er hatte zum ersten Mal in seinem Leben die schönere Melodie zu spielen gehabt. Diese weite, reine Insel und das Meer mit dem Licht, dem Horizont, der weiter als die Träume war – all das hatte einen besseren Menschen aus ihm gemacht. Dafür brauchte er bei niemandem Bestätigung zu suchen. Das Gefühl würde er mitnehmen. Es war ein besseres Weihnachtsgeschenk als Reichtum und Festessen, als die frohlockenden Klänge der Glocken.

»Mr. Runcorn.«

Er drehte sich langsam um. Melisande stand hinter ihm am Kai. Der Wind spielte in ihrem Haar, und das Licht des Sonnenuntergangs lag auf ihrem Gesicht. Er schluckte. All seine Entschlossenheit war in der Sekunde, in der er ihr in die Augen sah, wie weggeblasen.

»Danke«, sagte sie leise. Ihre Wangen glühten stärker, als das Meer das Rot der Sonne reflektieren konnte. »Ich weiß, dass Sie es waren, der herausgefunden hat, wer Olivia tötete, und warum. Und ich kenne meinen Bruder gut genug, zu erraten, welche Rolle er dabei gespielt hat. Ich glaube schon lange nicht mehr, dass er ein guter Mensch ist, aber ich bin Ihnen dankbar, dass Sie versucht haben, mich vor der Erkenntnis zu schützen, wie grausam er wirklich ist.«

Runcorn wusste immer noch nicht, was er sagen sollte. Er wollte ihr sagen, dass er sie liebte, sie immer lieben würde, und dass er jeden Preis für ihr Glück zu zahlen bereit war, auch wenn es seinen Stolz und seinen Ehrgeiz kosten würde. Aber das würde sie nur verlegen machen und das schmale Band ihrer Freundschaft, das um sein Herz geschlungen war, zerreißen.

»Sie waren es, der Alan alle Beweisstücke geliefert hat, habe ich recht?«

Er antwortete nicht. Es war die letzte Versuchung, und er würde ihr nicht erliegen. Nur einen kurzen Augenblick dachte er, er würde schwach werden. Er lächelte sie an. »Er wird einen guten Polizisten abgeben.«

»Ich hoffe es«, stimmte sie ihm zu. »Ich glaube, das ist ihm sehr wichtig. Aber er wird nicht an Sie heranreichen, weil es wahrscheinlich keinen Fall wie diesen mehr geben wird.« Sie holte tief Luft und ließ den Atem langsam ausströmen. »Und er ist auch kein so guter Mensch wie Sie. Die Wahrheit bedeutet ihm wenig, und er sucht sie auch nicht um ihrer selbst willen.«

Er spürte, wie seine Wangen glühten. Diesen Augenblick würde er nie in seinem ganzen Leben vergessen. Von nun an, für immer, würde er danach streben, der Mensch zu sein, der er ihren Worten nach für sie war. Er wollte ihr sagen, welch großes Geschenk sie ihm gemacht hatte, dass das Feuer dieses Geschenks in ihm brannte und jeden Winkel seines Inneren erleuchtete, jeden Wunsch und jeden Gedanken. Aber er fand einfach keine Worte, die groß genug, liebevoll genug und klar genug wären, um auszudrücken, was er ausdrücken wollte.

»Mr. Runcorn«, sagte sie ungeduldig, mit glühendem Gesicht. »Muss wirklich *ich* Sie fragen, ob Sie mich lieben? Das ist für eine Frau sehr unwürdig.«

Er war fassungslos. Sie wusste es also. All seine sorgfältigen Versuche, seine Liebe zu verbergen, sich würdevoll zu verhalten, das alles war umsonst gewesen.

»Ja«, sagte er beschämt. »Natürlich liebe ich Sie. Aber …«

»Aber Sie wollen nicht heiraten?«

»Doch! Doch, … aber …«

Er war wie gelähmt. Er konnte es nicht glauben.

Sie senkte den Blick und wandte sich langsam ab.

Er machte einen Schritt hinter ihr her, dann noch einen, nahm sie sanft am Arm und ließ sie nicht mehr los. »Doch, das will ich, und ich könnte niemals eine andere Frau als Sie heiraten. Jedes Mal, wenn ich sie ansähe, würde ich mir wünschen, Sie wären es. Ich habe vor Ihnen noch niemals eine Frau geliebt und werde auch nie eine andere lieben können.«

Sie lächelte ihn an. »Das ist auch nicht nötig, Mr. Runcorn. Einmal reicht. Wenn Sie nun so nett wären, mir einen Antrag zu machen – ich werde ihn annehmen.«